UNE FRANÇAISE

AU PÔLE NORD

PAR

PIERRE MAËL

OUVRAGE ILLUSTRÉ DE 52 VIGNETTES DESSINÉES

Par A. PARIS

PARIS

LIBRAIRIE HACHETTE ET Cie

79, BOULEVARD SAINT-GERMAIN, 79

—

UNE FRANÇAISE

AU PÔLE NORD

26204. — PARIS, IMPRIMERIE A. LAHURE

9, rue de Fleurus, 9

UNE FRANÇAISE
AU PÔLE NORD

PAR

PIERRE MAËL

OUVRAGE ILLUSTRÉ DE 52 VIGNETTES DESSINÉES

Par A. PARIS

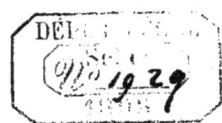

PARIS

LIBRAIRIE HACHETTE ET Cⁱᵉ

79, BOULEVARD SAINT-GERMAIN, 79

1893

A MA PETITE AMIE

GERMAINE DE VERCY

P. M.

CHAPITRE I

I

AU NORD

La mer partout, au levant, au couchant, au midi, au septentrion, la mer grise et morne, pleine de trouble et de tristesse, sous un firmament sans soleil. Et sur cette mer, un navire long et étroit, couronné d'un panache de fumée que les vents, singulièrement bas, déroulent en épais flocons lents à se fondre dans l'air ambiant.

Il y a douze jours que ce navire a quitté Cherbourg. Ce n'est point un vaisseau de guerre, bien que deux canons d'acier s'allongent sur le pont, à l'avant et à l'arrière. Les couleurs de la France battent à sa corne, et l'allure dont il va est celle d'un rapide coureur des mers. Et cependant, malgré sa vitesse ordinaire, il n'est encore qu'à la hauteur du 70ᵉ parallèle. Des causes d'ordre rationnel et logique ont pu seules retarder ainsi sa marche.

On touche au printemps. Afin de gagner du temps, les navigateurs ont devancé le mois d'avril. On ne marche qu'avec la plus extrême prudence, car la débâcle est déjà commencée. La vitesse, qui pourrait être de quatorze nœuds, n'est que de huit milles à l'heure [1]. Le navire a rencontré quelques blocs errants dès la pointe d'Ekersünd, où il a fallu relâcher. Puis, la mer se faisant libre, on a longé les hautes falaises de la Norvège, la région des fiords.

Maintenant, le cap Nord n'est plus qu'à quelques minutes à l'est. Demain, après-demain, selon que les courants chauds le permettront, on se rapprochera de la côte, et, le 15 mai, l'océan Boréal sera entièrement ouvert.

Sur le gaillard d'arrière du navire, deux hommes s'entretiennent, confortablement assis en de vastes fauteuils de canne et tournant le dos à la direction du steamer.

L'un de ces hommes est jeune. Il paraît avoir vingt-huit ans. Il est grand, large d'épaules, bien pris dans toute sa personne. Il porte la petite tenue des officiers de la marine militaire. Son interlocuteur, à la barbe et aux cheveux blancs, ne semble pourtant pas dépasser la cinquantaine. Ils s'entretiennent avec un intérêt soutenu du but et des conditions du voyage.

« Depuis le départ, notre *Étoile* n'a pas bronché. Elle se comporte comme un vieux routier de l'océan. Laissez-moi vous féliciter. C'est le modèle des navires, et vous avez toutes les raisons d'en être fier, puisque vous en êtes le père. »

C'est le jeune homme qui vient de parler.

1. Le nœud ou mille marin est d'environ 1852 mètres.

Son compagnon a souri au compliment. Modestement il répond :

« Sans doute, sans doute, j'en suis le père... adoptif. Mais c'est Lacrosse qui l'a découvert dans ses langes. Combien ne lui dois-je pas, et aussi à vous, mon cher Hubert ! Voici trois ans que je vous pille sans que vous le soupçonniez, que je mets à contribution votre savoir et vos expériences combinées.

— Oh ! mon expérience, cher oncle, est de très minime importance. Je laisse toute la haute valeur de ce mot à l'acquis du commandant Lacrosse. Pour moi....

— Pour vous, interrompit M. de Kéralio, n'êtes-vous pas le créateur de ce sous-marin dont nous attendons des merveilles ? »

Hubert sourit :

« Allons, j'avoue que j'y suis pour quelque chose. Mais ce quelque chose n'est pas encore expérimenté, et d'ailleurs la découverte ne m'en appartient pas en propre. Mon frère Marc est de moitié dans l'invention, et si l'épreuve justifie nos espérances, c'est à lui surtout qu'en reviendra la gloire. »

M. de Kéralio se mit à rire.

« Ah oui ! dit-il, le fameux secret que vous ne devez révéler qu'à son heure !

— Précisément, mon cher oncle, ce secret dont la divulgation demande à être précédée d'une expérimentation concluante.

— En ce cas, le moment est venu d'y recourir », prononça derrière les deux hommes une voix claire et fraîche de jeune fille.

Ils se retournèrent en même temps.

« Ma cousine, dit Hubert en s'inclinant respectueusement.

— Ma petite Belle, fit M. de Kéralio, viens-tu donc nous
rappeler l'heure du déjeuner? Je ne sais si le vent qui nous
rafraîchit en ce moment nous creuse plus qu'à l'ordinaire,
mais j'avoue que mon estomac me paraît en avance sur ses
habitudes. »

La nouvelle venue tendit sa main au jeune homme, son
front au baiser paternel.

« Non, père, répliqua-t-elle, et votre estomac est dans
son tort. Il est à peine dix heures du matin, et je suis venue
pour assister à la féerie qui se prépare. Le commandant
Lacrosse, en effet, m'a prévenue que, dans un instant, nous
assisterions à une véritable illumination de glaces. »

Et, sans façon, elle attira un siège pareil à ceux des deux
hommes, et s'y assit.

Celle qui venait de parler était une grande et belle jeune
fille de vingt ans. Elle était brune avec des yeux bleus, le
type des races d'origine kymrique et ibère, telles que les
Irlandais, les Gaëls d'Écosse et ceux des côtes de Bretagne.
Toute sa personne, bien prise et svelte, annonçait une vigueur
rare chez une femme, en même temps que le reflet métallique
de ses pupilles dénotait, sous certains froncements des
sourcils, une grande énergie. On devinait en elle l'âme et
l'organisme d'une héroïne véritable, sans forfanterie comme
sans timidité gauche ou empruntée.

Belle — ou très exactement Isabelle de Kéralio — était
la fille unique d'un propriétaire et industriel, possesseur de
terres et d'usines au Canada, où sa famille s'était établie
depuis deux siècles. M. Pierre de Kéralio, Breton d'origine,

ILS SE RETOURNÈRENT EN MÊME TEMPS

avait fini par revenir à la terre de ses pères et s'était installé
dans une magnifique propriété aux environs de Roscoff. Isabelle n'avait que dix ans au moment de ce retour au sol natal.
Elle avait grandi dans la compagnie des gens de la côte, mais
sous la haute et attentive direction de son père, demeuré veuf
très peu de temps après la naissance de sa fille. Il avait
conservé à celle-ci les soins assidus et quasi maternels de
Tina Le Floc'h qui l'avait nourrie, et rien n'était plus touchant que l'affection de la paysanne léonaise pour son enfant
d'adoption. En même temps, ne se connaissant pas d'autre
famille, le richissime M. de Kéralio avait appelé près de lui
deux jeunes orphelins de dix-huit et vingt ans, ses neveux
Hubert et Marc d'Ermont, fils d'une sœur, morte également
en même temps que son mari, le capitaine de vaisseau Robert
d'Ermont. Hubert avait terminé ses études préparatoires à
l'École Navale. Son oncle ne le retint donc pas ; il l'encouragea
même à suivre sa voie et ses goûts dans la glorieuse carrière
où il s'engageait. Deux ans plus tard, le jeune homme commençait sa vie de marin en qualité d'aspirant de deuxième
classe.

A l'heure présente, il était lieutenant de vaisseau. Un
congé illimité, accordé par le ministre pour encourager la
généreuse et patriotique tentative de M. de Kéralio, avait
permis à l'officier de prendre sa part des hasards, mais aussi
de la gloire à venir de cette expédition dans ces régions mortelles d'où si peu d'explorateurs sont revenus.

Le frère aîné d'Hubert, Marc d'Ermont, d'une complexion
délicate et maladive, d'une rare intelligence, s'était voué à
l'étude des sciences physiques. C'était, à trente ans, l'un des
savants les plus distingués de la capitale ; son nom, à maintes

reprises, avait brillé en regard d'utiles découvertes. Il n'avait pu accompagner son frère et son oncle dans leur expédition. Mais, depuis deux années, en compagnie d'Hubert, il s'était livré à de mystérieuses et difficiles recherches pour ajouter aux chances du voyage la garantie de moyens nouveaux dus à l'invincible pouvoir de la science.

Isabelle de Kéralio était une assez singulière personne, dont le caractère et l'éducation ne ressemblaient guère à ceux de nos jeunes filles françaises. Du long séjour de sa famille en Amérique elle tenait, peut-être par voie d'habitude lentement acquise, cette énergie virile qui contraste si fort avec la douceur, la langueur même et les grâces timides des femmes de la vieille Europe. Rompue à tous les exercices du corps, pourvue d'une haute culture intellectuelle, elle eût sans doute effrayé un autre épouseur que son cousin Hubert.

Mais Hubert d'Ermont connaissait bien sa cousine Isabelle. Il savait que ces allures, peu habituelles chez les jeunes Françaises, ne nuisaient aucunement aux qualités exquises de Mlle de Kéralio, qu'elles ne faisaient que dissimuler aux regards peu clairvoyants les trésors de tendresse et de charité que contenait cette âme d'élite. D'ailleurs Isabelle dépouillait dans l'intimité ces dehors étranges. Elle recouvrait tous les charmes de son sexe, et les manifestait même avec une rare puissance de séduction. Musicienne accomplie, soit qu'elle laissât courir ses doigts sur le clavier, soit qu'elle donnât l'essor à l'ampleur vibrante d'une voix admirable, elle incarnait alors toute l'harmonie intime dont sa beauté n'était que la parure extérieure.

Ils s'étaient fiancés spontanément, avec l'agrément de M. de Kéralio, et il avait été convenu que le mariage se célé-

brerait le jour où Hubert aurait conquis les épaulettes de lieutenant de vaisseau.

Il les avait conquises de bonne heure, à vingt-sept ans.
Mais, alors, un nouveau délai avait été apporté à l'union
désirée de part et d'autre.

Pierre de Kéralio n'était point marin, mais il avait suffisamment navigué pour ne rien redouter de la mer. Bien plus,
il en avait contracté l'amour, et, à l'âge où la plupart des
hommes se retirent du travail et des fatigues, il avait, lui,
conçu la pensée de mettre au service de la science une partie
de son immense fortune. Le patriotisme avait donné à cette
noble idée un caractère de grandeur touchante, et, un jour,
il avait dit, à haute voix, devant tout un auditoire d'amis
invités aux fiançailles d'Hubert d'Ermont et d'Isabelle de
Kéralio :

« Dès que ma fille sera mariée, je mettrai à exécution un
grand projet qui me tient au cœur depuis de longues années.
J'organiserai une expédition et j'irai au Pôle. Il ne sera pas
dit que Nares, Stephenson, Aldrich et Markham, c'est-à-dire
des Saxons, en 1876 ; que Greely, Lockwood et Brainard,
des Américains, c'est-à-dire d'autres Saxons, en 1882, seront
allés au delà du 83° parallèle, sans que des Français les aient
dépassés. »

Isabelle avait jeté un cri.

« Quand je serai mariée! Eh bien, dussent tous nos amis
me blâmer à l'unisson, il ne sera pas dit non plus qu'Isabelle
de Kéralio n'aura pas pris sa part d'une telle gloire. Je
connais assez le cœur d'Hubert pour savoir qu'il m'accor-
dera la permission de suivre mon père jusqu'au sommet du
monde. »

Quelques-uns des amis applaudirent; le plus grand nombre se récria.

« Ma fille ! » essaya d'interrompre M. de Kéralio.

Isabelle ne le laissa pas achever. Elle lui entoura le cou de ses deux bras, et, avec une tendresse envahissante et dominatrice, répliqua :

« Chut, père ! Pas un mot de plus. C'est entendu. Tu m'as élevée de telle façon que je ne suis qu'un garçon manqué, au dire de beaucoup de gens. J'irai au Pôle Nord. Et puis, vous savez, papa, ajouta-t-elle en riant, je ne vous désobéis pas, puisque vous venez de me fiancer à Hubert, et que son autorité sur moi égale désormais la vôtre. Sur ce, parlons de l'expédition. »

M. de Kéralio s'adressa alors à Hubert.

« C'est donc à vous, mon futur gendre, qu'il me faut recourir. Voulez-vous être assez bon pour faire entendre raison à cette jeune personne déraisonnable? »

Hubert, mis au pied du mur, se leva.

« Mon cher père, répondit-il, car je puis vous donner ce titre, j'essayerai de dissuader Mlle de Kéralio d'un projet plein de périls. Je m'attacherai à lui montrer combien une telle résolution est d'un accomplissement difficile pour une femme. Mais, si elle refuse de se rendre à vos avis et aux miens, si elle persiste dans une volonté qui, bien que vaillante, devrait céder le pas à de plus prudentes considérations, je me permettrai de conclure en vous demandant une part des périls. Où ira Isabelle de Kéralio, moi, Hubert d'Ermont, son fiancé et prochainement son mari, j'irai. »

M. de Kéralio n'avait rien à répondre.

Quant à l'assistance, si extravagante que parût l'hypothèse, elle savait ceux qui venaient de parler tout à fait capables de la réaliser.

On se borna donc à remplir les coupes de champagne, et un toast spécial fut porté au succès de la future expédition.

C'était ainsi qu'avait pris naissance l'idée de cette campagne au Pôle Nord.

Mais, une fois l'accord établi à ce sujet, il avait fallu en dresser le plan.

Tout d'abord, M. de Kéralio avait obtenu pour Hubert d'Ermont le congé nécessaire. Puis il avait appelé à lui un vieil ami, Bernard Lacrosse, ancien officier de la marine française, que son peu de fortune avait contraint d'abandonner le service de l'État pour accepter le commandement d'un transatlantique. Après cinq années de cette nouvelle existence, le commandant Lacrosse avait fait partie, en qualité d'officier volontaire, d'une expédition russe au Pôle Nord par la Nouvelle-Zemble. A quarante-deux ans, il était reparti pour les terres antarctiques, cette fois officier en second d'un navire français. Il en était à peine de retour, qu'une lettre de M. de Kéralio le réclamait au nom de l'amitié et de la science. Il s'était empressé d'accourir.

D'accord avec M. de Kéralio et Hubert d'Ermont, Lacrosse avait choisi et rassemblé l'équipage de l'*Étoile Polaire.* Tel était en effet le nom prédestiné du navire.

Ce furent tous de joyeux compagnons, ces navigateurs du Pôle, car on sait combien la gaieté et l'entrain sont des qualités indispensables chez ceux qui vont courir de pareilles aventures. Les trois initiateurs de la campagne avaient fait avec un discernement scrupuleux le choix du personnel, en commençant par les officiers et les médecins. Aussi ne voyait-on guère que figures joviales parmi les inscrits du rôle de l'équipage.

L'état-major était composé de la manière suivante :

Commandant de l'expédition : Pierre de Kéralio, 50 ans.

Commandant de l' « Étoile Polaire » : Bernard Lacrosse, lieutenant de vaisseau, 48 ans.

Lieutenants : Paul Hardy, 28 ans; Louis Pol, 27 ans, enseignes de vaisseau démissionnaires; Jean Rémois, capitaine au long cours, ancien enseigne de vaisseau auxiliaire, 34 ans.

Médecin : André Servan, 40 ans; *chirurgien* : Félix Le Sieur, 38 ans.

Officier mécanicien : Albert Mohizan, 30 ans.

Chimiste-naturaliste : Hermann Schnecker, 36 ans.

A la liste des officiers il fallait ajouter le lieutenant de vaisseau Hubert d'Ermont, fiancé de Mlle de Kéralio, embarqué à la faveur d'un congé illimité.

Tous les officiers avaient appartenu à la marine militaire. Chacun d'eux représentait donc une somme de savoir, de pratique et d'énergie considérable.

La même entente des caractères et des capacités avait présidé au choix des matelots. Par une sorte d'égoïsme national, M. de Kéralio avait voulu que tous fussent Bretons ou Canadiens, c'est-à-dire des compatriotes de sa double patrie.

Puis on avait procédé à l'armement du navire.

L'*Étoile Polaire* n'avait pas encore navigué. Elle était sur chantier à Cherbourg, commencée par une maison d'armements que la faillite avait empêchée d'en prendre livraison. C'était un steamer de 800 tonneaux, gréé en trois-mâts barque et construit en vue du long-cours. Bernard Lacrosse, qui avait visité tous les ports de France pendant une période de deux mois, avait eu la chance de découvrir littéralement cette « étoile » sur son ber. Il l'avait immédiatement achetée pour le compte de M. Kéralio, et avait fait reprendre les travaux avec des dispositions particulières et des aménagements spéciaux pour la course à travers les glaces.

Le navire était muni de deux machines compound à triple expansion de la force de 500 chevaux. Il était formé d'une carène dont les varangues en demi-cintre concave renfermaient trois ponts et portaient un revêtement de bois de tek, laissant entre lui et la coque un vide de 22 centimètres rempli d'étoupe et de bourre de palmier. La quille, la carlingue, l'étrave et l'étambot étaient en acier enveloppé d'une sorte de gaine en cuivre.

Le cuivre avait été employé avec intention, pour donner plus d'élasticité à la coque. Il figurait dans les arcs-boutants et les joints du bâti, ce qui permettait au navire de subir de très fortes pressions sans se rompre. Un maître-bau longitudinal reliait les diverses parties du bâtiment et en faisait un tout presque homogène. Les épaisseurs du matelas de teck variaient entre 225 millimètres au centre du navire, 120 à l'avant et 100 à l'arrière. Toute la coque était distribuée en compartiments étanches. Outre la doublure de bourre entre les deux épidermes de bois, on avait garni les murailles et les lambris de minces feuilles de feutre comprimé, qui empêchait la perte du calorique et la pénétration de l'humidité. Pour éviter au gouvernail le choc des glaces, on avait lié à ses côtés de longues poutres revêtues de cuivre, formant daviers, avec le secours desquelles il serait possible de le démonter et de le coucher sur le pont.

L'étrave se profilait selon une courbe évidée se terminant en un éperon de 3 mètres de longueur, également en acier. Enfin on avait adapté à l'avant, en même temps que des treuils à vapeur, l'appareil Pinkey et Collins dont se servent les baleiniers pour dispenser, par les grands froids, les hommes de la manœuvre des ris. Des coudes de tôle disposés au-dessus des robinets d'échappement permettaient de projeter la vapeur sur les glaces les plus rapprochées, dans un rayon de 5 mètres, sur les flancs de la carène.

Le détail de l'armement n'avait pas été moins soigné que le gros œuvre. L'*Étoile Polaire* possédait, outre les deux canons de 10 centimètres placés sur le pont, deux canons-revolvers Hotchkiss, quatre fusils-harpons, deux obusiers lance-bouées. Puis on avait emporté trois baleinières, cinq canots à glace entièrement revêtus de lames de cuivre, et dont les quilles recevaient au besoin des patins ou des essieux pour le traînage. Enfin, à l'arrière, sous des taux le protégeant contre l'influence du dehors, s'abritait le mystérieux bateau sous-marin au sujet duquel M. de Kéralio venait de féliciter Hubert d'Ermont.

.   .   .   .

La conversation, un moment interrompue par l'arrivée d'Isabelle, reprit plus vive entre les trois personnages.

« Mon cher cousin, dit la jeune fille, revenant à la commune pensée, je vous disais tout à l'heure que l'occasion me semblait propice pour mettre à l'épreuve votre découverte et celle de Marc. »

Le lieutenant de vaisseau demanda gaiement :

« Est-ce la seule curiosité qui vous fait parler ainsi, Isabelle, ou bien dois-je traduire vos paroles dans le sens d'un senti-

ment d'intérêt en faveur des efforts accomplis par mon frère et
par moi ? »

Les sourcils de la jeune fille eurent un rapide fronce-
ment.

Mais cette irritation passagère fit place à l'enjouement
ordinaire de la fantasque créature, car elle répondit avec son
plus doux sourire :

« En douteriez-vous un seul instant, mon cher Hubert ?
Me jugez-vous donc si étrangère aux choses de la science ?
Sans doute, mon affection pour l'auteur ou les auteurs d'une
invention que, sur la foi que j'ai en eux, je tiens pour admirable, n'est point exempte d'un peu de crainte. Mais, pour
vous rendre toute ma pensée, je suis contente d'avouer qu'en
tout ceci je suis surtout attentive aux résultats pratiques de
notre campagne, et que je m'attache à vous avec d'autant plus
de sollicitude depuis que je vous sais porteur d'une invention
qu'on pourrait nommer la panacée des mécomptes en matière
de découvertes. »

Un sourire vaguement sceptique courut sur les lèvres de la
jeune fille.

Hubert d'Ermont n'était point encore à l'âge où l'on maîtrise
d'un seul coup toutes ses impatiences. Ce persiflage souriant
de Mlle de Kéralio faillit l'emporter au delà des limites qu'il
s'était imposées en matière de confidences.

Mais, quelque violente tentation qu'il eût de jeter à la jeune
fille la preuve irréfutable de son mérite, il se souvint juste à
propos qu'il n'avait pas le droit de s'expliquer avant un jour
et une heure fixés d'avance.

Toutefois, s'il n'avait point ce droit, la faculté lui était
laissée de se défendre au moyen d'apparences favorables. Il

se leva donc de sa chaise longue, non sans une certaine vivacité, et, tendant la main à sa cousine :

« S'il vous plaît, mademoiselle la douteuse, de descendre, en compagnie de mon oncle, jusque dans ma chambre, je pourrai vous montrer, sinon la découverte en application, tout au moins les instruments sur lesquels elle se fonde. »

Isabelle se redressa très gaie :

« Ho! ho! Hubert, vous me paraissez prendre la chose plus à cœur qu'il ne convient. Faut-il vous dire que mon doute est tout de surface et que j'ai, au contraire, la plus grande confiance en votre savoir uni à celui de votre cher Marc? »

M. de Kéralio la plaisanta :

« Sans doute, ma fille; mais tu me parais appartenir quelque peu à l'école de saint Thomas Didyme, qui ne croyait qu'après avoir vu. Aussi bien, puisque Hubert nous le propose, allons voir. »

Tous trois se dirigèrent vers l'écoutille.

Au moment où ils mettaient le pied sur la première marche de l'escalier en fer forgé, ils furent croisés par le commandant Lacrosse.

« Parbleu! Bernard, s'écria M. de Kéralio, vous ne serez pas fâché de voir avec nous les trésors de science emmagasinés dans la chambre de mon futur gendre. »

Et passant son bras sous celui de Lacrosse, M. de Kéralio l'entraîna à la suite des deux jeunes gens.

L'intérieur de l'*Étoile Polaire* avait été aménagé à l'instar d'un yacht de plaisance. La coursive, le salon, la salle à manger, le fumoir étaient décorés d'une boiserie d'acajou au long de laquelle régnait un capiton soigneusement rembourré. Les chambres des officiers s'ouvraient sur la coursive. A l'entour du salon rayonnaient celles de M. de Kéralio et de sa fille, du commandant Lacrosse et d'Hubert d'Ermont.

Ce fut dans cette dernière qu'entrèrent les quatre visiteurs.

Elle était meublée avec une extrême simplicité, avec une parfaite entente de l'art d'utiliser les moindres coins. La couchette, installée dans un angle, reposait sur quatre tiroirs tenant lieu d'armoire. La toilette et la table de nuit tenaient en un meuble arrondi, pivotant dans une façon de niche, et il suffisait de faire tourner ce meuble, pour obtenir un élégant pupitre pourvu d'un tabouret à dossier.

Dans l'angle opposé se dressait un coffre-fort d'acier dont l'épaisseur défiait toute tentative d'effraction. Une savante combinaison de chiffres en garantissait l'impénétrabilité.

Hubert désigna des sièges à ses compagnons.

« Mon oncle, commença-t-il, bien que je sois votre hôte, je suis ici chez moi, avec votre consentement, bien entendu. C'est donc à moi à faire les honneurs de mes appartements, et c'est à ma chère cousine que j'en ferai le premier hommage. »

Il prit un trousseau de clefs dans son pupitre et, le tendant à la jeune fille :

« Voulez-vous introduire cette clef dans la serrure de ce coffre-fort? » demanda-t-il.

En même temps, de la main droite, avec une prestesse singulière, il combinait les chiffres latents sous les boutons d'acier de la porte.

Isabelle n'eut qu'à tourner la main. Le cliquetis net de six verrous sortant à la fois, accompagné du bruit d'un ressort qui se détend, précéda l'ouverture de la porte, et l'intérieur du coffre apparut, distribué en casiers symétriques.

« Voilà le trésor! fit Hubert avec un geste de comique déclamation.

— Voyons le contenu », réclama M. de Kéralio.

Hubert se pencha, et retira de l'un des casiers divers objets d'une forme assez simple et dont le premier aspect ne révélait rien au regard.

C'étaient des cylindres d'acier, d'un poids relativement considérable. Ils mesuraient environ 30 centimètres de diamètre, et ils se terminaient uniformément en canules étranglées par un double collier auquel s'adaptait une double vis de fermeture, assez analogue à celles des robinets de gaz.

Bernard Lacrosse prit la parole :

« Il ne faut pas être bien malin pour deviner que ces cylindres contiennent quelque chose. Est-il permis de demander quoi? »

Hubert d'Ermont mit un doigt sur sa bouche.

« Pas avant le moment venu. Oui, vous l'avez compris, ces cylindres contiennent « quelque chose », je ne puis vous le faire connaître que lorsque nous serons en telle situation que *nulle mauvaise volonté* n'en puisse tirer parti contre nous. Sachez seulement que ces cylindres renferment le secret de notre victoire prochaine : la chaleur et la force, la lumière et le mouvement. Avec eux, grâce à eux, nous ne connaîtrons plus d'obstacles. Ce sont eux qui nous mèneront au Pôle. »

Les auditeurs de ce petit discours demeurèrent un instant bouche bée devant celui qui le prononçait.

« Parbleu! s'il en est comme vous le dites, mon cher d'Ermont, reprit Lacrosse, il est certain que c'est là un secret qu'il faut garder avec soin. »

La figure d'Isabelle était devenue pensive.

« A quelles « mauvaises volontés » faisiez-vous allusion, Hubert? »

Le jeune homme allait répondre sans doute, lorsque la porte de la cabine s'ouvrit brusquement du dehors, livrant passage à un magnifique chien de Terre-Neuve, qui vint poser sur les genoux d'Isabelle sa large tête pleine d'intelligence.

« Bonjour, Salvator! » fit gaiement la jeune fille en caressant le superbe animal.

Hubert parut contrarié.

« Nous avions donc laissé la porte ouverte? » fit-il avec un peu de vivacité.

Il replaça le cylindre d'acier dans le coffre et referma celui-ci avec précipitation.

Par l'entre-bâillement de la porte, un nuage de fumée de tabac venait de pénétrer dans la cabine.

Hubert, qui s'était élancé dans le salon, vit une haute silhouette à cheveux roux s'enfoncer dans la coursive.

« Monsieur Schnecker était là! prononça-t-il, le sourcil froncé, en rentrant dans la cabine.

— Notre chimiste? demanda gaiement Isabelle.

— Oui, notre chimiste, un monsieur qui ne me revient guère, ajouta d'Ermont. Depuis quelques jours son attitude me semble étrange. Je crois que nous ferons bien de le surveiller.

— Oh! Hubert, que dites-vous là! s'écria la jeune fille, de plus en plus surprise.

— Je dis ce que je pense, conclut le jeune officier. Au reste, ma chère cousine, voulez-vous interroger un témoin impartial? »

Avant qu'elle eût répondu, et tandis qu'elle le considérait

avec étonnement, le lieutenant de vaisseau leva de la main la
tête du chien, qu'il regarda bien dans les yeux.

« C'est ton ami, pas vrai, Salvator, monsieur Schnecker? »

Salvator montra toutes ses dents, et un sourd grondement
de colère roula dans les profondeurs de sa large poitrine.

CHAPITRE II

HUBERT, ISABELLE ET GUERBRAZ SE RAPPROCHAIENT DU TROUPEAU.

II

FORT ESPÉRANCE

Le 15 mai, l'*Étoile Polaire* avait dépassé le cap Nord. Jusqu'à cette heure, le plan qui avait prévalu avait été de prendre la route au nord-est. On voulait en effet revenir sur les pas de l'expédition du *Tegetthoff*, dirigée, de 1872 à 1874, par Payer et Weyprecht, qui, de la Nouvelle-Zemble, située par 76° de latitude nord, avaient gagné une terre inconnue, qu'ils dénommèrent Terre de François-Joseph et supposèrent étendue du 80° au 85° parallèle.

Ce plan, outre qu'il fournissait à des voyageurs européens la faculté d'être plus voisins du vieux continent, avait également le mérite de flatter l'amour-propre de gens désireux de s'ouvrir une voie toute nouvelle. « On serait bien malheureux, avait pensé M. de Kéralio, si l'on ne parvenait pas à se frayer un passage en deçà du 30ᵉ degré de longitude orientale, entre le Spitzberg et les terres fragmentaires de la Nouvelle-Zemble. »

Le commandant Bernard Lacrosse avait combattu ce projet, et les raisons qu'il avait invoquées pour le combattre étaient fort concluantes. Outre qu'on allait ainsi à l'aventure, on négligeait bénévolement, et par une sorte de fanfaronnade, de mettre à profit l'expérience des devanciers, notamment les découvertes précises faites sur la Terre de Grinnell, en 1875 et 1876, par Nares, Markham et Stephenson, plus récemment, de 1881 à 1884, par Greely, Lockwood et leurs vaillants et infortunés compagnons.

Bernard Lacrosse raisonnait avec un bon sens souverain. « Au moins, disait-il, en suivant cette voie, aurons-nous un chemin tout ouvert jusqu'au 83ᵉ parallèle. Le canal et le détroit de Smith, la baie de Lady Franklin, sont aujourd'hui des points de repère suffisants pour des gens de savoir et d'énergie. »

Il ajoutait, non sans apparence de vérité :

« Il est à craindre, d'autre part, que la débâcle ne nous rende le chemin très difficile dans une région où les terres sont rares, et ne nous entraîne malgré nous vers l'ouest. Ce serait du temps perdu, puisqu'il faudrait hiverner au voisinage de l'Islande, et ce avec le grave inconvénient d'épuiser nos ressources au tiers seulement du parcours. »

Son avis ne devait que trop tôt être confirmé par les faits.

Dès le 16 mai on s'aperçut que le champ de glace, imparfaitement rompu, ne donnait aucun passage à l'*Étoile Polaire*. Les multiples tâtonnements auxquels on se livra n'aboutirent qu'à une perte de temps, et, malgré tous les efforts, le 25 mai, on était rejeté de quatre degrés dans l'ouest. La voie, obstruée à l'orient, semblait, par une singulière ironie, s'aplanir d'elle-même au couchant.

L'entêtement de M. de Kéralio céda devant cette démonstration des faits eux-mêmes, et, se rendant aux sages conseils du capitaine, il fut le premier à conclure en faveur d'un changement de direction.

A la satisfaction générale, on abandonna donc la route fermée au nord-est pour se diriger vers l'horizon contraire, et l'*Étoile Polaire* mit résolument le cap sur la pointe méridionale du Spitzberg.

La mer se faisant de plus en plus libre, on y parvint vers le 15 juin. Il y eut, ce jour-là, quatre-vingts jours d'écoulés depuis le départ de Cherbourg. On était au 78e degré de latitude boréale. Il n'en restait que cinq à franchir pour atteindre le point extrême des investigations humaines. Mais chacun savait que l'on touchait à la limite, et que désormais allait commencer la véritable campagne, pleine de luttes et d'efforts. Pour franchir trois de ces degrés en traîneaux, Nares, Markham, Stephenson, puis Greely, Lockwood et Brainard, avaient mis deux mortelles années.

Il fallait se hâter. L'été des pôles est fort court, et, juillet passé, le refroidissement commence. Depuis que l'on avait dépassé le Cercle polaire, on ne faisait plus aucune consommation de luminaire, le soleil de minuit fournissant tout l'éclairage. Depuis près d'un mois, les glaces disjointes et fuyantes ne se montraient plus qu'à l'état de fragments peu considérables. Mais le commandant avait hoché la tête et répondu en souriant aux exclamations étonnées de Mlle de Kéralio :

« Patience! Tout cela va changer. N'oubliez pas que nous sommes dans la partie la moins encombrée des mers polaires. Nous ne devrons compter qu'à partir du Grœnland. »

Il disait vrai. Ce fut en vain que de l'extrémité méridionale du Spitzberg on essaya de s'élever directement vers le nord. Le *pack*, ou champ de glace, arrêta l'*Étoile Polaire* dès le second jour de la navigation. Il fut même impossible de maintenir la route vers l'ouest sur le 78ᵉ parallèle, les avancées des *isbrèdes* drossant le navire vers le sud.

On dériva ainsi de trois degrés. Puis le champ de glace s'ouvrit de nouveau sous l'action d'un courant chaud. Le commandant Lacrosse se dirigea obliquement vers le nord-ouest. Le 25 juin, on avait regagné le 77ᵉ degré, et la côte du Grœnland apparut bordée d'une frange glacière d'environ 35 milles de développement. Le cap Bismarck accusa sa noire silhouette dans le nord.

Obligée de surveiller ses abords, l'*Étoile Polaire* marchait sous une allure très modérée, à peine huit nœuds. A mesure que le navire s'avançait dans le nord, les glaces se faisaient plus nombreuses. Maintenant elles se suivaient sans interruption, en chapelet d'îlots d'inégale grandeur. Il n'y avait jusqu'à présent que des blocs à surface plane, des fragments d'*ice-fields*. Mais il en venait de moins plats, bossués de boursouflures, hérissés de fines aiguilles, zébrés de fentes longitudinales, avec des cassures nettes et brillantes comme des arêtes de verre brisé. Derrière ceux-là, d'autres apparaissaient, plus hauts, plus larges, qui de loin affectaient des formes bizarres. Quelques-uns donnaient à l'œil la sensation de voiles lointaines aperçues à l'horizon; et l'on voyait grossir et s'accroître la flottille à mesure que l'on se rapprochait du grand fiord de

François-Joseph, découvert par Payer au cours du voyage de la *Germania* et de la *Hansa*.

Enfin, le 30 juin, l'*Étoile Polaire*, s'engageant dans le chenal du fiord, jetait l'ancre sous ce même 76° parallèle que l'on avait déjà touché sur les côtes du Spitzberg. Le moment était venu de mettre à exécution la seconde partie du plan de M. de Kéralio. Elle consistait à déposer à terre une partie des navigateurs, afin de permettre à l'*Étoile Polaire* de redescendre aussi vite que possible dans le sud pour s'y procurer les chiens et le personnel esquimaux indispensables aux traînages prochains.

A la vérité, ce plan avait subi de telles modifications qu'on pouvait le dire entièrement renouvelé. On avait perdu un temps précieux à tenter la route de l'est. Au lieu de remonter vers la Terre de François-Joseph, on se trouvait sur la côte orientale du Grœnland, au-dessous du mont Petermann. On se proposait désormais de suivre une route oblique du 24° au 55° parallèle de longitude occidentale, afin de croiser, s'il était possible, la route de Lockwood, en 1882, par 82° 44′ de latitude nord. C'était un projet grandiose et hérissé de difficultés; mais, ainsi que le disait M. de Kéralio, est-il donc un obstacle capable d'arrêter les Français?

Il restait au capitaine Lacrosse quarante-six jours, du 1er juillet au 15 août, pour gagner le sud du Grœnland, doubler au besoin le cap Farewell, et ramener au fiord François-Joseph les équipes de chiens nécessaires à l'expédition des traîneaux.

Par bonheur, ce moment de l'année était celui des plus fortes chaleurs. L'*Étoile Polaire*, pendant ses trois mois de course, n'avait subi aucune avarie. Elle était encore abondamment pourvue de charbon, et, même après son retour, en possé-

derait suffisamment pour une future campagne de navigation, si
la mer s'ouvrait de nouveau devant son aventureuse hardiesse.

Grâce aux mesures prises longtemps à l'avance et minutieu-
sement calculées, le débarquement des principaux explorateurs
fut terminé en vingt-quatre heures. La bordure cristalline du
fiord n'était pas de plus de 6 milles en largeur, et telles étaient
encore l'épaisseur et la solidité de la glace, qu'on y pouvait
défier toute influence de la débâcle extérieure. Ces croûtes du
littoral sont fixées là depuis des siècles, et leurs assises repo-
sent, selon toute apparence, sur le roc même, où elles forment
une console dominant de deux ou trois mètres le niveau des
eaux libres. Pour plus de sécurité, Bernard Lacrosse fit procéder,
dès l'abord, à un sondage, qui accusa le fond à vingt-cinq
brasses sur une corniche de syénite et de roches schisteuses.
Il était manifeste que la côte se relevait en pente très douce
jusqu'à l'affleurement du sol.

En même temps que les voyageurs, on débarqua les diverses
pièces de bois numérotées qui allaient permettre la rapide
construction du baraquement destiné à abriter les explorateurs
restant à terre. Là encore, l'exercice, précédemment répété,
du montage et du démontage des poutres, arcs-boutants, voliges,
murailles et cloisons de la maison de bois, procura une
économie de temps vraiment merveilleuse. La douceur exceptionnelle de la température, accusant, de midi à trois heures,
9 degrés centigrades, et 5 entre minuit et trois heures du
matin, favorisa les travaux. En six heures, le Fort Espérance
— ainsi l'avait-on dénommé d'avance — fut paré pour recevoir
les douze personnes qui descendaient à terre, à savoir : M. de
Kéralio, sa fille Isabelle, son neveu Hubert d'Ermont, la bonne
Tina Le Floc'h, nourrice et suivante d'Isabelle, le docteur Servan,

le naturaliste Schnecker, et les six matelots bretons Guerbraz, Hélouin, Kermaïdic, Cariou, Le Maout et Riez.

Ce fut à ces douze débarqués que le reste de l'équipage confia le soin d'ajouter à la maison improvisée les deux ailes nécessaires au logement ultérieur des trente-trois officiers et matelots demeurés à bord du navire, et qui ne rentreraient de leur course au cap Farewell que pour s'enfermer avec leurs compagnons dans la longue nuit de l'hivernage.

Le bon chien Salvator suivit à terre Isabelle et sa nourrice. Il n'aurait pu vivre éloigné de sa jeune et vaillante maîtresse.

Enfin, le 1ᵉʳ juillet au matin, le commandant Lacrosse, à la suite d'un banquet de « revoir » donné à bord de l'*Étoile Polaire*, après avoir serré toutes les mains de ceux qui, les premiers, mettaient le pied sur la Terre Verte du nord, donna le signal du départ, promettant d'être de retour avant la fin du mois d'août.

Il y eut un moment d'indicible tristesse lorsque le steamer s'ébranla sous la première impulsion de son hélice. Quelle que pût être l'ardeur de ces explorateurs intrépides, ils ne purent envisager sans appréhension cette première séparation. Ceux qui restaient allaient faire la première expérience du séjour sur une terre désolée; ceux qui s'éloignaient, au contraire, pourraient, une fois encore, toucher à des bords moins déserts et rentrer en communication avec la société, quelque rudimentaires qu'en fussent les misérables agglomérations.

Mais on avait la certitude d'un prochain revoir. On étouffa donc le malaise de cette scission préalable, et les débarqués s'occupèrent tout de suite à remplir le mieux possible le temps qu'ils avaient à passer avant la venue de l'hiver.

La première besogne fut celle de l'aménagement de la maison.

Celle-ci était un véritable chef-d'œuvre de mécanique indus-
trielle et d'ordonnance hygiénique. Elle mesurait, dans son
état actuel, et dépourvue des deux ailes qui devaient la flanquer
ou plutôt l'envelopper, un diamètre de 12 mètres, formant la
corde du demi-cercle selon lequel elle était construite. Le
diamètre de ses ailes devait gagner 3 mètres de plus à chaque
extrémité de celui-ci. L'ensemble de la demeure représentait
donc ainsi un cercle dont la seconde moitié devait déborder la
première, tandis que la cour intérieure mesurait une aire de
6 m. 50 recouverte d'une toiture mobile.

La distribution de cet étrange édifice, assez semblable à nos
panoramas, donnait naissance à un certain nombre de salles
ou, plus exactement, de compartiments, habités par plusieurs
locataires à la fois. Une de ces chambres, la mieux aménagée,
était réservée à Mlle de Kéralio et à sa nourrice. Indépendamment
de deux salles à manger inégales, l'une pour les officiers,
l'autre pour l'équipage, la maison comprenait encore la cuisine
commune, trois chambres à bains, un laboratoire de physique
et chimie, un réduit d'observations astronomiques et météorologiques, une infirmerie, une pharmacie, soit ensemble dix
pièces de service public et huit chambres.

Elle avait été ainsi conçue par M. de Kéralio et exécutée sur
les plans qu'il avait mis une année à parfaire et à améliorer,
avec le concours entendu et sagace du docteur Servan.

Ce fut donc avec un légitime orgueil que M. de Kéralio fit
à ses compagnons, devenus en même temps ses hôtes, les
honneurs de cette demeure provisoire qui, en bien des régions
heureuses, aurait pu être définitive. Il s'étendit même avec
complaisance sur les explications qu'il en donna.

« Veuillez considérer que notre logis est fait de morceaux

scrupuleusement étiquetés et, par conséquent, aussi aisément démontables et transportables qu'ils ont été ajustés ici. Nous avons un double mur de planches, et le long de la paroi interne est plaqué un revêtement de toile goudronnée qui dissimule nos conduits d'air chaud destinés à combattre le refroidissement intérieur. Les deux murailles sont séparées par un vide de 25 centimètres en guise de chambre à air. Leurs surfaces intérieure et extérieure sont tapissées de couches de papier posées les unes sur les autres, et, pour plus de sécurité, nous allons revêtir nos cloisons de tentures de laine. »

Et, n'oubliant aucun détail, il montrait aux visiteurs émerveillés les colonnes de cuivre et d'acier soutenant la légère armature des charpentes, le jeu délicat des fermes laissant carrière à l'action des vents les plus violents par le glissement des angles sur leurs boulons, le grenier dominant toute la demeure, les plafonds percés de patins-glace pour utiliser la lumière du jour tout en supprimant les courants d'air inévitables des portes et des fenêtres, le plancher feutré soutenu par des traverses de fer revêtues de bois.

Un corridor circulaire, ou, mieux, une galerie mettait toutes les pièces en communication et permettait d'y accéder sans passer de l'une à l'autre par les portes intérieures.

Tandis que l'on visitait l'édifice dressé et aménagé en moins de quarante-huit heures, le chimiste Schnecker, qui observait toutes choses avec la plus curieuse attention, jeta tout à coup un cri de surprise.

« Ah! par exemple, cher monsieur, voici qui me paraît moins bien conçu!

— Quoi donc? interrogea M. de Kéralio.

— Mais vos cheminées! Outre qu'elles ne sont pas faites

3

pour donner une chaleur suffisante, où prendrez-vous le gaz nécessaire à les alimenter? »

Avant que le père d'Isabelle eût pu répondre, Hubert d'Ermont intervint.

« Monsieur, dit-il en riant, je vous ferai remarquer que, si nous voulions produire du gaz, au sens vulgaire du terme, c'est-à-dire du bicarbure d'hydrogène, la chose ne nous serait peut-être pas impossible, car il ne doit pas manquer de gisements carbonifères dans nos alentours. Nares et Greely en ont trouvé à portée de leurs mains à Port-Discovery, sur les côtes de la terre de Grinnell. Mais vous pourriez me répondre que nous aurions plus court de brûler le charbon lui-même, et vous auriez d'autant plus raison de le faire que cette réponse a été prévue et ces cheminées aménagées à diverses fins. »

Ce disant, Hubert prit sur le côté de l'une des cheminées une sorte de poignée à l'aide de laquelle il fit basculer le foyer. La plaque de cuivre brillante qui en faisait le fond disparut pour céder la place à une véritable grille pour coke ou charbon de terre.

Schnecker ouvrit de grands yeux.

« Voilà une cheminée maître Jacques, monsieur d'Ermont. Néanmoins laissez-moi m'étonner que la part du combustible gazeux ait été réservée, puisqu'on n'en doit pas faire usage.

— Je n'ai pas dit cela, répondit en souriant le lieutenant de vaisseau.

— Alors... je ne comprends plus. Où sont vos conduits et vos gazomètres, vos condensateurs et vos alambics? Où prendrez-vous la chaleur nécessaire à la distillation du carbure?

— Bah! répliqua le jeune homme, nous les trouverons. Et laissez-moi m'étonner à mon tour, monsieur Schnecker, qu'un chimiste comme vous exige l'emploi de moyens aussi encombrants qu'inutiles pour des voyageurs comme nous.

— Comment, inutiles! s'exclama l'Alsacien. Allez-vous me faire croire qu'on peut suppléer aux calories nécessaires sans employer les procédés de l'industrie moderne? »

D'Ermont éclata d'un beau rire, et mettant sa main sur le bras de son interlocuteur :

« Je ne prétends pas vous le faire croire, mais vous le montrer tout simplement. Il y a gaz et gaz. Il me suffit d'avoir entre les mains un agent de chaleur dix fois, vingt fois, cent fois supérieur à ceux de l'industrie moderne pour réaliser ce miracle que vous niez, monsieur Schnecker. »

Le chimiste hocha la tête.

« Je ne nie pas, monsieur d'Ermont, je doute. C'est autre chose. »

En même temps son front se plissa, et il jeta un mauvais regard oblique sur le lieutenant de vaisseau.

Isabelle de Kéralio surprit ce regard, mais elle ne laissa rien paraître de l'impression qu'elle en ressentit, se réservant d'observer plus attentivement ce participant suspect de la vie commune qu'on allait mener. Toutefois elle se rappela que, naguère à bord de l'*Étoile Polaire*, son fiancé avait lui-même froncé le sourcil au nom de M. Schnecker et communiqué en quelque sorte au fidèle Salvator l'animadversion qu'il éprouvait à l'endroit du chimiste.

« Rivalité de savants, se dit-elle; il n'y a que cela en eux. »

Et comme Isabelle était la plus confiante, la plus généreuse des créatures, elle ne laissa pas sa pensée s'arrêter plus longtemps sur le deuxième incident que sur le premier.

On fut bientôt à même de reconnaître les avantages de la

demeure scientifiquement construite par M. de Kéralio et le docteur Servan. Malgré la grande élévation des latitudes, et à cause de l'absence de tout arbre, cette dernière période de l'été polaire fut remarquablement chaude. La température atteignit 16 degrés et parut ainsi insupportable aux voyageurs, d'autant plus que sur un même point elle s'élevait bien davantage.

On consacra ces journées d'inaction à la chasse et à la pêche. Isabelle de Kéralio prit sa bonne part de l'un et l'autre exercice. C'était d'ailleurs la seule distraction possible. D'autres motifs également engageaient les navigateurs à faire des provisions. On ne pouvait prévoir la durée du séjour sur ces terres désolées et il était bon de s'assurer, pour la consommation future des membres de l'expédition, la plus grande quantité possible de vivres frais.

Du reste, le gibier fut abondant, le gibier à plume surtout. Guerbraz, le meilleur tireur de la troupe, tua, dans une seule matinée, deux douzaines de canards-eiders. On abattit par cinquantaines, ou l'on prit aux filets, les ptarmigans ou perdrix polaires, les lummes et les dovekies, sorte de pigeons ou plutôt de mouettes à la chair huileuse, mais succulente.

Le matin du cinquième jour depuis l'installation à Fort Espérance, Guerbraz accourut essoufflé à la station, et répondit par mots hachés aux questions avides d'Hubert d'Ermont :

« Des bœufs! à deux milles au nord! »

Isabelle avait entendu le nom.

« Des bœufs! s'écria-t-elle, des bœufs musqués! Je suis de la chasse. »

Depuis plusieurs jours déjà la jeune fille avait revêtu un costume de circonstance. Il lui seyait à ravir et vraiment on ne pouvait souhaiter à une femme plus d'élégance et de grâce sous un costume semi-masculin.

Elle portait un pantalon de chaude laine, serré aux genoux par des guêtres de cuir et sur lequel retombait une courte jupe, analogue à celles des vivandières. Une veste à basques l'enveloppait du cou à la ceinture, et sur sa charmante tête Mlle de Kéralio plaçait une toque en peau de martre zibeline munie d'oreillettes et d'un couvre-nuque. Une carabine, chef-d'œuvre de précision aussi bien que de ciselure artistique, pendait à son épaule droite, tandis qu'à son épaule gauche ballottaient le sac et la cartouchière.

Ainsi équipée, Isabelle s'élança sur les pas d'Hubert et de Guerbraz.

Comme ils sortaient de la maison, ils croisèrent le chimiste Schnecker.

« Où courez-vous ainsi? » demanda l'Allemand.

D'Ermont répondit avec le même laconisme que Guerbraz :

« Des bœufs! Si vous voulez venir, faites vite! »

Le savant ne se fit pas répéter l'avis. Lui aussi s'élança dans la maison pour y prendre son fusil.

Mais déjà Hubert, Isabelle et Guerbraz escaladaient les plus basses collines, et, se dissimulant derrière des monceaux de gravats et de roches éboulées, se rapprochaient aussi vivement que possible du troupeau des bœufs musqués. Il n'était pas des plus nombreux et comprenait au total un taureau, deux vaches et deux veaux. Les cinq bêtes paissaient sans méfiance le rare gramen de la côte et ne prévoyaient guère l'agression dirigée contre elles.

Tout à coup les deux chasseurs et leur compagne arrivèrent à portée de fusil, et trois coups de feu éclatèrent simultanément. On vit tomber une des vaches et un des veaux. Le mâle, atteint lui aussi, se releva pourtant et se mit à détaler avec les deux autres fugitifs, laissant derrière lui une traînée de sang.

Ce n'était pas le compte du matelot Guerbraz, qui l'avait touché à la hanche. Sans prendre garde au danger qu'il courait, le Breton s'élança à la poursuite de l'animal à grandes enjambées, et parvint à lui couper la retraite.

Alors la scène changea brusquement et devint extrêmement dramatique.

Guerbraz, pêcheur d'Islande et de Terre-Neuve, vieux routier du pôle, était doué d'une vigueur prodigieuse. Déjà il avait détaché de sa ceinture une hache à manche court avec laquelle il se proposait de frapper l'animal sur la nuque, plus bas que la redoutable calotte que lui font ses larges cornes, quand le taureau, renonçant à la fuite, fit tête à l'assaillant et revint sur lui de toute la vitesse de sa course.

Guerbraz, emporté par son propre élan, et de plus entraîné sur une pente du coteau, n'eut pas le temps de se garer. La bête furieuse le rencontra à la descente. Par bonheur, le choc ne se produisit pas directement, et le bœuf musqué ne toucha son adversaire que d'un coup d'épaule, qui le fit rouler sur le sol rocailleux.

Mais le taureau, après avoir dépassé le marin d'une trentaine de mètres, s'était arrêté et, revenant sur ses pas, allait le piétiner ou le lacérer de ses cornes. Guerbraz, étourdi par la chute, ne pouvait se mettre en garde.

Soudain une nouvelle détonation retentit, et l'*ovibos*, foudroyé, tomba mort aux pieds du matelot frappé de surprise.

Isabelle accourait, l'arme fumante. Guerbraz saisit la main de la jeune fille et la baisa pieusement.

LE BŒUF MUSQUÉ FIT ROULER GUERBRAZ SUR LE SOL.

« Vous m'avez sauvé la vie, mademoiselle, s'écria-t-il. A charge de revanche. A la vie, à la mort! »

Mlle de Kéralio, essoufflée par la course, ne pouvait parler. Aussi bien, cet incident en eut-il un autre pour pendant.

Un cinquième coup de feu retentissait, et Hubert d'Ermont, qui venait rejoindre ses deux compagnons, sentit le vent d'une balle à un pied à peine de son visage. En se détournant, le sourcil froncé, il découvrit Schnecker à une soixantaine de pas en arrière. C'était lui qui venait de tirer.

« Vous êtes un maladroit, monsieur Schnecker! » cria le lieutenant de vaisseau avec un accent où vibraient à la fois une sourde colère et une dédaigneuse ironie.

CHAPITRE III

III

L'ANTICHAMBRE DU PÔLE

Les principaux témoins du drame gardèrent le plus complet silence sur ce dernier épisode d'une chasse singulièrement émouvante et agitée. Mais Isabelle, très vivement impressionnée, put voir Hubert d'Ermont échanger un rapide coup d'œil avec Guerbraz.

Les deux hommes se connaissaient depuis plusieurs années, Guerbraz, quoique plus âgé que d'Ermont, ayant fait campagne sous ses ordres alors qu'il n'était qu'enseigne de vaisseau. Il était évident que la maladresse de leur compagnon leur paraissait suspecte. Schnecker avait fait feu à un moment où il ne restait plus aucune raison de tirer. Le danger couru par le Breton avait été conjuré par la carabine d'Isabelle, et les deux bêtes survivantes avaient eu déjà le temps de disparaître derrière un mamelon.

Cependant le naturaliste s'avançait, sa casquette à la main, saluant très bas et avec son sourire le plus obséquieux.

Il chercha à s'excuser.

« Il paraît, monsieur d'Ermont, dit-il, que j'ai failli causer un malheur? Pardonnez-le-moi. J'ai la vue très basse. Je ne me servirai plus de fusil.

— Vous ferez bien, monsieur », répondit le jeune homme, peu endurant de sa nature.

Et, tournant le dos au chimiste, il pressa le pas afin de revenir au plus vite, en compagnie d'Isabelle, jusqu'à la station.

Déjà, attirés par les coups de feu, M. de Kéralio accourait, ainsi que le docteur Servan et les cinq autres matelots.

On donna à ceux-ci la mission de dépouiller immédiatement les bêtes, afin de ne pas laisser le temps aux chairs de contracter l'odeur de musc qui les eût rendues immangeables. Cette besogne fut promptement accomplie, et quatre cents kilogrammes de viande fraîche vinrent s'ajouter aux provisions du magasin.

Rentré à Fort Espérance, Hubert s'empressa de s'enfermer avec son futur beau-père, le docteur et Guerbraz, pour qu'ils pussent méditer en commun sur la gravité de l'événement qui venait de se produire.

La conférence fut des plus émouvantes. M. de Kéralio, très débonnaire, ne pouvait croire à un acte de malveillance. La chose lui paraissait invraisemblable.

« Je sais, dit-il, que notre compagnon est d'une myopie extraordinaire.

LE NATURALISTE S'AVANÇAIT, SA CASQUETTE A LA MAIN.

— Bah ! répliqua d'Ermont, quand on est si myope que cela, on ne s'aventure pas à tirer. Et puis, j'ai beau faire, je ne peux arriver à comprendre qu'un tireur dont la balle passe à un pied de la figure d'un homme ait pu prendre cet homme pour un bison. »

Et il ajouta, avec cet entrain qui lui revenait en toutes circonstances :

« A nous d'ouvrir l'œil, et le bon ; sans quoi ce digne Schnecker aurait le droit de nous prendre tous pour des bêtes. »

Ses compagnons rirent du mot. Mais le sujet était trop grave pour qu'on le perdît sitôt de vue. M. de Kéralio ne put se défendre d'une exclamation :

« Mais pour quel motif aurait-il commis un pareil crime ? Nous ne lui avons jamais fait de mal. Aucun de nous ne lui a manifesté l'ombre d'une suspicion !

— Pardon, reprit Hubert avec la même gaieté, il y a quelqu'un qui la lui témoigne depuis le premier jour ; c'est notre brave Salvator.

— Il est certain, dit gravement le docteur, que l'argument a du poids. Je tiens l'instinct des animaux, et particulièrement des chiens, pour infaillible. »

Il s'interrompit et, s'adressant à M. de Kéralio :

« Voyons, d'où vous vient ce chimiste mauvais tireur ?

— Il me vient de Paris, répliqua le père d'Isabelle. Il venait même avec de très hautes recommandations de personnalités connues, de membres de l'Institut, ou de sociétés savantes des départements.

— En ce cas, fit le docteur pensif, s'il y a eu de sa part une velléité criminelle, elle ne pourrait guère s'expliquer que

4

par une jalousie forcenée, quelqu'un de ces sentiments étrangement bas et vils qui peuvent naître dans l'âme humaine. Car une grande intelligence n'est point par le fait même la garantie d'un grand cœur et d'un beau caractère.

— Il faudra le surveiller tout de même, opina M. de Kéralio.

— Je me charge de ce soin », ajouta paisiblement Guerbraz.

On se sépara sur cette parole, en se donnant rendez-vous pour l'étude des côtes et l'examen des cartes.

A vrai dire, celles-ci étaient tout ce qu'il y a de plus incomplet, et l'expédition, au point où elle se trouvait, était en face de l'inconnu. Ce que l'on savait, on ne le savait que par suppositions. La côte du Grœnland oriental passe pour très accore, à partir du 78e degré. Les sondages pratiqués au Spitzberg ont fourni des profondeurs considérables, et l'on a pu constater qu'aucune terre ne s'interpose entre le 7e degré de longitude orientale et le 20e de longitude occidentale.

L'hypothèse d'une mer très vaste et conséquemment plus soumise à l'influence des courants chauds et des grandes marées était tout à fait plausible. Présentement, du haut des crêtes de la côte, les explorateurs l'apercevaient entièrement libre, et leur champ d'investigation n'accusait sur la terre aucune de ces anfractuosités qui, sur le canal Kennedy ou le canal Robeson, transforment les fiords de l'ouest en glaciers déversoirs d'icebergs. Tout permettait donc de croire à la possibilité d'un voyage maritime au printemps suivant.

Cependant l'été s'épuisait rapidement, et les signes avant-coureurs de l'hiver se manifestaient avec plus de précision. C'était, tout les matins et tous les soirs, la formation, à la surface de l'eau, d'une couche de glace mince et friable, de celle que les Canadiens appellent *frazi*. En outre, la nuit, la

terrible nuit polaire, s'approchait, et le soleil de minuit
s'abaissait sur l'horizon du sud. Vers le 15 août, des bises
glaciales avaient épaissi de 6 à 7 centimètres la bordure des
terres, et la banquette éternelle des rivages avait pris une teinte
bleue, caractéristique des nouvelles stratifications.

On commença à revêtir les costumes exigés par ce rapide
abaissement de la température. Afin de conserver aux corps la
plus grande somme d'activité, le lieutenant d'Ermont occupa
les hommes sans relâche à maintenir libres les abords des
passes, en prévision du retour prochain de l'*Étoile Polaire*.
Dans l'intervalle des repos, on construisait, avec tout le soin
possible, les ailes de la maison, et vers le 20 août elle se
trouva terminée, prête à recevoir son supplément de locataires.

Dès lors on fut dans l'attente de ce retour, et chaque jour
les regards anxieux des hivernants interrogèrent l'horizon
du sud.

La mer se couvrait de blocs des dimensions les plus variées.
Il était évident que la vaste étendue des mers entre le Grœnland et le Spitzberg rend beaucoup plus lente sur ce point la
formation des *floes*, d'une si foudroyante rapidité dans les
baies et les détroits du nord de l'Amérique.

Néanmoins, avec la descente continue du thermomètre,
l'imminence de la grande congélation s'accentuait d'heure en
heure. On voyait accourir du nord les grands *icebergs*, ou
montagnes de glace, avec leur escorte de blocs moindres et de
débris de champs qui, en se soudant, constituent le grand
pack proprement dit. La température moyenne du mois d'août
fut de 6 degrés. Elle était encore très agréable pour des gens
qui, dans la zone tempérée, en subissent douze et quinze de
moins au fort de l'hiver.

Isabelle ne se départait pas une seconde de sa vivacité et de son entrain. Elle avait même quelque hâte de voir venir l'hiver, car l'hiver ouvrirait la porte aux grandes expériences astronomiques et météorologiques. En outre, ne serait-il pas l'introducteur du printemps, époque consacrée aux explorations et aux traînages, s'il n'était pas possible de pousser l'*Étoile Polaire* plus avant sur le chemin du nord?

M. de Kéralio, lui, ne partageait pas le même optimisme. Il regrettait amèrement sa condescendance pour le « caprice » de sa fille, et redoutait pour elle la venue des grands froids. Les premières neigées, l'insidieuse pénétration de la mort sous ses aspects les plus lugubres, assombrissaient sa pensée à l'instar du firmament que le soleil allait déserter pour quatre interminables mois.

Mais aujourd'hui que « le mal était fait », qu'il n'y avait plus à revenir sur la hasardeuse détermination d'Isabelle, le père cachait ses alarmes, dans la crainte de diminuer la bonne humeur de celle-ci, et, par là même, d'amoindrir l'énergie physique et morale dont elle aurait besoin pour traverser les terribles épreuves de l'hivernage.

Tout autour d'eux, le travail s'accélérait. Dans l'une de ses excursions vers le mont Petermann, le lieutenant de vaisseau d'Ermont avait découvert une mine considérable de charbon. C'était un véritable dépôt que la nature avait mis à la portée de leurs mains, affleurant le sol. Aussi s'empressa-t-on d'en extraire la quantité suffisante pour deux hivers. Le précieux minerai fut déposé en tas sur les annexes des galeries, et il fallut même dresser à cet effet un hangar spécial à l'aide de planches de réserve recouvertes de toiles goudronnées.

On attendait le retour de l'*Étoile Polaire* avec une impatience croissante. Chaque jour qui s'écoulait apportait une nouvelle angoisse, car on savait les mers du Pôle pleines de caprices fantasques. Deux fois en moins de soixante-douze heures, l'horizon se voila d'énormes masses, et l'on trembla à la pensée que les issues pourraient être fermées au navire.

Aussi accueillit-on avec des clameurs enthousiastes l'annonce que donna le gabier Kermaïdic en descendant de son quart de vigie, le 22 août, vers une heure après midi.

Le vapeur venait d'apparaître, et le vent soufflant du sud dégageait les abords de la côte. Les icebergs couraient uniformément vers l'est, dans la direction du Spitzberg. Le navire pourrait entrer dans le fiord à la chute du jour.

Le calcul fut déjoué. Brusquement, vers les cinq heures du soir, au moment même où les feux de l'*Étoile Polaire* révélaient sa présence à moins de trois milles de la côte, le vent sauta au nord-ouest et produisit une chute rapide de la colonne mercurielle. Le thermomètre, sans avertissements préalables, accusa 20 degrés au-dessous de zéro.

Il fallut passer la nuit dans une cruelle incertitude et attendre jusqu'au lendemain, à dix heures, pour revoir le navire à deux milles plus bas dans le sud. On constata alors que la glace nouvelle s'était accrue de 18 centimètres.

Heureusement le flot montait, refoulant les floes errants, de manière à laisser aux navigateurs plusieurs allées d'eau suffisantes pour permettre au navire d'atteindre le fiord. Grâce à son éperon et à son étrave blindée, grâce à la puissance de sa machine, l'*Étoile Polaire* put se frayer un chemin à travers les débris incessants qui venaient obstruer, à toute seconde, le passage. A deux heures précises, après avoir, à coups de bélier, taillé sa route dans les chenaux de mer libres, l'*Étoile*

Polaire mouillait l'ancre dans le fiord François-Joseph, au pied des falaises de 300 mètres qui allaient l'abriter en même temps que le Fort Espérance.

Les premiers habitants de la station accoururent, poussant des cris de joie, au-devant des hôtes du navire, et ce fut avec la plus touchante effusion que l'on accueillit ceux qu'un instant on avait désespéré de revoir. Ceux-ci, de leur côté, témoignèrent la joie la plus vive à la pensée de se trouver à terre, sous un abri aussi confortable que possible, dressé et aménagé avec tout le soin désirable et en conformité avec les règles de l'hygiène la plus minutieuse. Le soir, il y eut un banquet où des toasts enthousiastes furent portés au succès de l'expédition.

Le lendemain, on ne se leva que vers dix heures du matin, et M. de Kéralio, entrant, pour la première fois, dans son rôle de commandant, fit rassembler tout le monde afin que l'on donnât lecture du règlement.

Prenant exemple sur l'expédition anglaise de 1876, le corps des officiers de la campagne décida de distribuer les hommes en escouades déterminées par leur but et leurs fonctions. Indépendamment de l'emploi ordinaire de chacun, tous furent soumis à des obligations générales et communes, à un service quotidien, tant à l'intérieur du fort que pour le moment des explorations.

Le partage des attributions ne fut pas le seul souci de cette journée. On fit la revue de l'équipement et des armes, l'inspection de santé, rendue obligatoire par la nécessité de n'assigner à chacun que sa part virile de besogne.

Ce premier recensement fournit, outre le personnel des officiers, une liste de trente matelots et ouvriers, dont vingt

B

Bretons et dix Canadiens. Chaque homme reçut une carabine Winchester à canon court, à portée moyenne de 600 mètres, avec cent vingt cartouches, un revolver du modèle de la carabine française avec dix paquets de cartouches, un couteau de chasse, une hache à manche court, au tranchant revêtu d'une enveloppe de laiton, plus une trousse complète de campagne avec couteau à quatre lames, ciseaux, fil et aiguilles, peigne et brosse. Les vêtements se composèrent de trois pantalons de laine douce, trois chemises de flanelle, deux gilets et deux vareuses de tricot, un surtout de fourrure, un passe-montagne à capuchon, une casquette de loutre à couvre-nuque et oreillettes deux paires de mitaines de laine et une paire de gants fourrés, une paire de bottes de cuir pour la belle saison, plus deux paires de mocassins, des jambières en drap et des guêtres de toile à voile assouplie, pouvant se relever en hauts-de-chausse à la façon d'un caleçon. Les bas de laine furent réservés en magasin. Ils ne devaient être livrés aux hommes que sur un bon de leurs chefs d'escouade respectifs.

On laissait de même au magasin douze fusils de chasse, que l'on prêterait au fur et à mesure, et selon les besoins du moment, aux meilleurs chasseurs de la troupe.

Indépendamment des cadres de bois pourvus de leurs matelas, on avait encore réservé un sac-couchette en peau de bison pour deux hommes, en prévision des excursions d'automne et de printemps, ce qui portait leur nombre à vingt. Dix autres étaient mis de côté en prévision de remplacements nécessaires.

Dès cette première journée, on débarqua les chiens, au nombre de quarante, et le matelot Owen Carré, baleinier canadien, fut chargé de leur éducation, ce qui ne constituait point une sinécure pour ce brave garçon.

Les jours suivants furent consacrés à l'arrimage définitif des provisions qu'on laissait à bord de l'*Étoile Polaire*. Le gouvernail fut démonté et couché sur le pont. On retira de même les hélices, et les diverses pièces de l'arbre de couche furent soigneusement graissées et enfermées dans un fourreau de cuir tanné. Les embarcations furent enlevées de leurs portemanteaux et saisies solidement sur le pont. Par les mêmes mesures de précaution, on laissa au navire les bas mâts et on le couvrit, d'un bout à l'autre, d'une triple tente, après avoir condamné toutes les ouvertures, à l'exception de l'écoutille donnant accès à l'intérieur.

Il fut convenu à l'unanimité que si la maison subissait quelque avarie, on se réfugierait à bord de l'*Étoile Polaire*.

Enfin, pour préserver par tous les moyens la coque elle-même de la pression éventuelle des glaces, on l'enveloppa d'un berceau d'acier dont les bandes, reliées entre elles par une série de croix de Saint-André et étirées dans des filières en croix, reposaient sur des poutrelles également de fer, encastrées dans une gangue de bois. Ainsi soutenu, le navire ne devait rien redouter de la pression sur sa quille ou ses flancs. En effet, des charnières permettaient le jeu des arcs-boutants. Les poutres recevaient le choc sur leurs pieds, et, répondant à la poussée, elles élèveraient l'énorme masse du navire jusqu'à le retirer entièrement de l'eau et le tiendraient ainsi suspendu. Ceci était une invention de Marc d'Ermont, dont on allait faire la première épreuve en cette circonstance.

Tous les préparatifs terminés, on n'eut plus qu'à attendre la venue des mauvais jours.

Or ils approchaient à grands pas. On voyait fuir en longues troupes les oiseaux de passage qui se risquent en été jusqu'en ces hautes latitudes. Quelques bandes de loups et de renards isatis se laissèrent voir dans les environs du Fort Espérance, et ce fut une occasion pour Isabelle de courir sus à ces visiteurs importuns. Mais les chasseurs en furent pour leurs frais de déplacement. Ni renards ni loups ne se laissèrent approcher. On tua néanmoins quelques dovekies, des ptarmigans, de plus en plus rares depuis que l'été touchait à sa fin, et une demi-douzaine d'eiders-ducks.

Le 28 août, il fallut allumer les poêles. Le thermomètre venait de s'abaisser brusquement au zéro, et les gelées n'attendaient plus la nuit pour se produire.

Le docteur Servan, homme très gai, très entreprenant de sa nature, fit décerner à Mlle de Kéralio le titre de « directrice des Beaux-Arts et Jeux Publics ». Lui-même s'inscrivit après elle avec le grade de secrétaire-organisateur.

Dès lors, ni l'un ni l'autre ne connurent le chômage, car le soin du moral des hommes dans une expédition polaire offre plus de souci encore que la surveillance de leur santé physique.

Par leurs ordres, on entretint en bon état tous les jouets nécessaires dont les Anglais, ces gens souverainement pratiques, ne se séparent jamais, tels que balles, ballons, volants et raquettes à main, cricket et croquet, crosse, etc. Une aire de 60 mètres de diamètre, choisie dans un lieu bien abrité, et balayée, raclée avec une attention scrupuleuse, fut, sur le roc vif, l'arène des distractions et des délassements. Les charpentiers de l'équipage l'entourèrent d'une palissade de pieux reliés entre eux par des cordes goudronnées. On installa, tous les 2 mètres dans son pourtour, des poteaux plus élevés auxquels on devait accrocher des lampes électriques, M. Schnecker s'étant offert à fournir toute la lumière désirable pendant le séjour à Fort Espérance.

Ce ne fut pas tout. Sous l'habile direction d'Owen Carré et de son lieutenant Jim Cleriksen, Esquimau ramené de Frederikshaab, les chiens furent promptement dressés et entraînés pour les exercices de la course. Ceci apportait un plat nouveau à la carte des jeux, à savoir, les concours de traîneaux sur la glace du pack.

Parmi les chiens grœnlandais, payés très cher, se trouvaient six bêtes d'une beauté admirable, appartenant à l'espèce que l'on dénomme terre-neuve d'une désignation générique, et d'une façon plus spéciale, labrador.

Le labrador, en effet, est plus bas sur pattes que le terre-neuve proprement dit. Il est aussi plus vigoureux en général, mais assurément moins bien doué sous le rapport de l'éducabilité et des bonnes mœurs. Le larcin lui est chose habituelle, et il n'a jamais connu le respect du bien d'autrui ou des misères du prochain.

Le beau Salvator, venu de France, ne manifestait que trop ouvertement son immense dédain pour la plèbe des tireurs de traîneaux. Il affectait, à l'égard de ses congénères labradors, cette espèce de supériorité hautaine, d'ascendant intellectuel que les gens des villes acquièrent sur les campagnards. Au reste, il était bon prince, et nul ne songea à lui disputer l'empire. Sa distinction incontestable, sa force vraiment prodigieuse, lui garantissaient le respect des demi-sauvages avec lesquels il daignait parfois faire un bout de causette dans le patois ordinaire des chiens. Le reste de son temps était consacré au service particulier de ses maîtres, ou plutôt de sa maîtresse. Il était le compagnon assidu d'Isabelle de Kéralio, son escorte dans les courses parfois hasardeuses qu'elle faisait aux alentours du fort. Bientôt il devint son guide, et l'instinct infaillible de l'animal prévint plusieurs fois la jeune fille des dangers qu'elle pouvait courir, notamment en une occasion où celle-ci, sans y prendre garde, allait se jeter à la tête d'un ours gigantesque en tournée aux environs du campement.

Si Salvator était pour Isabelle un garde du corps à quatre pattes, elle n'en avait pas moins un serviteur et un ami dévoué en la personne d'Alain Guerbraz, le matelot breton qu'elle avait sauvé du retour offensif du bœuf musqué.

Guerbraz était un de ces hommes extraordinaires auxquels Dieu a départi, pour la stupéfaction de l'espèce humaine, une de ces vigueurs prodigieuses qui semblent ne devoir être le lot que des grands pachydermes.

Ce Breton était fort comme un rhinocéros. Il jonglait avec des poids de cinquante livres, broyait d'un coup de barre de fer le crâne de n'importe quel animal, et quand ses mains, véritables grappins d'arbordage, s'étaient fixées sur un objet, on aurait pu les couper, mais non les faire lâcher prise.

Il avait désormais voué à la défense d'Isabelle de Kéralio une existence dont il ne devait la conservation qu'à l'intervention aussi courageuse qu'opportune de la jeune fille.

De son côté, la jeune fille se montrait sensible à cet attachement si simple et si touchant, et, en toute occasion, manifestait à Alain Guerbraz sa confiance. Rien ne pouvait mieux récompenser le paisible colosse de son dévouement que la constatation en Isabelle de ce sentiment de sécurité qu'elle éprouvait sous sa garde.

Cependant les approches de la grande nuit polaire faisaient sentir leur influence sur les esprits. Les Canadiens seuls semblaient n'y point prendre garde, habitués qu'ils étaient aux froidures du septentrion. Les autres voyaient avec une sorte de terreur religieuse se raccourcir les journées, s'accroître les ténèbres qu'atténuaient cependant encore de longs crépuscules.

Qu'allait-il advenir de l'entrain et de la gaieté commune lorsque le voile du deuil serait définitivement retombé sur l'hémisphère boréal?

Nerveuse et impressionnable, Isabelle de Kéralio n'en avait que plus de mérite à dissimuler ses propres sentiments. A mesure que l'hiver prenait possession de son empire, elle se multipliait pour relever le courage et la résolution de ses compagnons. Elle était de toutes les courses et s'employait utilement aux relevés géographiques de la côte. Lorsque, le 4 septembre, pour la première fois, à minuit, le soleil quitta le firmament, la jeune fille se fit une fête d'assister à ce départ de l'astre. Elle gravit, en compagnie d'Alain et d'Hubert, les contreforts d'un pic reconnu aux abords du cap Ritter, et demeura les yeux fixés sur le sud-ouest.

Par bonheur, la température était supportable, le ciel merveilleusement pur. Le soleil avait atteint la frange des collines dénudées qui font des échelons au pic Petermann, haut de 3 350 mètres. Un instant, il parut s'arrêter sur les glaces du mont Payer, voisin du géant et son inférieur d'un tiers environ. Puis, sa descente continuant, son disque se dilata, perdit son éclat, et s'attacha, gloire sanglante, à la pointe la plus élevée du mont. Enfin, de plus en plus élargi, au détriment de sa hauteur, devenu ellipse de cercle qu'il était, l'astre se laissa tomber de l'autre côté de la Terre.

C'était le commencement de la nuit. A partir de ce jour, la lumière allait décroître avec une sinistre vitesse.

Mais on était prêt à accueillir l'ombre. Les derniers travaux s'achevaient autour de la maison. Un remblai de glace, ou plutôt un véritable mur de glaçons épais que le froid se chargerait de souder, fut élevé à deux pieds des murailles de bois. On le porta jusqu'au niveau de la toiture elle-même, mais en prolongeant au-dessus les gouttières de celle-ci. De la sorte, l'humidité ne servirait qu'à cimenter davantage ce rempart naturel.

Le vide laissé entre les deux parois fut comblé, autant que faire se pouvait, avec du son de bois et de la paille. A l'avenir on jetterait sur cette première couche toute la cendre résultant des combustions.

Aussi le courage et la bonne volonté des explorateurs se trouvèrent corroborés par toute leur expérience personnelle, les suggestions de leur imagination et l'acquit des expéditions précédentes. Le moment des investigations préliminaires était venu, et les voyageurs savaient par tous les récits de leurs devanciers combien les campagnes d'automne sont dangereuses.

Il fallait donc établir, dès l'abord, le plan qu'on allait suivre.

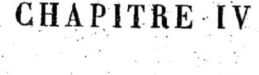

CHAPITRE IV

ON SE RÉUNIT DANS LA SALLE A MANGER.

IV

UN TRAITRE

Le 5 octobre, M. de Kéralio rassembla en conseil les officiers
de l'expédition et ceux des sous-officiers dont le savoir et
l'expérience pouvaient être de précieux auxiliaires.

On se réunit dans la salle à manger réservée aux officiers.
M. de Kéralio présida la séance, et le lieutenant Hardy fut
désigné comme secrétaire rapporteur. Vu l'importance des
communications qu'on allait faire et qui intéressaient l'ensemble des opérations, il ne fut fait aucune exclusion de
personnes. Au reste, un seul personnage était suspect, c'était
le chimiste Schnecker. Mais ses fonctions mêmes imposaient
sa présence. Nul mieux que lui n'était apte à discuter les
projets et à contrôler les hypothèses. Attentif à ne blesser

5

aucune susceptibilité, M. de Kéralio évita les allusions, même les plus lointaines, aux faits, jusqu'ici inexpliqués, qui avaient motivé des soupçons dans quelques esprits.

On s'était assis autour d'une table, près du poêle, dont les ronflements ne troublaient point la conversation générale. En sa qualité de commandant supérieur de l'expédition, M. de Kéralio prit le premier la parole.

« Messieurs, dit-il, je ne rappellerai que sommairement, et pour la forme, l'historique des expéditions polaires qui ont précédé la nôtre. Je ne parlerai même que de celles qui ont poussé le plus avant sur la voie des découvertes. En voici le résumé :

« Nous sommes présentement par 76 degrés de latitude septentrionale, c'est-à-dire sur la côte orientale du Grœnland.

« Les plus hautes latitudes atteintes jusqu'ici l'ont été : par Parry, le 23 juillet 1827, 82°45′; par Payer et l'expédition autrichienne, les 8 juillet 1873 et 15 août 1874, 83°7′; par Markham, le 12 mai 1876, 83°20′26″; et par Lockwood et Brainard, le 13 mai 1882, 83°23′6″.

« Depuis cette date, aucune tentative n'a été faite.

« Or les observations de Lockwood placent ce point par 40°46′ de longitude occidentale, selon le méridien de Greenwich. Nous nous trouvons donc, très exactement, à 7°24′ de ce point, et, sur la même terre, soit à vol d'oiseau et en suivant une route oblique, à 185 lieues ou, rigoureusement, à 638984 mètres.

« Il s'agit de le dépasser. Nous le dépasserons. »

Au moment où M. de Kéralio prononça ces derniers mots, une acclamation unanime jaillit de toutes les poitrines.

« Bravo! hourra! Vive M. de Kéralio! »

Le père d'Isabelle sourit et, réclamant le silence :

« Non, messieurs, dit-il, ce n'est pas moi qu'il faut acclamer. Je ne suis qu'un instrument, le moindre d'entre vous. Nous travaillons pour l'humanité, pour la science et, faut-il le dire, pour la France, notre glorieuse patrie, pour prouver au monde que cette patrie des grands dévouements ne se laisse devancer par personne sur la voie de l'honneur et du courage.

— Vive la France! » cria frénétiquement l'assistance.

A cette patriotique acclamation une seule voix ne se mêla point.

Ce fut celle du chimiste Schnecker. L'œil vigilant d'Alain Guerbraz ne l'avait point perdu de vue. Il put constater cette inexplicable abstention.

« Oh! toi, pensa le Breton, je saurai bien quel genre de Deutsch couvre ta pelure d'Alsacien! »

Mais il ne voulut encore rien dire. L'attention, d'ailleurs, s'absorbait à écouter l'exposition de M. de Kéralio.

« Deux voies peuvent s'ouvrir à nous, continua celui-ci : celle de la terre pour les traînages, celle de la mer, comme le croient tous les explorateurs du versant occidental, car le pack ne se forme que par morceaux dans le bras de mer qui nous sépare du Spitzberg. Dans la première hypothèse, et en éliminant absolument la seconde, le plus court pour nous est de remonter jusqu'au cap Bismarck, et là, de nous élancer, à travers le continent grœnlandais, jusqu'à la découverte de ce cap Washington, d'où nous remonterions définitivement vers le 83ᵉ degré, ou plutôt vers le Pôle lui-même. »

Une nouvelle salve d'applaudissements saluèrent cette déclaration.

« C'est cela, c'est cela même ! s'écrièrent avec enthousiasme les officiers.

— En conséquence, poursuivit M. de Kéralio, nous devons apporter tous nos soins à la conservation de notre navire, car il sera le véhicule probable de notre campagne d'été. Du 1er juin au 15 août, nous pouvons avoir achevé le parcours et résolu le problème que tant d'autres avant nous ont noblement, mais vainement, tenté de résoudre. Une fois au 83° parallèle, sept degrés ne sont pas pour nous effrayer, surtout si, comme l'a écrit Greely lui-même, nous rencontrons au delà la mer libre. »

Il y eut un assentiment chaleureux, et, pendant quelques minutes, la conversation devint générale.

Une voix vint encore jeter sa note discordante dans ce concert d'adhésions.

« Je vous demande pardon, fit Schnecker, si je ne partage point absolument votre confiance. M'est-il permis de présenter quelques menues objections ?

— Cela vous est permis, monsieur Schnecker, répondit M. de Kéralio. Ce sera à nous de vous répondre.

— Fort bien. La première question que je vous pose est celle-ci : Que ferez-vous de la maison de Fort Espérance ?

— Mais, répliqua le capitaine Lacrosse, il me semble que M. de Kéralio a répondu d'avance à cette question. La maison ?... Elle reprendra sa place à bord sous la figure d'écrous et de planches. Elle sera repliée à fond de cale comme avant d'avoir été dressée. Nous la remettrons sur pied pour notre deuxième hivernage au cap Washington.

— Vous ne doutez de rien, capitaine, ricana le chimiste. Où donc prendrez-vous le combustible nécessaire à vos chaudières ?

car j'imagine que les deux mille tonnes de charbon embar-
quées sur l'*Étoile Polaire* ne sauraient suffire d'abord à assurer
le calorique de notre demeure, en second lieu à alimenter la
chauffe de notre steamer.

— Bah ! monsieur Schnecker, vous avez pu vous assurer
que la Providence, mieux informée que nous, à l'apparence, a
déjà pris soin de nous fournir du combustible nécessaire. »

C'était le lieutenant Rémois qui avait parlé. Il l'avait fait
sur un ton enjoué, plein d'une joyeuse confiance, qui commu-
niqua tout de suite la gaîté à son entourage.

« J'entends bien, reprit le savant. Vous faites allusion au
gisement de houille auquel nous avons déjà fait de notables
emprunts. Mais, fût-elle encore plus abondante, la mine ne
vous suivra pas en voyage. Et quant à l'embarquer, il faut y
renoncer ; l'*Étoile Polaire* ne supporterait pas un pareil excé-
dent de charge.

— L'*Étoile Polaire* en supportera bien d'autres ! s'écria le
capitaine avec vivacité. Et d'ailleurs, en supposant que vous
ayez raison, mille tonnes suffiraient amplement à notre pointe
jusqu'au cap Washington. »

Le chimiste ne parut pas convaincu.

« Oh ! jusqu'au cap Washington, j'y consens. Mais après?...
Le rapport de Lockwood ne signale aucune trace de terrain
houiller dans les parages qu'il a atteints. »

Cette persistance à les contredire agaçait visiblement les
explorateurs. Hubert d'Ermont, dont la patience était à bout,
fit littéralement explosion :

« Hé! monsieur, si le charbon nous fait défaut, qui vous dit
que nous ne trouverons point un autre combustible ? Tenez, je
veux être sincère et ne pas faire languir plus longtemps votre

curiosité, et surtout celle de mes chers compagnons. Eh bien, ce combustible supplémentaire, nous le possédons, et sous un volume tel, qu'il ne sera ni un encombrement, ni une surcharge pour l'*Étoile Polaire*. Je dirai plus. En admettant même que la route de mer demeure fermée à notre brave navire, nous pourrons l'emporter sur nos traîneaux, ce combustible extraordinaire, avec cet avantage inappréciable de trouver en lui, non seulement la chaleur, mais aussi la lumière et un agent dynamique d'un pouvoir supérieur à celui de la vapeur même. »

Pour le coup, tout le monde se retourna vers d'Ermont. Une stupeur admirative se lisait sur tous les visages. Sur quelques-uns même on pouvait voir comme une crainte qu'Hubert eût parlé en état de démence, ou simplement pour mystifier son interlocuteur.

Le jeune homme comprit que d'un tel sentiment pouvait résulter une sorte de malaise moral pour ses auditeurs, s'il ne leur fournissait sur-le-champ, non l'explication totale de ce qu'il venait d'avancer, mais une sorte de preuve de ses dires.

« Messieurs, acheva-t-il, je vous dois et je me dois à moi-même de ne pas vous laisser sous le coup d'un doute fâcheux. Voilà le sens de mes paroles. Mon frère, Marc d'Ermont, chimiste comme M. Schnecker, a eu la rare bonne fortune de faire une découverte merveilleuse et sans précédents. Cette découverte, nous allons être les premiers à en faire l'application pratique, et une première expérience, qui n'est pas vieille, elle est d'hier, me permet de vous en assurer d'avance la complète réussite. Qu'il vous suffise d'apprendre, pour le moment, que mon frère est parvenu à liquéfier, à solidifier même, et, conséquemment, à renfermer en un volume hors de proportion avec sa puissance, un gaz primordial, un corps simple réputé jusqu'ici permanent. »

Tous les assistants s'étaient levés.

Hubert parlait avec une sincérité, un feu, qui firent entrer la conviction dans tous les esprits.

Une fois encore, le seul Schnecker éleva ironiquement la voix.

« Ah ! par exemple, monsieur d'Ermont, railla-t-il, quelque estime confraternelle que je sois prêt à accorder à monsieur votre frère, celle-là me paraît un peu forte. Je voudrais voir ça pour y croire ! »

Un murmure désapprobateur accueillit cette incrédulité.

« Vous le verrez, monsieur, se contenta de répondre Hubert, et bientôt. »

C'était mettre fin au débat et à l'incident.

M. de Kéralio profita du silence qui suivit cette révélation vraiment stupéfiante pour continuer :

« Indépendamment des moyens ordinaires, il en est deux qui ont trait l'un et l'autre précisément à l'admirable découverte que vient de vous signaler M. d'Ermont. Vous savez, messieurs, combien de méthodes ont été suggérées et prônées, tantôt par des hommes du métier, ayant fait plusieurs fois la course aux régions polaires, tantôt par des songe-creux. Or, sachez-le bien, il n'est pas de fantaisie imaginative si invraisemblable que la science humaine ne puisse réaliser aujourd'hui, à la condition toutefois que cette fantaisie ait un fondement rationnel et ne cherche pas la quadrature du cercle.

« Parmi les moyens envisagés comme praticables par les hommes d'expérience, deux ont réuni tous les suffrages : si la banquise polaire ne peut être trouée, elle peut toujours être franchie par le haut ou par le bas, par le haut à l'aide d'un aérostat, par le bas avec le secours d'un bateau sous-marin s'immergeant par six cents mètres de fond. Ces deux moyens, il est en notre pouvoir de les employer : nous avons le ballon, nous avons le bateau sous-marin. Nous pouvons donc, vous le voyez, marcher hardiment vers le Nord. A moins d'une catastrophe qu'il est impossible de prévoir à cette heure, nous foulerons du pied le centre même du Pôle, et les couleurs de la France s'y déploieront triomphantes au point que nous marquera la Fortune. »

A ces paroles enthousiastes, l'assemblée se leva frémissante. Au même instant, Isabelle, accompagnée de Tina Le Floc'h, entra dans la salle à manger. La nourrice portait un plateau chargé de verres et de bouteilles; sur une table, à quelque distance, les apprêts d'un thé et d'un punch attiraient les regards.

Le capitaine Lacrosse dit en souriant au lieutenant Pol :

« Faites entrer tous les hommes. Monsieur de Kéralio désire leur donner lui-même la nouvelle. »

L'ordre fut exécuté sur-le-champ. L'équipage entra respectueusement et se rangea tout autour de la table.

M. de Kéralio répéta ce qu'il venait de dire aux officiers. Il ajouta en terminant :

« Mes amis, l'heure est venue de commencer les grands travaux. Je ne vous rappelle vos engagements que pour vous faire bien comprendre ce que nous nous devons les uns aux autres. Tout va dépendre, le salut autant que le succès, de notre commune entente et de l'union de nos efforts. Donc, avant d'entreprendre nos reconnaissances préliminaires, il est naturel que nous nous unissions dans un seul élan d'amour pour la patrie. Haut les cœurs et vive la France !

— Vive la France ! » répétèrent toutes les voix.

Schnecker, qui se sentait observé, fit comme les autres. Il cria : « Vive la France ! »

Isabelle, gracieusement empressée, circulait dans les rangs, distribuant des coupes à champagne. On entendit le claquement joyeux des bouchons sautant des goulots, et de copieuses rasades furent coup sur coup absorbées. Puis l'eau ronfla dans les théières, tandis que le bol à punch s'enveloppait de flammes bleues et joyeuses.

« Il faut finir gaiement la soirée ! » s'écria la jeune fille.

Tout avait été prévu. Le piano était là, descendu depuis la veille de l'*Étoile Polaire*. Isabelle s'assit sur le tabouret, et ses doigts agiles coururent sur le clavier. Les officiers donnèrent l'exemple et l'on rivalisa d'entrain jusqu'à une heure avancée de la nuit. Les danses les plus excentriques furent exhibées. Outre les valses, les polkas, les quadrilles, on goûta le piquant de certaines chorégraphies anormales. Les Canadiens dansèrent des gigues plus ou moins écossaises ; les Bretons exécutèrent des jetés-battus empruntés aux pas de peuplades sauvages jadis aperçues ou étudiées.

Isabelle put prendre sa part du divertissement au bras de son fiancé d'Ermont. Le lieutenant Pol et le docteur Servan étaient tous deux musiciens, et même d'une bonne force sur le piano. Ils remplacèrent donc, à tour de rôle, Mlle de Kéralio.

On chanta du gai et du triste, selon le répertoire de chaque artiste. D'aucuns dirent des vers ou récitèrent des morceaux choisis. Pour finir on donna une belle séance de projections

lumineuses, et Schnecker, qui fut le montreur de lanterne
magique, recueillit sa bonne part de bravos. A deux heures du
matin, *comme le jour baissait*, on distribua la dernière tournée
de punch, et tout le monde s'alla coucher, le cœur en paix et
l'esprit en joie.

Une demi-heure plus tard, tout le monde dormait dans le
campement, et le froid, insidieux et morose, refoulant le mercure dans le tube, faisait tomber la température extérieure à
20 degrés au-dessous de zéro.

Un seul homme ne dormait pas, c'était le chimiste Schnecker.

Il avait obtenu, dès le début de l'hivernage, de coucher dans
le laboratoire dont il avait la suprême direction. Bien qu'en
ce moment l'atmosphère s'abaissât considérablement dans le
réduit, il se tenait debout devant son lit, le sourcil froncé, les
doigts contractés.

Et, de temps à autre, une sourde imprécation jaillissait de
ses lèvres :

« Oh! ce d'Ermont maudit! Comme je le hais! S'est-il assez
moqué de nous, tout à l'heure! Avec quel ton de hautain
persiflage n'a-t-il pas répondu à mes objections : « Vous le
« verrez, monsieur! »

Il s'interrompit et fit trois pas dans la chambre.

« Tout de même, s'il avait raison?... s'il disait vrai? Est-ce
vraiment possible? Et quel est le corps permanent que son
frère a pu solidifier? Oui, lequel? Je ne connais jusqu'ici que
l'azote qui ait servi d'une manière probante à cette expérience.
Mais que ferait-il de l'azote? Rien. Nous n'avons pas à féconder
les terres du Pôle, ni à rendre l'oxygène de ces régions moins
comburant. D'ailleurs il a parlé d'un gaz à la fois combustible
et agent. Serait-ce l'hydrogène? »

LES CANADIENS DANSÈRENT DES GIGUES.

Il tressaillit et demeura quelques secondes farouche et rêveur.

Puis, reprenant sa promenade, il s'abandonna à sa colère. Des exclamations éclataient sur ses lèvres, au milieu de phrases décousues et incohérentes.

« Folies! songes creux que tout cela! La fable de Cailletet condensant l'hydrogène! Une histoire d'invention française! 240 atmosphères de pression! Et Pictet, le liquéfiant, le solidifiant même, à 650 atmosphères! Allons donc! »

Il se croisa les bras et, considérant fourneaux, creusets et cornues placés devant lui :

« Si la chose eût été possible, est-ce que mes compatriotes d'Allemagne ne l'auraient point découverte? Est-il un seul de ces Celtes qui soit capable d'un tel effort? »

Mais il avait beau parler, il ne parvenait pas à se convaincre; il n'était pas sûr de ne pas croire.

« En vérité, je ne sais pourquoi je prononce ces noms d'Allemagne et de France? Est-ce qu'ils représentent quelque chose à mes yeux? Ne sont-ils pas, au contraire, les monogrammes de croyances étroites, de prédilections dégradantes, des mots réalisant le plus absurde des concepts, la patrie! Moi, je n'ai pas de patrie; je les renie toutes. La mienne m'a flétri et condamné à mort pour une action que les brachycéphales gonflés de bière nomment « crime de droit commun. »

Il s'interrompit. Un bruit de voix passant à travers les joints de la porte venait à lui de la chambre voisine.

Oubliant le froid, il ôta ses chaussures, souffla la bougie et vint placer son œil à la serrure de la porte. Il ne s'était pas trompé : on conversait à côté de lui.

La chambre qui touchait au laboratoire était celle d'Isabelle de Kéralio. C'était la mieux abritée. En ce moment même, la jeune fille, accompagnée de son père et du docteur Servan, écoutait Hubert d'Ermont développer ses théories.

Et le traître Schnecker, haletant, le cœur plein de fiel, put entendre comme un écho de ses propres paroles le lieutenant de vaisseau exposer à son auditoire restreint le secret duquel allait dépendre le succès de l'expédition.

« Oui, disait Hubert, ces objets que je vous ai montrés sont des cylindres d'aluminium, enfermant des tubes d'acier pleins forés dans le lingot même. Tous ces tubes aboutissent à un robinet fermé par un écrou à volant, qui permet l'échappement brusque ou gradué, selon qu'on le désire, du gaz hydrogène liquéfié qu'ils contiennent.

— Hydrogène ! ne purent s'empêcher de crier les trois auditeurs, en sursautant sur leurs chaises.

— Hydrogène ! répéta sourdement Schnecker, dont les poings se serrèrent. Du gaz hydrogène liquéfié ! Est-il possible ?...

— Oui, dit fièrement Hubert, dont l'œil eut une étincelle d'orgueil, et c'est là la découverte qui rend désormais immortel le nom de Marc d'Ermont, de mon frère ! »

L'Allemand avait reculé. Il ne sentait point le froid, il ne sentait que sa fureur. Dans ces ténèbres qui l'enveloppaient, sa pensée devenait lumineuse au fond de sa conscience qu'il gardait de sa haine et de son envie.

« La gloire de ton frère ! murmura-t-il enfin. Si tu as dit vrai, Hubert d'Ermont, si cette découverte admirable a été réellement faite, elle n'aura d'autre théâtre que la terre glaciale et désolée qui nous porte, et elle y mourra inconnue du reste des hommes. »

En ce moment un aboiement bref et guttural éclata de l'autre côté de la porte.

« Ah ! prononça Schnecker d'une voix sourde, le chien est là, lui aussi ! »

Un silence s'était fait dans la chambre d'Isabelle de Kéralio.

L'Allemand entendit très distinctement les interlocuteurs qui se disaient entre eux :

« Il y a quelqu'un dans le laboratoire ! Assurons-nous-en ! »

Le chimiste comprit ce qu'il y aurait de danger à se laisser surprendre au milieu de cette obscurité. Rapidement il frotta une allumette et l'approcha de sa bougie. Aussi, lorsque Hubert d'Ermont se présenta devant la porte, suivi de ses compagnons et de Salvator, tous portant sur leurs traits les signes d'une vague méfiance, trouva-t-il Schnecker paisiblement occupé à regarder l'intérieur d'un alambic.

« Parbleu ! monsieur Schnecker, s'écria le docteur Servan, vous voilà en train de contracter des gelures du premier degré ! »

Cette réflexion du médecin rappela le chimiste au sens de la situation.

Un frisson le secoua. Il regarda ses mains : elles étaient toutes bleues.

« Quelle imprudence vous avez commise là ! ajouta Servan. Vite, vite, rentrez dans la chambre de Mlle de Kéralio. Deux minutes de plus et vos extrémités seraient perdues. »

Et il le poussa dans la pièce chauffée, où la seule ouverture de la porte avait suffi pour abaisser de 10 degrés la colonne mercurielle.

Quand Schnecker se fut éloigné, les quatre interlocuteurs se regardèrent avec une pénible surprise.

Cette rencontre inopinée n'était pas faite pour dissiper leurs soupçons, bien au contraire. Quant au chimiste, réchauffé et ragaillardi, il ne se souvenait plus que d'une chose.

Il avait vu dans la chambre de Mlle de Kéralio le coffre-fort déjà aperçu, à bord, dans celle d'Hubert. On avait oublié de le fermer, et, par l'entre-bâillement, il avait pu distinguer quantité de tubes alignés dans ses profondeurs.

CHAPITRE V

LES PREMIÈRES TRAINÉES FURENT TERRIBLES.

V

L'HIVERNAGE

Le froid était rentré triomphalement dans son empire, à la faveur de la nuit polaire qui drape le ciel de ses tentures de deuil. Grâce aux sages calculs qui avaient présidé à la construction et à l'installation de Fort Espérance, les hivernants n'en avaient encore que peu souffert. En effet, entre les effroyables températures du dehors et celles que les poêles sans cesse allumés entretenaient à l'intérieur, il y avait presque constamment 30 à 40 degrés de différence.

Aussi, sur les conseils des deux médecins, avait-on aménagé devant chaque porte une façon de hangar à « transition » pour permettre à ceux qui sortaient de s'habituer à l'énorme rupture d'équilibre entre les deux températures.

Jusqu'au solstice, ce qui restait de jour n'en méritait pas le nom. C'était une sorte de crépuscule vague, bordant parfois de teintes éclatantes l'extrême limite de l'horizon. En prévision du grand départ fixé au 15 avril, on avait consacré les journées décroissantes de l'automne à des explorations aux alentours, et, peu à peu, les voyageurs avaient pris connaissance de leur domaine. Ces courses se faisaient toujours avec accompagnement de traîneaux tantôt attelés de chiens, tantôt tirés par les hommes eux-mêmes. Dans l'un comme dans l'autre cas, c'était un dur apprentissage, et le pôle montrait chaque jour davantage avec quelle âpreté de résistance il défend ses abords contre la curiosité des humains.

Les premières traînées surtout furent terribles. Les organismes n'étaient pas encore acclimatés à ces effroyables températures de 24, 28, 52 et 56 degrés au-dessous de zéro qui sévirent presque invariablement du 15 octobre au 1er mai. Et cependant les voyageurs avaient mis à profit l'expérience de leurs devanciers. Au lieu d'étoffes épaisses et lourdes, ils avaient adopté pour leurs vêtements les laines douces et légères, qui laissent le jeu des membres libre. Un double pantalon, un tricot revêtu lui-même d'une vareuse de molleton, et, brochant sur le tout, un pardessus court en fourrure, une casquette à revers, des basanes de toile formant hottes et pourvues de semelles de bois à gros clous, des mitaines de laine au-dessus de gants de peau fourrés, tel était le vestiaire des hommes.

Il va sans dire qu'Isabelle avait dû adopter un costume analogue, préparé de longue date.

Quant à la nourrice, Tina Le Floc'h, elle prenait, sous cet

accoutrement d'hiver, le bizarre aspect d'une bête sauvage dont
sa large carrure et sa démarche pesante donnaient à distance
l'illusion.

Ce fut M. de Kéralio qui donna l'exemple du courage et
de la résistance. Le 15 octobre, accompagné de son ami le
docteur Servan et des matelots Guerbraz et Carré, il entre-
prit, avec un équipage de douze chiens, l'exploration de la
côte. Partis du campement, c'est-à-dire du cap Ritter, sur
le 76ᵉ parallèle, les explorateurs dépassèrent le cap Bismarck et s'élancèrent hardiment vers le nord. La côte se
prolongeait presque droite jusqu'au 79ᵉ degré. Là, elle obli-
quait vers l'ouest, et les voyageurs constatèrent avec joie
que cette obliquité se trouvait sous un angle suffisant pour
permettre de rejoindre par la route de terre le cap Washington, entrevu par Lockwood en 1882. Restait à savoir si la
route de mer serait aussi praticable.

Cette première excursion, accomplie à travers les bourrasques de neige et par une température moyenne de
18 degrés au-dessous de zéro, prit fin au 81ᵉ degré. Un pic,
vaguement entrevu dans le nord-ouest, reçut le nom de
mont Kéralio, en même temps que l'on baptisait cap Servan
le promontoire qui servit de limite aux voyageurs.

Il fallut revenir. On avait parcouru 125 kilomètres pendant les quatre premiers jours. Puis, les forces faiblissant,
la route devenant plus dure, le froid plus âpre, on n'avait
plus marché qu'à raison de 25 kilomètres par jour. L'exploration dura au total un peu plus de quatre semaines. Les
sacs en peau de bison furent, pour le couchage, la grande
ressource des pauvres pionniers. Ils rentrèrent exténués de
fatigue, épuisés par le froid. Par bonheur, l'accueil qu'ils

reçurent à la station les remit promptement sur pieds. Chose singulière, ce fut Guerbraz, le plus robuste de la troupe, qui eut le plus à pâtir de cette expédition ; il eut l'oreille gauche en partie gelée.

A tour de rôle, les diverses escouades s'élancèrent, les unes vers le nord, les autres dans la direction de l'ouest. On fut assez heureux pour rapporter quelques kilos de viande fraîche, qui renouvelèrent avantageusement la carte des repas. En effet, le pemmican et le pain comprimé avaient rapidement lassé les palais et les estomacs.

L'hiver et la grande nuit condamnèrent les voyageurs au repos. On ne pouvait prétendre à emporter le luminaire indispensable à l'éclairage de la route, et le chemin à travers les fondrières des hummocks offrait trop de dangers. L'ordre du jour fut donc réglé d'après les avis donnés par les rapports des précédents hivernants : on demeura au foyer.

Aussi bien l'ouvrage n'y manquait-il point. On n'avait pas trop à faire de veiller à la sécurité du logis, sans cesse menacée par les tourmentes du sud-est. L'hiver, malgré ses froids excessifs, fut troublé par des retours de courants chauds, et la vue d'assez nombreuses allées d'eau dans le pack permit aux voyageurs de reconnaître l'exactitude des présomptions selon lesquelles la mer du Grœnland serait plus libre que celles de Barentz ou du Nord-Amérique. Manifestement quelque branche du Gulf-Stream fouille profondément ces hautes latitudes et rend toujours possible la dislocation des glaces.

Merveilleusement encaquée dans sa gangue d'icebergs, l'*Étoile Polaire* n'eut point à souffrir des poussées du large. Son berceau de fer s'acquitta très bien de ses fonctions, et

IL FALLUT REVENIR.

les articulations de l'armature de métal jouèrent sous la pression. Le 15 novembre, le capitaine Lacrosse, escaladant la ceinture de glaçons du navire, trouva celui-ci la quille hors de l'eau, littéralement suspendu à deux pieds au-dessus du niveau du champ. Des sondages pratiqués immédiatement le rassurèrent contre l'éventualité d'un échouage à perpétuité. La glace sous-jacente n'avait pas plus de 3 mètres d'épaisseur, et l'eau gardait au-dessous une température de 1 degré, par des profondeurs de 25 à 40 brasses.

Le 25 novembre, le niveau du froid tomba au gel du mercure, et l'on dut recourir aux thermomètres et aux baromètres d'alcool pur. Les jours suivants, on obtint des températures encore plus effroyables, et le 22 décembre, après une hausse considérable de la colonne thermométrique (— 22°), le froid parvint au minimum constaté rarement par les explorateurs, c'est-à-dire à 56 degrés au-dessous de zéro.

Telle en fut l'intensité que quelques-uns des hommes en subirent de graves atteintes. Il fallut procéder à l'ablation de deux doigts de la main gauche du matelot breton Le Clerc. Quatre autres s'alitèrent, pris de soudains dérangements d'entrailles.

Mais le cas le plus alarmant fut celui de la nourrice Tina Le Floc'h.

La Bretonne, habituée au climat humide et doux de son pays, n'avait pu se faire à ces froids abominables, d'autant plus que ces froids ne sont pas exclusifs de l'humidité sous les latitudes extrêmes. La moindre omission ou interruption dans le service entraîne sur-le-champ des conséquences funestes. Que l'on néglige de racler les planchers, et tout de suite ils se recouvrent d'une couche de verglas; que la chaleur intérieure s'abaisse seulement d'un ou deux degrés, et la vapeur des respirations se transforme immédiatement en une neige très fine, qui retombe avec les haleines dans les chambres, et les sature d'acide carbonique ; qu'un courant d'air pénètre insidieusement, et il suffit à déterminer sur l'heure des abaissements de température susceptibles de provoquer des congestions et des pneumonies.

Un matin, Hubert d'Ermont annonça au conseil des officiers qu'il allait faire la première application de ses moyens en combattant directement l'adversaire dont on avait le plus à souffrir. Dans la même journée, l'expérience était faite. Les poêles placés dans toutes les pièces de la maison furent brusquement éteints et nettoyés de leur charbon, et, avant que les matelots, revenus de leur stupeur, eussent pu se demander pourquoi l'on éteignait les feux par un froid de 48 degrés au-dessous de zéro, la partie supérieure des foyers se retournait, laissant voir le réflecteur de métal sur lequel venait s'épancher la chaleur intense de quatre langues d'une flamme rougeâtre et peu éclairante. En même temps, au lieu des lampes dont l'huile était gelée, au lieu des bougies et des essais de lumière électrique, tentés avec parcimonie par le chimiste Schnecker, on vit s'allumer, dans des godets et sur des becs disposés à cet effet, de larges papillons de bicarbure d'hydrogène.

Du gaz d'éclairage sous le 76e parallèle ! Cela tenait du prodige. Qui avait accompli ce prodige ?

Quelqu'un dut se l'expliquer avant tous, et ce quelqu'un fut l'Allemand déguisé en Alsacien. Il grinça des dents en constatant qu'Hubert ne s'était point vanté et n'avait rien promis en vain.

L'hydrogène des tubes avait produit ce résultat merveilleux, et quand, le soir, on demanda au jeune homme quelle en avait été la dépense, il répondit en souriant :

« Oh! très minime, à peine quarante décimètres cubes! »

Quarante décimètres cubes! Cela représentait un centimètre cube du même gaz à l'état solide. La découverte de Marc d'Ermont était contrôlée, l'expérience était faite. Avec quelques grains de ce miraculeux produit, on pouvait braver tous les hivers, et Hubert était autorisé à dire, renouvelant la formule d'Archimède :

« Donnez-moi un condensateur et je dégèlerai le pôle. »

Mais là ne devaient pas se borner les admirables résultats de la découverte. Pour utiliser les loisirs forcés de l'hivernage, le même Hubert mit tout l'équipage à contribution.

Le lendemain de l'essai, un véritable banquet eut lieu dans la salle à manger des matelots. La cuisine marcha à ravir. Que n'eût-on pas fait cuire sur des fourneaux où une seule flamme haute de 4 millimètres suffisait à développer une chaleur de 1800 degrés, qu'il fallait nécessairement modérer par une ingénieuse proportion des distances. On sait en effet que la combustion de l'hydrogène dans l'air donne la presque invraisemblable température de 1789 degrés, soit de 189 degrés supérieure à celle du fer en fusion.

Or, au cours du repas, tandis que les verres se choquaient gaiement et que les hommes, émerveillés, demandaient, en riant, qu'on leur donnât des vêtements de coutil, le docteur Servan fit cette remarque moins gaie :

« Heu! heu! ne parlons pas trop. J'ai observé quelques figures et quelques bouches, et elles m'ont donné l'assurance que nous devions redoubler de précautions hygiéniques. Si

seulement nous avions quelques herbes fraîches à notre disposition !

— Qu'à cela ne tienne ! répliqua joyeusement Hubert. Si
M. Schnecker veut m'aider, nous allons construire une serre.

— Une serre ? se récria l'Allemand.

— Parfaitement, monsieur, et dans cette serre nous ferons
pousser des légumes hâtifs : carottes, salades, radis, etc.,
toutes choses vertes et rafraîchissantes. »

On se regarda avec stupeur. Le chimiste riait assez mécham-
ment. Néanmoins l'enthousiasme de l'assistance fut communi-
catif. On ne voulut pas s'arrêter aux objections, et un hourra
unanime éclata de tous les bouts de la table.

— Des légumes ! s'écria le lieutenant Rémois. Pendant que
vous y êtes, un peu de fruits ne gâterait rien.

— Oui, oui, des fruits ! réclama-t-on, mis en goût et en
salive par d'aussi alléchantes espérances.

— Des fraises, par exemple ? plaisanta Isabelle de Kéralio.

— N'en déplaise à ma chère cousine, nous aurons fraises et
légumes au printemps. Il ne faut que leur accorder les délais
de germination et de croissance. »

On acheva le repas sur ces promesses riantes.

Mais, dès le lendemain, et sous une température de 32 degrés, les hommes de l'expédition furent sur pied. Avec une
activité fiévreuse, ils se mirent à la besogne.

L'un des hangars de « transition » fut promptement con-
verti en serre chaude. Une seconde cloison de planches vint
s'ajouter à la première, et entre les deux, ainsi qu'on le faisait
pour les murailles de la maison, on coula de la cendre et des
débris de charbon.

Deux poêles mobiles furent installés aux extrémités, reliés

entre eux par des tuyaux de dégagement. En même temps, quatre lampes à combustion électrique furent installées dans les encoignures de la pièce. Enfin, au pied des cloisons, sous forme de plates-bandes, on remua aussi profondément que possible le sol gelé, après l'avoir arrosé au préalable d'eau bouillante.

« Mais, s'écria le lieutenant Hardy, c'est de la bouillie pour les chats ! Est-ce que le froid va déguerpir devant vos bouillottes ?

— Patience, mon cher ami, patience ! riposta Hubert. Il suffit que le froid s'éloigne pendant un jour seulement. Demandez plutôt à monsieur Schnecker. »

De fait, l'Allemand, dont on mettait la science à contribution, semblait prendre goût au travail. Il souriait d'un air entendu et hochait la tête.

Dans la rigole ainsi creusée sur le pourtour de la serre, on enterra une tringle de fer continue, dont les extrémités vinrent se fixer aux deux poêles. De cette façon, il suffirait de porter ces extrémités à l'incandescence pour entretenir dans le sol une température constante et humide, par la fonte de la glace aux alentours.

« Fort bien ! dit encore l'incrédule Hardy, mais où prendrez-vous la terre végétale ? Ou bien avez-vous l'intention de faire pousser dans votre serre des légumes cuits par les racines ?

— Sachez, monsieur, répliqua l'Allemand, que toute terre est végétale pour les horticulteurs habiles. Quant aux légumes cuits, ils ne le seront qu'après la cueillette. »

De temps à autre, les équipes de travailleurs s'interrompaient pour venir contempler la besogne faite. Ils demeuraient là, ébahis, n'en croyant pas leurs yeux. Une serre chaude, des légumes, des fruits, par 76° de latitude boréale, en pleine nuit polaire, et sous une température de 40 degrés au-dessous de glace !

Mais ni Hubert ni Schnecker ne parlaient pour ne rien dire.

On n'avait fait encore que la moitié du travail ; le plus important restait à faire.

Il s'agissait de trouver la « terre » et l'engrais.

Or on ne pouvait songer à attaquer les roches voisines, absolument gelées jusqu'à 6 ou 8 mètres de profondeur. Pour établir les plates-bandes conformément aux règles nouvelles de ce jardinage improvisé, Schnecker y fit étendre d'abord un lit de cendres refroidies. Mais à ce lit de cendres il fallait, au plus tôt, donner une seconde couche de fécondation. Où la trouver ?

Comme on lui posait cette question, le chimiste répondit en riant :

« Bah ! ce n'est pas si difficile que ça en a l'air. L'*Étoile Polaire* contient tout ce que nous voulons. »

Et, le lendemain, douze hommes, sous la conduite de Guerbraz, furent chargés d'aller retirer de la cale du steamer toute la quantité de sable et la paille nécessaires.

On les entassa provisoirement dans le milieu de la serre, et tout aussitôt Schnecker commença les applications chimiques indispensables pour convertir la paille en engrais.

Battue, brisée, réduite en poussière, elle fut soumise à une cuisson de deux heures à l'eau bouillante. Puis cette bouillie végétale fut additionnée de tous les détritus organiques que pouvait fournir le séjour d'une pareille agglomération animale. Il fallait toute la patience d'un chimiste épris de son art pour mener à bien un labeur aussi nauséabond que fatigant.

Les choses étant à ce point, Hubert d'Ermont vint féliciter l'Allemand.

« Mon cher monsieur Schnecker, dit-il, il ne nous reste plus qu'à azoter convenablement un engrais qui me paraît déjà fort riche. Qu'en pensez-vous ?

— Parbleu! je pense qu'un homme qui a solidifié l'hydrogène doit avoir dans ses bagages quelques litres d'azote liquide. C'est l'enfance de l'art, ou je ne m'y connais pas.

— A la bonne heure! dit le lieutenant de vaisseau. Voici l'azote demandé! »

Et, ce disant, il présentait au savant un cylindre de 40 centimètres de longueur sur 20 de diamètre.

Ce cylindre, installé sur un chevalet et muni, comme les autres, d'un robinet à volant, fut mis en communication avec un baril de verre épais pourvu lui-même d'un double conduit. L'intérieur du baril fut rempli d'un mélange liquide d'hydrogène et de carbone, essentiellement avides d'azote. Avec d'infinies précautions, les deux hommes ouvrirent le robinet et laissèrent le liquide tomber goutte à goutte dans le mélange, où, à mesure qu'il reprenait son élasticité gazeuse, il était absorbé avec une rapidité égale. Ce travail de préparation dura environ deux heures, après lesquelles le fumier chimique en reçut une première aspersion fécondante.

« Maintenant, dit Schnecker, il n'y aura plus qu'à arroser tous les jours nos plates-bandes.

— Je me charge de ce soin, dit joyeusement Isabelle. Quel sera mon salaire ?

— C'est juste, répondit d'Ermont. Fixez-le vous-même.

— Eh bien, dit la jeune fille, je ne demande qu'une faveur, celle de mêler quelques fleurs à vos légumes.

— Bravo ! s'écrièrent tous les assistants. Il ne manquera
plus que des oiseaux-mouches pour nous croire transportés
aux Antilles ou sur les bords de l'Amazone. »

On prit l'engrais improvisé et on en étendit une épaisse
couche sur les plates-bandes, que l'on recouvrit ensuite de
15 centimètres de sable. Ce sable, à son tour, fut arrosé,
d'abord avec le mélange ammoniacal, ensuite avec de l'eau
tiède.

« Maintenant, dit paisiblement Schnecker, il faut ense-
mencer. »

On laissa le « terrain » reposer tout un jour, sous la double
action de la chaleur souterraine et de la lumière électrique
largement prodiguée dans les globes en verre dépoli. Le lendemain, de grand matin, on répandit les diverses graines sur lesquelles on fondait l'espoir de la récolte. Il y eut un carré de
fraisiers, réservé sous les rayons les plus directs des lampes.

Les radis, les salades, les carottes, le persil occupèrent les
autres parterres. Enfin, au long des murs, Isabelle disposa les
semences de fleurs annuelles diverses : némophiles, capucines,
volubilis et liserons.

« Et maintenant, à la grâce de Dieu ! » prononça religieuse-
ment M. de Kéralio.

En effet, à partir de ce moment, c'était à Dieu d'aider à
l'effort humain.

L'emploi si inespéré de l'hydrogène pour le chauffage de la
maison produisait des résultats merveilleux.

Si l'on n'avait eu sous les yeux, au travers des vitres, le
spectacle de l'effroyable hiver polaire, on eût pu se croire au
printemps, tant était douce et suave la température intérieure.

Toutefois, sur l'avis des deux médecins, d'Ermont dut

modérer l'emploi du gaz bienfaisant. Plusieurs raisons imposaient cette prudente réserve. La première était la crainte, très naturelle, de dépenser une trop grande somme d'un corps appelé à rendre d'inappréciables services; la seconde, que cette combustion de l'hydrogène, bien que considérablement tempérée par le passage du gaz au travers de résidus de charbon, épuisait rapidement la quantité d'air respirable contenue dans les appartements hermétiquement clos. Les hommes de l'art en avaient conçu quelques inquiétudes relativement à la santé générale de la colonie. A la première objection, Hubert répondit qu'il avait assez d'hydrogène pour subvenir à la consommation de trois hivers. Mais il ne répondit rien à la seconde, s'apercevant bien que cette température tout à fait anormale ne pouvait guère s'obtenir qu'au détriment de la combustion interne des poumons. Il fut donc décidé d'un commun accord qu'à la première détente continue du froid, on reprendrait l'ancien chauffage au charbon, et que l'on n'utiliserait le précieux gaz que pour l'alimentation des produits azotés de la terre.

Ce fut dans cet état de véritable quiétude qu'on atteignit le milieu de janvier. A cette date, le soleil annonça son retour par les vagues lignes blanches de l'horizon au sud. C'était l'aube qui se manifestait ainsi avec une discrétion voisine de la parcimonie.

Par contre, les hivernants eurent fréquemment le plaisir d'admirer de merveilleuses aurores boréales.

Ces étranges phénomènes électriques se multiplièrent au point de lasser presque la curiosité naturelle des observateurs, et, chaque fois, leur apparition fut l'indice d'une perturbation atmosphérique considérable. D'effroyables bourrasques

7

secouèrent les glaces, et la maison, malgré sa charpente et ses fermes en fer, ne dut qu'à sa position abritée entre deux rocs nus d'échapper à la destruction.

On fut deux jours en souci du navire. Le bruit terrible qui venait du large faisait craindre, à tout instant, un assaut de la banquise extérieure, et l'on fut en droit de se demander si le berceau de fer, sous la double influence du froid et de la poussée extérieure, résisterait à l'escalade des *floebergs*.

Le 20 janvier, Lacrosse, incapable de modérer plus long-temps ses inquiétudes, sortit en compagnie du lieutenant Rémois et de six hommes. Une neige épaisse, tombée de la veille, rendait la marche excessivement pénible par suite des chutes fréquentes en des fondrières que dissimulait la perfide blancheur du tapis. On mit plus d'une heure pour se rendre du campement au « port ». Mais, là, on eut l'immense joie de constater que l'*Étoile Polaire* était toujours à sa place, suspendue sur ses arcs-boutants. Les glaces s'étaient amon-celées autour d'elle, devant, derrière, en si grande quantité, qu'elles avaient fait au vaillant navire un rempart invincible contre les atteintes du dehors. Le seul changement de position, d'ailleurs peu considérable, qui fut relevé, consistait en ce que le mât de beaupré était littéralement pris entre d'énormes blocs qui s'étaient soudés à l'entour. Un danger en pouvait surgir, à savoir que le bâtiment fût poussé, de la sorte, sur sa poupe et vînt talonner contre la paroi d'arrière de sa gangue de débris. On tint conseil dès le retour des inspecteurs, et il fut décidé que l'on dégagerait l'avant le plus possible au moyen d'un jet continu de vapeur d'eau. Les chaudières du steamer étaient là toutes prêtes pour la besogne. Il ne fallut pas plus de deux heures pour obtenir le résultat désiré, et l'*Étoile*

Polaire, rapidement soulagée, dégagea son avant de l'étreinte qui la mettait en péril.

Avec le printemps allait revenir le temps des excursions et des chasses. Mais le printemps du pôle, qui commence, lui aussi, au 21 mars, est une de ces entités problématiques dont le nom et le règne n'ont que quelques jours de durée. Aussi bien devait-on le mettre à profit pour pousser au nord soit avec l'*Étoile Polaire*, soit au moyen des traînages.

Néanmoins la fatigue qu'entraîne toujours une longue claustration pesait durement sur la population de Fort Espérance. Quelques signes de scorbut, tels que gencives fongueuses et saignantes, gonflement des articulations, puis la survenance de maux de dents et de névralgies, de douleurs rhumatismales, déterminèrent les médecins à prescrire certains exercices physiques indispensables à la masse des hivernants. En conséquence, dès que les aubes de février se furent suffisamment allongées pour permettre des courses de plusieurs heures, les hôtes du Fort s'empressèrent-ils de se risquer au dehors, en dépit des températures effroyables qui continuaient à régner.

Cependant, grâce aux vêtements fourrés, à l'entretien du corps par les bains chauds et les frictions, on conservait aux membres la souplesse nécessaire aux fatigues et aux périls d'excursions sur un terrain fort accidenté par lui-même et dont la présence des glaces rendait le parcours plus difficile encore. En outre, beaucoup mieux outillés que leurs devanciers, les hivernants du cap Ritter n'avaient point à redouter, comme les marins de l'*Alerte* ou les soldats de Fort Conger, de trouver au retour leurs lits transformés en planches par la rigueur de la température. Les moyens extraordinaires de chauffage que l'on possédait avaient rendu facile la création d'une étuve, et une buanderie, placée sous la direction immédiate de Tina Le Floc'h, rendait aux habitants de Fort Espérance l'immense service de les tenir constamment approvisionnés de linge propre et de désinfecter tous les objets de literie.

On ne négligeait pas le chapitre des distractions. Au Pôle, le superflu des zones tempérées devient l'indispensable, tant il est de première nécessité d'entretenir la bonne humeur dans tous les caractères.

Ce fut encore là un sommaire dont la rédaction fut laissée à l'initiative entendue de Mlle de Kéralio. Il ne se passa pas un dimanche, ni un jour de fête, qui ne fût consacré le matin à des exercices religieux, le soir à de joyeuses récréations, parmi lesquelles les représentations théâtrales alternèrent avec les soirées dansantes.

On organisa des concerts avec musique vocale et instrumentale, et l'habitude fut si bien prise de ces petites fêtes intimes que, dès la veille, on commentait avec ardeur le programme du lendemain.

Chaque fois, la soirée était précédée d'un banquet, et le menu de ces banquets eût fait honneur à un cuisinier des zones tempérées. Grâce aux nombreuses provisions qu'avait emportées l'expédition, à la réserve prélevée sur le produit des chasses, on put mêler, d'une façon harmonique autant que variée, la viande fraîche aux conserves.

Puis, lorsqu'il fut possible d'y ajouter un peu des légumes de la terre, le repas du dimanche devint un véritable dîner de gala. En outre, l'esprit ingénieux du matelot Le Clerc, aidé de l'expérience de Tina, parvint à donner au pemmican et aux biscuits des préparations tout à fait inaccoutumées. Collaborateurs devant les fourneaux, les deux Bretons élevèrent promp-

tement leur art culinaire à des hauteurs jusque-là insoupçon-
nées du vulgaire.

Ce n'était pas tout. D'autres occupations secondaires intéressaient les hivernants.

En effet, trois des chiennes de la meute esquimaude avaient
augmenté la population canine d'une douzaine de nouveaux
venus. Il fallut élever cette jeunesse, autant que possible, à
l'abri des plus grands froids. Malgré les soins qui leur furent
prodigués, trois d'entre eux moururent, mais les neuf autres
atteignirent une robuste adolescence.

Et ce n'était pas l'un des moins touchants spectacles de
cette vie cloîtrée que celui d'Isabelle distribuant deux fois par
jour la pitance aux petits chiens grandissants et qu'elle laissait
coucher en un coin bien abrité de la serre, où elle faisait
entrer tous les jours les trois mères pour soigner leurs petits.

CHAPITRE VI

LE LIEUTENANT POL PUT VOIR L'OURS REVENANT SUR SES PAS.

VI

UN ACCIDENT

Les excursions devinrent quotidiennes à partir du 1ᵉʳ mars. On était aux derniers jours de l'hiver et l'on se rapprochait du moment où le soleil demeurait sans éclipse au-dessus de l'horizon. Cela facilitait grandement les promenades et accordait aux promeneurs des coups d'œil féeriques sur le paysage désolé, mais grandiose, des environs.

Les alentours du cap Ritter étaient bordés de collines s'élevant en pente douce. De leur sommet, le regard dominait tout le pays, et quand l'atmosphère était claire, c'était là l'un des plus beaux spectacles qu'il fût possible de contempler.

Aussi Isabelle prenait-elle le plus vif plaisir à ces excursions.

Il lui était arrivé de s'écrier un jour, au retour de l'une de ces courses :

« En vérité, je finirai par trouver que le Pôle ressemble au paradis terrestre. »

Il y avait, par malheur, la bise aigre et violente pour contredire ces paroles laudatives.

M. de Kéralio, lui, ne cessait de recommander à sa fille la plus extrême prudence.

« Nous sommes à un moment dangereux de l'année, et il ne se passe pas de jour qu'on ne constate d'innombrables fissures dans les glaces. Les différences de niveau du thermomètre suffiraient à expliquer leurs apparitions, si nous ne savions que la côte orientale du Grœnland est affleurée par une branche du Gulf-Stream, et subit des élévations de température inconnues sur la côte occidentale, dans le canal Robeson et le détroit de Smith. Il faut donc surveiller sans cesse l'état du sol que l'on foule, de peur d'être entraîné par quelque chute d'icebergs ou par quelque déplacement de glacier. »

Ces sages conseils étaient accueillis parfois avec des hochements de tête.

Prudente sous tout autre rapport, Isabelle se laissait emporter par les séductions du paysage. Sa nature, un peu aventureuse et enthousiaste, reprenait le dessus, et alors elle oubliait les sages recommandations de son père et de ses compagnons.

Un événement terrible ne tarda guère à y apporter une cruelle confirmation.

Ce n'était pas seulement les glaces qu'il fallait redouter.

D'autres dangers, presque aussi graves, vinrent s'y joindre.

Dans les premiers jours de mars, Riez, Carré, Mac-Wright

et le lieutenant Hardy, les chasseurs attitrés de l'expédition, constatèrent, non sans surprise, des traces de loups et de renards à une assez brève distance du fort. Le lendemain, à ces traces se mêlèrent de lourds vestiges d'animaux plus pesants, et l'on releva, quoique avec joie, les marques fourchues de plusieurs grands ruminants.

La nouvelle de ces constatations fut bien accueillie des habitants du fort.

Elles prouvaient que le gibier reparaissait, et qu'on allait se pourvoir largement de venaison fraîche. Elles annonçaient, en même temps, un été excessivement précoce.

En effet, le 10 mars, par une température de 15 degrés au-dessous de zéro, qui fut la moyenne du mois, les chasseurs eurent la chance extraordinaire de rejoindre un troupeau de bœufs musqués composé de cinq bêtes. Quatre d'entre elles furent tuées et leur chair vint immédiatement garnir le garde-manger de la station.

Mais, le 12, le lieutenant Pol étant sorti vers deux heures du matin, sans armes, se trouva inopinément en face d'un ours blanc de dimensions gigantesques. L'animal, selon l'habitude de ses congénères, se mit à fuir tout d'abord, ce qui permit à l'officier de battre prudemment en retraite.

Il n'avait pas fait un kilomètre dans la direction du fort, que, se retournant, il put voir l'ours, revenant sur ses pas, lui donner la chasse sous une allure de trot qui l'aurait promptement rapproché si, par bonheur, quelques-uns des matelots n'eussent, eux aussi, aperçu l'animal et reconnu le péril du lieutenant.

Accourir avec de grands cris et faire feu sur l'ours, fut tout de suite la pensée à laquelle ils obéirent. La bête, décontenancée, tourna de nouveau les talons et disparut, non sans laisser derrière elle une longue traînée de sang, prouvant bien par là qu'elle avait été blessée par l'un des projectiles.

On ne put l'atteindre, et ce fut un gros chagrin pour les chasseurs.

La chair d'ours, en effet, jouit, chez les gens du Nord, d'une réputation méritée de saveur, et les explorateurs des régions boréales la prisent au-dessus de toutes les autres. Il fallut en prendre son parti.

Le soir, l'aventure fut l'objet de nombreux commentaires, et, le lendemain, un dimanche, on ne parla que de cela dans les entr'actes de la représentation théâtrale. Si bien que les matelots improvisèrent sur l'heure et jouèrent, au milieu des applaudissements, une pantomime fort animée reproduisant, avec une grande vérité, l'émouvant épisode de la veille.

On avait espéré voir reparaître le plantigrade pendant les jours qui suivirent. Il ne se montra pas. On dut conclure, trop tôt apparemment, qu'il avait changé de séjour, ayant trouvé celui du cap Ritter malsain.

Il fallait bien en faire son deuil. On n'aurait ni pattes, ni entrecôtes d'ours, les morceaux le plus réputés de l'animal. Les deux Esquimaux, Hans et Petricksen, attachés à la troupe, y suppléèrent par d'abondantes pêches, dans lesquelles phoques et morses figurèrent pour deux tiers. Le reste fut fourni par quelques poissons de la famille des congres et des salmonés.

Le 20 mars, on avait oublié l'incident, et Mlle de Kéralio, qui s'était montrée prudente pendant ces quelques jours, délaissa toute crainte et reprit ses courses aventureuses dans la zone des glaces de battures et sur les glaciers du fiord.

Fidèle comme un chien, d'ailleurs toujours d'accord avec le brave Salvator, Guerbraz accompagnait la jeune fille dans ses diverses excursions.

Or, ce matin du 20 mars, célèbre à Paris par la floraison du fameux marronnier des Cent Jours, Isabelle avait poussé ses recherches de paysage jusque sur le centre même du glacier qui dominait le lit de l'*Étoile Polaire.*

Le steamer, de plus en plus dégagé, de plus en plus soulagé de la pression, reposait déjà sur le plancher de glace annuelle que sa quille commençait à creuser d'un sillon. Alentour, les murailles ou, plus exactement, le placage des frimas qui lui avait fait une armature impénétrable, se désagrégeait sous l'action des températures anormales du printemps. Par les trous des éboulis, on pouvait apercevoir déjà la paroi grise et sèche de la roche accore qui formait le rempart sous lequel le navire était demeuré à l'abri des tourmentes du large.

Ce fut dans cette direction que se porta Mlle de Kéralio.

Elle avait formé, depuis quelque temps déjà, le projet d'escalader les énormes blocs qui ceignaient le steamer. Celui-ci, très incliné, appuyait l'extrémité de sa grande vergue à la paroi de tribord, et cette pente transformait le mât en une véritable échelle, qu'Isabelle gravit avec l'aide du bras herculéen de Guerbraz.

Les blocs s'étageaient en un escalier de géants, que la jeune fille se hâta de franchir avec la souplesse et la légèreté d'une biche. Mais, au lieu de gagner au plus tôt le sommet, elle s'attarda à sauter de gradin en gradin, sans écouter les avis du bon Guerbraz, littéralement apeuré par cette insouciante audace.

Tout à coup, comme elle se décidait enfin à atteindre la

crête de la falaise, elle s'arrêta brusquement et laissa échapper un cri de terreur.

Cent mètres au moins la séparaient de son fidèle compagnon.

Au cri poussé par Isabelle, Guerbraz s'était élancé pour la rejoindre, comprenant que la vue d'un péril imminent avait pu seul terrifier à ce point la vaillante créature.

Arrivé sur le plus haut des blocs qui composaient cet escalier titanique, Guerbraz eut l'explication de la terreur éprouvée par Mlle de Kéralio.

A moins de dix pas d'elle, de l'autre côté d'une faille à peine large d'un mètre, un ours gigantesque, sans doute le même qui avait poursuivi le lieutenant Pol et s'était ensuite dérobé à ses défenseurs, se balançait d'un mouvement régulier, mettant en opposition la cadence de son énorme corps et de sa tête relativement petite.

Il était manifeste que la bête était affamée, car il n'y a pas d'exemple d'un ours repu qui ne fuie à la vue de l'homme. Celui-ci agitait les pattes l'une après l'autre, ouvrait et fermait alternativement sa gueule noirâtre d'où pendait sa langue rouge, avec l'anhélation d'un chien altéré.

« Revenez, mademoiselle, revenez! » cria Guerbraz dans un appel désespéré.

La jeune fille l'entendit et se retourna. Elle essaya de battre en retraite.

L'ours, comprenant sans doute que sa proie lui échappait, fit un pas en avant, et, risquant tout le devant de son corps au-dessus de la faille, appuya ses pattes sur le bord opposé, avec un claquement de mâchoires et un sourd grondement de la poitrine.

Guerbraz avait arraché de sa ceinture un revolver en même

temps que la bonne hache qui ne l'abandonnait jamais. Devançant l'attaque du monstre, il prenait déjà son élan pour bondir sur le quartier de glace qui supportait Isabelle et son terrible adversaire, quand un phénomène inattendu, mais que cependant on aurait pu prévoir, se produisit.

Sous la poussée des pattes énormes du plantigrade, la faille venait de s'étendre, avec un bruit sinistre, jusqu'à la base même du glaçon. Sans doute, elle devait exister depuis long-temps déjà, car la rupture s'accomplit sans secousse.

Emportée par son poids, la bête énorme tomba dans la crevasse, tandis que l'amoncellement des blocs oscillait, en se détachant du reste de la banquise. Sous une pression extra-ordinaire le plancher du floe environnant se creva, et une colonne d'eau, soulevée en vague, vint frapper obliquement l'iceberg qui, sans revenir en arrière, rompait les menues glaces d'alentour et s'éloignait rapidement de la côte, sollicité, sans aucun doute, par un courant chaud qui fouillait les bases de la banquise.

Ce fut au tour de Guerbraz d'avoir peur. Lui aussi, il jeta un cri.

Ce qui venait d'arriver n'était pas sans précédents, non seulement dans les annales de l'hivernage, mais dans le journal même de l'expédition. On avait vu fréquemment des floebergs et des champs entiers se détacher des glaciers de la côte et s'en aller à la dérive vers des milieux plus chauds de l'océan, où ils s'émiettaient et se fondaient avec une rapidité vraiment extraordinaire.

Cette hypothèse même rendait plus critique encore la situa-tion d'Isabelle abandonnée sur son îlot mouvant.

Il est vrai qu'en ce moment de l'année, le bloc ne pouvait

dériver fort loin, la voie n'étant pas encore faite à travers l'agglomération du pack.

En effet, au bout d'une centaine de mètres, il s'arrêta brusquement, laissant derrière lui la paroi du rocher pelée et, à la place qu'il avait occupée, un trou d'eau que la température, très basse en ces instants, ne tarda pas à recouvrir d'une couche de *frazi*.

Guerbraz était désespéré.

Il leva son revolver et tira en l'air pour avertir les compagnons qui étaient en chasse.

Puis, comme l'énorme glaçon s'échouait sur l'*icefield*, le faisant crier sous son poids, le matelot put apercevoir Isabelle debout sur une espèce de console qui surplombait le niveau du champ d'une hauteur de près de 30 mètres.

La situation se faisait de plus en plus critique.

Pour secourir la jeune fille, Guerbraz se laissa glisser, aussi vite qu'il le put, sur la pente qu'il avait déjà franchie. Il lui fallait contourner le navire, puis la crique, pour rejoindre Isabelle. Il n'hésita pas, et, malgré les crevasses, bondissant d'arête en arête, par-dessus hummocks et buttons, il parvint enfin sur la surface glacée du fiord.

Mais là, un nouveau spectacle le pétrifia d'horreur.

Le vent portait, quoique très faiblement, du large à la côte. L'ours, malgré la lourde chute qu'il avait faite, chute considérablement amortie par l'eau dans laquelle il était tombé, s'était relevé, et le marin pouvait le voir se diriger en boitant, vers l'espèce de pic sur lequel la jeune fille était en quelque sorte suspendue.

Guerbraz jeta de grands cris pour détourner son attention.

Le plantigrade hésita un instant. Puis, avec le même balancement lourdaud, entêté dans sa détermination, il continua à s'avancer vers l'iceberg.

Le matelot était fou de douleur. Il appela Isabelle.

« Mademoiselle, essayez de trouver un chemin et de sauter pour venir à moi. »

La jeune fille, placée comme elle l'était, ne pouvait voir l'animal qui accourait. Toutefois elle comprit que l'avis du Breton lui signalait un danger imminent. Elle courut donc jusqu'à l'extrémité de la plate-forme pour essayer une descente.

Hélas! le bord fuyait verticalement sous elle. Le mur de glace n'avait aucune aspérité. Il était aussi lisse qu'une paroi de stuc ou de marbre.

Isabelle agita les deux bras. Le vent emporta sa voix, et Guerbraz n'entendit que ces deux mots :

« Peux pas! »

De l'autre côté du bloc, l'ours, maintenant caché aux regards du marin, commençait l'escalade du glaçon. On devinait sa pénible ascension sur le bloc.

Jamais le pauvre Guerbraz n'avait souffert aussi cruellement.

Une résolution désespérée lui vint. Il s'élança jusqu'au pied du bloc, et, ouvrant les bras, se prépara à recevoir la jeune fille au moment où elle se laisserait glisser.

C'était une résolution folle, mais que justifiait, dans une grande mesure, la confiance que plaçait le marin en sa vigueur quasi surhumaine.

Isabelle la partagea, et, s'approchant de l'arête, elle mesura du regard la hauteur de la chute.

Cette vue l'effraya sans doute, car elle se rejeta en arrière, sur la console.

Mais, au même instant, sur la plate-forme, se dressa la tête

8

de l'ours avec ses yeux sanglants et sa gueule rouge. La jeune fille, vaincue par l'émotion, chancela et tomba évanouie.

Guerbraz visa la bête du mieux qu'il put. La balle du revolver creva l'œil gauche de l'ours.

Le monstre, rendu plus furieux par la blessure, poussa un sourd rugissement et s'élança vers sa proie inanimée. Mlle de Kéralio était perdue.

Mais alors se produisit pour la seconde fois le phénomène qui avait, tout à l'heure, détaché le floeberg de la côte. Le pic oscilla, craqua et, se fendant dans toute sa longueur, se partagea en deux morceaux énormes. L'ours fut rejeté en arrière, tandis qu'Isabelle, glissant doucement et sans secousse, disparaissait dans la crevasse qui venait de s'ouvrir.

Ce n'était plus pour elle le même genre de mort, mais ce n'était pas moins la mort.

Sans plus songer à l'animal, que d'ailleurs l'épouvante avait saisi à la suite de son double accident, Guerbraz avait bondi vers la faille, au risque de s'engloutir lui-même.

Il put voir la jeune fille évanouie, suspendue entre ciel et terre, accrochée par l'épais manteau dont elle était couverte. Que la glace bougeât encore, et, précipitée dans l'horrible fissure, elle aurait pour pierre tombale l'un des quartiers énormes qui l'entouraient.

Tout semblait donc perdu, et, à moins d'une intervention providentielle, Isabelle de Kéralio était définitivement condamnée.

En ce moment, sur les berges accores, des chasseurs se montrèrent. Attirés par le double coup de feu de Guerbraz, ils avaient assisté à la scène, vu la fuite de l'ours et la chute d'Isabelle. Dix hommes sautèrent sur le floe et organisèrent le sauvetage.

LA JEUNE FILLE TOMBA ÉVANOUIE.

Hélas! tous les efforts fussent demeurés inutiles sans l'intervention de Salvator.

Le bon chien n'avait pas hésité, lui.

En quelques bonds prodigieux, il avait atteint la faille, s'y était glissé avec une merveilleuse souplesse et, saisissant à pleines dents le manteau de la jeune fille, avait tiré celle-ci d'un mouvement prudent et continu sur la pente extérieure du gouffre.

Ce fut là que Guerbraz et ses compagnons purent la recueillir toujours évanouie.

En un clin d'œil, avec des fusils et des épieux, on forma un brancard et l'on put emporter la pauvre enfant inanimée. Au fort, la consternation fut grande à la vue du triste convoi, mais le docteur Servan et son collègue eurent promptement rassuré la colonie.

Isabelle de Kéralio en fut quitte pour huit jours de repos. Ne fallait-il pas qu'elle recouvrât toutes ses forces pour le départ vers les zones du nord!

Le retour du soleil marqua, non le terme du froid, mais celui de la captivité. Ce fut du fond de tous les cœurs que jaillit un hymne de reconnaissance et de bénédictions envers le Créateur. On n'aurait pu souhaiter de plus magnifiques résultats. Somme toute, on n'avait point souffert, et par des températures effroyables, que l'on devait subir encore jusqu'au milieu d'avril, mais avec l'atténuation qu'y apporteraient les rayons de l'astre, on n'avait connu les atteintes du froid que pendant les heures consacrées aux excursions. Le moment était donc venu de se mettre résolument en campagne et de s'élancer sans arrêt vers la dernière étape. Une fois le 85ᵉ parallèle atteint, on pourrait espérer le triomphe définitif, si toutefois la terre s'étendait par delà les horizons entrevus par les héroïques devanciers.

Beaucoup parmi les hivernants, tous peut-être, regrettèrent la station de Fort Espérance. On avait été si heureux en cette halte presque surhumaine! Qu'allait-on trouver dans cet inconnu vers lequel on dirigeait la seconde course? Toutes les merveilles réalisées ici, on ne pourrait les reproduire plus haut qu'à la condition d'y rétablir le campement sur les mêmes bases et avec les mêmes garanties que l'on avait pu trouver au cap Ritter. Mais l'hypothèse même d'une marche directe vers le nord rendait cette éventualité tout à fait problématique. C'était la vie sous la tente, conjointement avec la vie à bord, si les rigueurs du Pôle le permettaient, que l'on allait inaugurer ou reprendre.

Toutefois la durée des préparatifs du départ permit aux explorateurs d'entreprendre de nouvelles excursions d'avant-garde. D'Ermont et Pol s'élancèrent les premiers sur la route du Pôle. Leurs observations confirmèrent celles de M. de Kéralio et du docteur Servan. La côte du Grœnland s'infléchissait à partir du cap Bismarck, et, à moins de la présence d'une péninsule allongée, présence que rien ne faisait présumer, elle perdait son titre de « côte orientale », en faisant face au nord-est.

Dès le 20 mars, les travaux d'installation à bord étant terminés, les voyageurs commencèrent à réintégrer les cabines et le carré de l'*Étoile Polaire*. Afin qu'on ne souffrît pas trop du changement, Hubert, aidé de Schnecker, y installa le chauffage à l'hydrogène, et tel fut l'effet du rayonnement de la chaleur sur les glaces, que le berceau, soulagé par la pression latérale, ramena, petit à petit, le navire sur la glace. De fortes projections de vapeur d'eau permirent d'aider au mouvement de dislocation de la banquise, et, le 1ᵉʳ avril, la quille du steamer, perçant le plancher très aminci qui s'étendait au-dessous d'elle, se trouva de nouveau en contact avec l'eau.

On s'occupa alors du « déménagement », c'est-à-dire de la démolition de la maison de bois et du transport de ses diverses pièces à bord. Ce ne fut pas la moindre besogne, ni la moins difficile. Le froid était encore très rigoureux, et, au cours du travail, plusieurs hommes, jusque-là indemnes, eurent à souffrir cruellement par suite des négligences dans les précautions chaque jour recommandées. Une ou deux amputations de doigts atteints par le gel furent indispensables, et l'infirmerie de l'*Étoile Polaire* reçut six malades plus ou moins gravement éprouvés, avant que le moment fût venu pour le navire de sortir du fiord protecteur et de s'élancer vers la mer libre. Néanmoins le moral de l'équipage demeura intact. Le soleil avait ramené la gaieté quelque peu atteinte par les longues ténèbres des mois d'hiver, malgré les miracles de science accomplis pendant l'hivernage. Mais ce qui contribua surtout à réveiller l'enthousiasme, ce fut la vue de la récolte, qui eut lieu vers le 10 avril.

On avait en effet préservé la serre, en se résignant à n'en rien emporter. Savait-on si l'on ne serait pas contraint de regagner le cap Ritter? On la convertit donc en magasin pour le voyage de retour, et l'on y entassa toutes les réserves de viande fraîche qui ne furent pas absorbées par la consommation courante, et que l'on dut aux fusils des plus habiles chasseurs de la colonie.

La serre avait donné des résultats étourdissants. Sous les quatre « soleils » électriques de ses lampes, grâce à la chaleur

constamment entretenue, le sable azoté des plates-bandes avait
produit autant qu'une terre riche des zones tempérées. On
récolta quelque quatre-vingts ou cent carottes, trente bottes de
radis, que les matelots déclarèrent d'une saveur exquise, une
dizaine de bottes de cresson de terre, et plus de cent quarante
pieds de salades diverses, laitue, romaine, mâche ou chicorée.

Le chapitre des fruits fut moins abondant. Il fournit à peine
deux saladiers de fraises, dont la fadeur causa quelque désappointement. Mais, le sucre et le rhum aidant, on finit par les
déclarer miraculeuses. Enfin Isabelle put faire, outre un
bouquet pour elle-même, une cueillette de fleurs suffisante
pour en orner toutes les boutonnières, et ce fut avec cette
décoration d'un nouveau genre que valides et invalides assis-
tèrent au banquet du départ donné à bord du steamer. De
longues et joyeuses acclamations fêtèrent l'héroïne devenue la
fée protectrice en même temps que la sœur de charité de
l'expédition.

Après quoi l'on se sépara, non sans une profonde émotion.

Le commandant Lacrosse gardait à son bord le personnel
strictement nécessaire à la manœuvre du navire. Il y gardait
aussi les blessés et les malades, et leur présence décida Isabelle
à y demeurer, en compagnie de sa fidèle nourrice, pour leur
assurer des soins vigilants et entendus. Le docteur Servan, de
son côté, céda, quoique à regret, à son collègue Le Sieur sa
place dans la colonne qui allait suivre la route de terre.

D'ailleurs il demeurait convenu que cette colonne longerait
la côte, parallèlement à la marche du navire, et que l'on se
tiendrait, autant que possible, en communications constantes.

Le 20 avril, à la suite d'un fort coup de vent de sud, le ciel
apparut purifié des nuages gris qui le déshonoraient, et le

soleil, déjà haut sur l'horizon, éleva la température à 2 degrés. Cette différence dans les niveaux thermométriques fut annoncée par de longs craquements venus du large, et le 21, M. de Kéralio et Bernard Lacrosse purent, du haut des collines qui dominaient le cap Ritter, apercevoir un vaste chenal d'eau libre à quelque 600 mètres de la côte. La fonte rapide des glaces de battures ajoutait à cette première révélation le plus favorable des commentaires.

Le 26, le floe sur lequel reposait l'*Étoile Polaire* se fendit dans toute sa longueur. Il fallut enlever en toute hâte les dernières pièces restées debout de son échafaudage de préservation. L'énorme *débaris* qui portait le navire se détacha en bloc de la côte, et se mit à dériver vers l'océan. Telle fut la promptitude de cette dérive, que les hommes de l'expédition terrestre n'eurent pas le temps de débarquer. Ils durent attendre que le steamer, entièrement dégagé, pût les déposer lui-même à l'extrémité du cap Bismarck. Cette opération ne put s'effectuer que le 30, l'*Étoile Polaire* n'ayant pu se soustraire à l'icefield qui l'emprisonnait qu'après une dérive d'un demi-degré dans le sud.

Le 1ᵉʳ mai, le débarquement était accompli. La colonne des explorateurs se composait de MM. de Kéralio, d'Ermont, Hardy, le docteur Le Sieur, les matelots Carré, Le Clerc, Julliat, Binel, Mac-Wright. Guerbraz, premier maître d'équipage, avait la surveillance des hommes.

Afin d'obliger la troupe à se tenir constamment en rapport avec le navire, on n'emporta que les vivres de trois jours de marche. C'était la meilleure manière de se contraindre au ravitaillement. C'était, en outre, la suppression des bagages et des fardeaux. La marche en était d'autant rendue plus facile. A moins de catastrophe impossible à prévoir, on devait atteindre le cap Washington en un mois, puisqu'on avait à peine 350 kilomètres à franchir.

La belle saison rendait d'immenses services aux explorateurs. On avait à craindre en effet que l'état de la mer ne permît point à l'*Étoile Polaire* de remonter vers le nord. Mais à cet égard on avait deux témoignages contradictoires : celui de Nares et Markham, qui, arrêtés le 12 mai, par 83° 20′ 26″, n'avaient vu devant eux que le pack ininterrompu de l'océan paléocrystique, et en avaient conclu à la négation de la mer libre, et celui de Greely, fondé sur les observations de Lockwood et Brainard qui, parvenus à la même saison, par 83° 23′ 8″, avaient dû reculer devant la dislocation des glaces et la présence de nombreux chenaux dans le pack. Qui donc avait raison, des membres de l'expédition anglaise ou de ceux de la mission américaine? On allait être bientôt à même de le savoir.

CHAPITRE VII

LA COLONNE DRESSA LES TENTES.

VII

LE CAP WASHINGTON

La première étape parut donner raison aux Anglais.

La colonne n'avait pas fait dix milles dans le nord-ouest qu'elle dut s'arrêter. On avait perdu de vue le steamer.

Il était manifeste que l'*Étoile Polaire*, engagée dans une lutte très âpre contre la débâcle, devait conquérir le terrain mètre à mètre. Aussi loin que s'étendît la vue des voyageurs, la mer était prise. Le floe avait une régularité affligeante : c'était une plaine sinistre, à peine bossuée, çà et là, par des chaînes de hummocks. On n'y voyait rien bouger et cette immobilité muette désolait le regard.

La colonne fit halte et dressa les tentes. On allait bivouaquer jusqu'à l'arrivée du navire. S'il ne paraissait point, ce serait la preuve trop certaine qu'il fallait renoncer à l'espoir du voyage par mer.

On attendit donc la nuit, le cœur serré. Personne n'avait voulu prévoir cette éventualité décourageante. Aussi personne ne se résigna-t-il, et quand on s'enfonça dans les sacs de couchage, malgré la douceur relative de la température, le regret de la maison abandonnée vint-il s'ajouter à l'irritation causée par les espérances déçues.

« Mes amis, dit M. de Kéralio pour mettre un terme à cette pénible angoisse, ce que nous avons de mieux à faire, c'est d'ajourner nos conjectures à demain et de dormir. »

On ne dormit pas bien longtemps. Vers minuit, le vent se leva, un vent du sud qui donna le ton aux clameurs du pack en révolution. Les courtes heures de ténèbres furent pleines de ces rumeurs lugubres, et les voyageurs, déshabitués par l'hivernage des séjours à la belle étoile, furent assez longs à s'y refaire. Ce fut avec une joie sans mélange qu'on vit reparaître le jour.

De terribles craquements n'avaient cessé de faire écho aux mugissements du vent, et, à plusieurs reprises, l'oreille exercée de ceux qui ne pouvaient dormir avait perçu le choc sec des vagues contre les banquettes de la côte. L'espoir renaissait en eux. Ce bruit était de bon augure. Il présageait la rupture du champ de glace.

Toutefois ceux qui l'entendirent les premiers n'osèrent confier leurs espérances aux autres. Sachant combien leur serait cruelle à eux-mêmes une désillusion, ils préférèrent l'épargner à leurs compagnons endormis.

Mais, à l'aube, on n'eut plus de doute. C'était la mer, l'eau salée et verte, qu'on avait sous les yeux. De l'immense icefield de la veille il ne restait plus, çà et là, que des fragments gigantesques sans doute, mais totalement dessoudés, d'énormes débris qu'entraînait à l'est un courant visible à l'œil nu.

En même temps, un nuage d'aspect particulier se montrait à l'horizon du sud.

Il n'y avait pas à s'y tromper, ce nuage était dû à la fumée du steamer. L'*Étoile Polaire* avait vaincu l'obstacle ; elle accourait de toute sa vitesse à la recherche des explorateurs.

Un long hourra salua cette apparition.

Désormais on était rassuré. Lockwood avait eu raison : l'océan paléocrystique n'existait pas en permanence. La mer était libre devant les navigateurs.

Mais ceux-ci savaient à quoi s'en tenir sur ces déblaiements subits auxquels succèdent avec une égale rapidité le retour des débâcles considérables, qui entraîne la reprise du terrain perdu par la glace. Par bonheur, le vent ne varia guère, quittant le sud pour passer au sud-est et revenir au sud. A six heures du matin, l'*Étoile Polaire*, après avoir échangé des signaux avec les piétons, les devançait sur la route du nord. On ne devait se retrouver que sous le 78ᵉ parallèle, juste à point pour permettre le ravitaillement des explorateurs.

Arrivés à ce point, et devant une température moyenne de 14 degrés, la première escouade rentra dans les flancs du navire. Elle avait franchi 200 kilomètres. Une seconde colonne, forte de six hommes, sous le commandement du lieutenant Pol, lui succéda. On était au 8 mai.

Mais, là, le navire éprouva une nouvelle contrariété.

Le vent, sans avis préalable, sauta au nord-ouest, et en moins de deux heures les glaces envahirent la mer. En même temps, le thermomètre s'abaissait à 28 degrés au-dessous de zéro, température vraiment très dure dans une saison qui, plusieurs fois déjà, avait vu le mercure remonter à 0 degré et même à 2 degrés au-dessus.

Il fallut chercher un refuge dans une anfractuosité de la côte. On y passa deux jours au milieu de transes mortelles, car, malgré l'abaissement continu de la température, qui ne s'arrêta qu'à — 34 degrés, la tempête fit rage, amoncelant les blocs les uns sur les autres et les poussant à l'assaut du navire.

Dans cette situation vraiment critique, le commandant Lacrosse suggéra une idée essentiellement ratique.

On chargea à obus de mélinite les deux canons de 10 centimètres de l'*Étoile Polaire* et l'on ouvrit le feu sur la banquise avec le même soin et le même acharnement que sur une armée d'assiégeants humains.

En même temps, comme l'eau ne manquait point, on ne cessa de projeter la vapeur sur le champ de glace. Après trente-huit heures de cette lutte de géants, l'équipage, épuisé, put enfin goûter quelque repos. Il l'avait bien mérité.

Le 5, la marche en avant reprit, et le steamer mit à profit une large allée d'eau qui se déclara le long de la côte. Forçant de vapeur, il laissa aux membres de l'expédition terrestre le soin de relever la carte du pays, et franchit, à la vitesse de 14 nœuds, les 150 kilomètres qui le séparaient encore du 80° degré.

Là, il dut relâcher pour attendre les excursionnistes.

Le temps était affreux. Les bourrasques de neige ne s'in-

terrompaient plus. En outre, le froid, par un retour offensif, rendait la manœuvre extrêmement pénible.

Pour la première fois Isabelle éprouva comme un regret
de la résolution qu'elle avait prise. Non qu'elle craignît pour
elle-même, bien que la part de souffrances, en ces conjonc-
tures, fût au-dessus des forces d'une femme ordinaire. Mais
la vaillante fille éprouvait le contre-coup des misères qu'elle
voyait endurer par ses compagnons. Et, parmi ceux-ci, il en
était un, ou plutôt une, dont les douleurs lui paraissaient plus
particulièrement cruelles. La pauvre nourrice, Tina Le Floc'h,
qui ne s'était point entièrement remise de la bronchite con-
tractée dès le début de l'expédition, toussait maintenant d'une
façon tout à fait inquiétante.

Or, en entendant cette toux, le docteur Servan devenait
sombre et fronçait le sourcil. Il avait beau prodiguer ses soins
à la malade, il se rendait bien compte qu'il ne pouvait y
avoir qu'un remède au mal : rapatrier la pauvre Bretonne.

Mais, par malheur, on était trop loin de France, à cette
heure, pour que l'on pût espérer un retour suffisamment
prompt. Sans doute il n'était pas un membre de l'expédition
qui eût hésité à en sacrifier les résultats pour conserver les
jours de la bonne nourrice. Hélas! ce sacrifice eût été en
pure perte. Même en reprenant sur-le-champ la route du
midi, on ne pouvait espérer rentrer en France avant trois
ou quatre mois, et ce, en supposant les conditions les plus
favorables. Et, avec l'état actuel de l'océan, il n'était malheureusement pas à présumer que les glaces, ouvertes au nord,
ne se seraient pas refermées sur les pas du navire.

On n'avait donc qu'une ressource : sortir au plus tôt de
cette mortelle étreinte des tempêtes et débarquer sur un point

de la côte où il devînt possible de faire une véritable station estivale, et, à la faveur de celle-ci, de tout préparer pour le prochain hiver.

Le 10 mai, le thermomètre marquait encore — 24 degrés. La neige s'étant un moment interrompue, le ciel se découvrit et permit aux navigateurs d'inspecter, du haut des barres de perroquet, le paysage maritime et terrestre qui les entourait.

Il était d'une grandiose horreur, d'une effrayante désolation.

Cette terre du Grœnland, jusqu'où donc se prolongeait-elle ainsi ?

Voici que, maintenant, la côte revenait au nord-est. Une presqu'île de falaises immenses, hautes de 600 à 800 mètres, se dressait en muraille infranchissable, et les roches de micaschiste et de syénite s'y laissaient voir sans une seule anfractuosité, sans un seul port où l'on pût chercher un abri.

En face de ce tableau il se produisit une sorte de terreur religieuse dans l'équipage. Quelques hommes se découragèrent et laissèrent échapper l'expression de ce découragement. L'un d'eux baptisa la côte d'un nom pittoresque. C'était un loustic qui avait habité Paris, et son mot eut la bonne fortune de ramener un peu de gaieté au gaillard d'avant.

« C'est la barrière d'Enfer ! » avait-il dit.

Et jamais terme de comparaison ne fut plus exact. Cette longue ligne ininterrompue était sinistre à voir, et l'*Étoile Polaire* n'apparaissait plus que comme un fétu de misérables dimensions au pied de cette palissade monstrueuse. En même temps, l'allée d'eau s'éloignait de la côte, laissant

une banquette de trois bons milles en largeur, chose tout
à fait inouïe pour la saison.

L'impression de lassitude et de crainte superstitieuse
reparut le 12. On avait stationné au pied de la falaise au
delà du terme convenu avec l'escouade d'exploration, et
depuis vingt-quatre heures on aurait dû avoir de ses
nouvelles. Du navire il était impossible d'explorer la côte,
beaucoup trop élevée, mais ce qui n'était pas possible aux
navigateurs l'était aux piétons. Rien ne les empêchait de
communiquer au moyen d'armes à feu et de signaler leur
présence en ces parages désolés.

L'inquiétude parvint au paroxysme le 13. L'escouade n'avait
pas reparu, et, à bord, tout le monde était rempli d'épouvante. L'escouade devait être à bout de vivres, et il n'existait pas un moyen de lui porter secours.

Qu'allait-on faire?

Un conseil fut tenu parmi les officiers. On y admit les
premiers et seconds maîtres. Telle était l'angoisse universelle
que le second maître Riez ouvrit l'avis de revenir en arrière.
Chose étrange, sauf Lacrosse et d'Ermont, nul n'osa contredire à cette opinion.

Et ce qui encouragea cette velléité de retraite, ce fut l'annonce par la vigie que d'énormes débaris étaient en vue.

Le commandant Lacrosse, la mort dans l'âme, allait
donner des ordres nécessaires à ce mouvement en arrière,
lorsque Isabelle de Kéralio entra dans la chambre du conseil.

On avait pris l'habitude de parler ouvertement devant
elle et de ne lui rien celer des résolutions qu'on pouvait
prendre. En quelques mots embarrassés, Bernard Lacrosse

lui fit part de la détermination à laquelle on venait de s'arrêter.

Il ne put se défendre du légitime désir de se mettre en dehors de l'avis commun.

« Quant à moi, prononça-t-il vivement, j'ai toujours pensé que l'homme qui va devant lui a plus de chances que celui qui recule, et qu'à défaut du courage, l'intérêt même doit conseiller de ne jamais rétrograder. »

La jeune fille n'attendait que cette parole. Elle éclata :

« Quoi ! s'écria-t-elle, est-ce donc à ce parti que l'on s'arrête ? Quoi ! Parce que nous sommes en face d'une hypothèse inquiétante, nous allons renoncer sans combattre au résultat acquis, à une victoire que tout nous présage ! Mais ne voyez-vous pas que reculer, c'est compromettre irrémédiablement l'expédition ? Car, de deux choses l'une : ou nous rentrons directement en France, ou nous revenons au cap Ritter. En ce dernier cas, que gagnons-nous ? Ce n'est pas une reculade de 4 degrés qui peut améliorer notre situation. Nous sommes aux portes de la belle saison et à moins de 160 milles du point que Lockwood et Brainard, dépourvus de ressources, ont atteint à pied. Nous avons des vivres en abondance, et, qui plus est, nous disposons de moyens que nul n'a possédés avant nous, et dont nous avons pu nous-mêmes vérifier l'efficacité. Et nous abandonnerions la partie ? Nous nous déclarerions vaincus au premier obstacle ? Ne voyez-vous pas que cette falaise touche à sa limite, et que forcément, par la nature même du sol, cette côte ardue va faire place à des terres basses et fortement découpées ? Est-ce à moi, femme, de vous rappeler que les roches schisteuses ne sont que des accidents du sol, des soulèvements intermittents de la croûte terrestre ? Demain, après-demain au plus tard, le soleil nous aura donné des températures très douces, et la mer sera libre. La banquise que l'on nous signale en ce moment ne peut être qu'un dernier morceau du pack que nous avons déjà traversé. »

Elle parlait avec une émotion, une conviction communicatives. L'assemblée hésitait. Un dernier argument vint à bout de toutes les résistances.

Mlle de Kéralio continua :

« Et nos amis, nos frères qui sont à terre, allons-nous donc les abandonner ? Pourquoi les chercher au midi, alors que tout fait supposer, au contraire, qu'ils ont poursuivi leur route vers le nord ? »

Elle avait raison. Toute la vraisemblance était pour que les explorateurs, gênés par la falaise, eussent directement coupé la presqu'île dans le sens de sa largeur. Reculer, c'était les délaisser sans vivres sur cette côte inhospitalière.

« Allons, messieurs, conclut Isabelle suppliante, en joignant les mains ; encore un effort, un seul. Tout me dit que nous allons atteindre à bref délai la pointe de cette muraille rocheuse, quelque promontoire plus favorable que la brume nous cache, mais que nos prévisions doivent deviner par là, quelque part, sous le 81e parallèle. Allons, haut les cœurs pour notre propre gloire et pour celle de la France ! »

Tous les hommes se levèrent électrisés. Un seul cri jaillit de toutes les poitrines :

« En avant ! Pour l'honneur de la France ! »

Et le commandant Lacrosse, remontant sur le pont, jeta l'ordre de pousser les feux.

Isabelle avait raison, et, une fois de plus, l'adage « La

fortune favorise les audacieux » fut justifié. La banquise
aperçue parut fuir devant l'*Étoile Polaire*, et le soleil, en se
dégageant des buées, laissa voir une mer toute bleue sur
laquelle s'envolaient çà et là des floebergs, pareils à des
goélands effarouchés.

On aperçut, à 10 milles au nord-est, l'extrémité de la falaise,
finissant en un cap étroit et bas. Le steamer courait avec une
vitesse de 15 nœuds. Quand il eut atteint l'extrémité du promontoire, l'océan radieux s'étendait, à perte de vue, dans le
nord, tandis que la côte grœnlandaise se rejetait vers le nord-
ouest.

Tout à coup, dans le silence d'admiration qui suivit cette
découverte, une détonation éclata. Les yeux interrogèrent la
côte. Un flocon blanc s'élevait sur la crête des falaises les
moins élevées. Les explorateurs étaient là.

Sur le pont de l'*Étoile Polaire*, de frénétiques hourras
répondirent au coup de feu, et le navire, serrant le rivage, vint
enfin jeter l'ancre au delà de la pointe glorieusement doublée.

« Ce cap, s'écria le commandant Lacrosse en se découvrant,
ne peut porter qu'un nom, celui de la femme héroïque qui
nous a rendu le courage. Nous l'appellerons désormais le « cap
« Isabelle ».

De nouveau les mains frappèrent une triple salve. Puis
deux embarcations se détachèrent du navire et gagnèrent le
fond sablonneux d'une jolie baie. Une demi-heure plus tard
elles rapportaient à bord toute l'escouade du lieutenant Hardy,
qu'une troisième colonne allait remplacer.

On n'avait plus qu'à se laisser porter sur une mer d'une
admirable complaisance. Deux fois encore, l'*Étoile Polaire*
relâcha pour relever les escouades. Enfin, le 28 mai, quatre

DE FRÉNÉTIQUES HOURRAS RÉPONDIRENT AU COUP DE FEU.

semaines après le départ du cap Ritter, le steamer mouillait son ancre à l'extrémité la plus septentrionale du Grœnland, par 83°54′12″. Les terres redescendaient au sud-ouest. A l'horizon se creusait une baie que l'on reconnut immédiatement pour le bras oriental de l'inlet Conger du fiord Hunt. L'île Lockwood était au centre, et, tout au bout du panorama merveilleux, s'accusait avec ses roches noires le cap Alexandre Ramsay.

On était parvenu au promontoire que les deux héros de la mission Greely avaient nommé, sans pouvoir l'atteindre, d'un nom cher à tous les cœurs américains. C'était le cap Washington. Dès à présent, tous les prédécesseurs étaient distancés. La France était allée le plus loin.

La joie fut sans bornes dans l'équipage ; elle tenait du délire. On criait, on pleurait, on s'embrassait. D'aucuns parmi les matelots trépignaient, marchaient sur les mains, se livraient à d'étonnants ébats chorégraphiques. Maintenant on se croyait sûr du succès final. Encore 6 degrés 4 minutes, ou 606 kilomètres, et l'on foulerait le Pôle lui-même.

Le ciel se montrait entièrement propice. Cette côte que Lockwood et Brainard avaient trouvée bordée de glace en 1882, mais dont ils avaient vu les glaces se détacher l'année suivante, leur apparaissait libre et dégagée de sa froide ceinture.

Le premier travail auquel on dut se livrer fut celui du relèvement de la carte. Il exigea six longues journées, mais permit aux explorateurs de connaître entièrement la région.

Bien que la chaleur fût en retard, l'année s'annonçait exceptionnellement douce, et, très rapidement, le thermomètre s'éleva à des niveaux absolument extraordinaires. La température, qui dans les premiers jours ne dépassait pas 9 degrés, monta, le 8 juin, à 16 degrés et le 10 à 18. On en fut réduit à se plaindre de l'ardeur du ciel.

Mais cette progression anormale rendit de grands services aux voyageurs. Tout d'abord, elle leur permit des incursions dans l'intérieur et le long de la côte. Ils purent ainsi s'assurer que le bras de mer appelé fiord Hunt par Lockwood était un véritable golfe creusé entre le cap Washington et le cap Kane, que ce dernier commençait une série de falaises formant la limite du canal Conger, lui-même communiquant au fiord Weyprecht au sud-est de l'île Lockwood. Au delà de cette île, on ne voyait plus que la pointe extrême du cap Ramsay, mais les voyageurs reconnurent avec un soin scrupuleux toutes les découvertes de leurs anciens prédécesseurs, la Terre Hazen, terminée par les caps Neumayer et Hoffmeyer, et enserrée entre les fiords Wild et De Long. La végétation sur ces divers plateaux leur parut singulièrement abondante pour de telles latitudes. La présence d'ours et de bœufs musqués leur permit des chasses fructueuses, sans compter d'heureux coups de fusil à l'encontre des eiders, des ptarmigans, des dovekies et des lagopèdes.

Finalement, le 12 juin, devant la mer libre et sans limite au nord, on se décida à prendre terre définitivement sur ce point et à construire la maison en vue du deuxième hivernage.

L'emplacement en fut choisi avec circonspection, à l'abri des vents du nord, sous une véritable barrière de hautes collines, et déterminé rigoureusement. On constata ainsi que le cap Washington est situé par 83°35′6″ de latitude boréale et 41°12′ de longitude occidentale. Il restait donc encore

1°24′54″, soit 141 kilomètres et 484 mètres, à parcourir avant d'atteindre le 85° parallèle.

Or que trouverait-on sous ce parallèle ?

Serait-ce une terre nouvelle, une île dépendant du Groenland, mais plus voisine du Pôle, ou un vaste continent glacé se prolongeant jusqu'au Pôle lui-même, le dépassant peut-être pour se continuer jusqu'au nord de la Sibérie, avançant, çà et là, quelque péninsule inconnue dont la Terre de François-Joseph, découverte par Payer en 1871, ne serait qu'un promontoire?

Aussi loin que s'étendît la vue dans le nord, on n'apercevait que la mer libre.

Le commandant Lacrosse en profita pour pousser l'*Étoile Polaire* aussi avant que possible dans le voisinage de la station nouvelle créée par les explorateurs. Il y gagna de relever les points de la côte qu'on avait longée au cours du dernier voyage.

La brièveté de l'été, qui ne dure pas plus de deux mois dans les régions polaires, obligeait les chefs de l'expédition à tirer parti de la situation exceptionnelle dans laquelle on se trouvait. M. de Kéralio rassembla donc le conseil des officiers et réunit les avis.

La presque unanimité des membres du conseil se prononça en faveur d'une reconnaissance immédiate dans le nord. En conséquence, tout le monde se rembarqua, et le steamer, battant de son hélice des flots entièrement libres, s'élança hardiment vers le nord.

Au bout des vingt premiers milles, on rencontra plusieurs débaris gigantesques, versés sans nul doute par quelque fiord transformé en glacier. Tous ces champs de glaces, ces icebergs dérivaient ostensiblement vers l'est et le sud-est, preuve évi-

dente de la présence d'un courant très chaud dans les eaux
inviolées de la mer du Grœnland.

Dix milles plus loin, le navire dut chercher son chemin à
travers les innombrables débris des vieux champs paléocrystiques. La traversée devint très pénible, bien qu'elle fût favo-
risée par une chaleur constante, désagrégeant le pack, dont
on pressentait les approches. On avait dépassé le 84° parallèle,
et les voyageurs espéraient se faire jour au milieu des blocs
errants.

Mais, le matin du 18 juin, la vigie cria : « Terre ! », et l'on
put apercevoir à quelque dix milles dans le nord une chaîne
continue de montagnes peu élevées qu'enserrait une bordure
de glaces nettement découpées.

L'*Étoile Polaire*, changeant sa route, se mit à côtoyer
l'obstacle, s'efforçant de trouver une issue pour le tourner
dans l'ouest.

La zone de glace cependant ne parut ni s'amoindrir ni se
fragmenter. Force fut bien de se rendre à l'évidence : la voie
de mer était désormais interdite aux explorateurs.

On releva le point, tandis que l'*Étoile Polaire* s'efforçait
vainement de mouiller son ancre, par des profondeurs de 200
et 250 brasses. On était donc au voisinage d'accores très
escarpés, et la position devenait dangereuse pour le navire.

M. de Kéralio rassembla de nouveau ses officiers.

« Messieurs, leur dit-il, dès à présent nous aurions le droit
d'être pleinement satisfaits du résultat de nos efforts. Nul
homme n'est allé aussi loin que nous sur la route du Pôle,
puisque nous nous trouvons par 84°35′ de latitude boréale.
Sans la fâcheuse barrière que nous oppose le pack, nous
aurions atteint le 85° parallèle. Mais ce qu'un navire ne peut

faire, j'entends l'accomplir par la route de terre. Une vingtaine de kilomètres à peine nous sépare des côtes de l'île que nous apercevons. Je vais prendre le commandement de quelques hommes pour tenter d'y arriver. Nous emporterons assez de vivres pour une longue carrière, et, Dieu aidant, nous arriverons à ce point inconnu du globe qui a déjà fait l'objet de tant d'héroïques tentatives. »

Quelques-uns essayèrent de dissuader M. de Kéralio. Il réfuta toutes les objections. Son âge ne pouvait l'empêcher de se risquer à une telle entreprise. Il n'était pas venu jusque-là pour reculer, et il se croyait le droit de rappeler à ses compagnons que, chef de l'expédition, l'ayant organisée avec ses seules ressources, il pouvait, sans égoïsme, se réserver le mérite de la découverte.

« Je suis persuadé, s'écria-t-il dans un élan d'enthousiasme, que par delà cette barrière inopportune je retrouverai la mer libre. »

Devant cette volonté énergique, fondée sur une inébranlable conviction, les compagnons de M. de Kéralio s'inclinèrent. Il ne restait donc plus qu'à mettre à exécution le projet.

Dès le 21 juin au matin, on débarqua sur la glace du champ le plus grand des traîneaux, disposé de manière à recevoir l'une des embarcations, nécessaire pour le cas où l'on aurait des allées d'eau à franchir. Comme M. de Kéralio allait tenter une expérience décisive, on décida qu'il valait mieux ne pas remettre à plus tard l'épreuve que l'on comptait faire avec le ballon. Un second, puis un troisième traîneau furent descendus, et reçurent les diverses pièces du ballon et du sous-marin destinés aux investigations aériennes et marines.

Jusqu'à ce moment le secret le plus impénétrable avait été

gardé sur ces deux moyens que l'on allait employer ensemble ou séparément. Les explorateurs y fondaient de grandes espérances, dans le ballon surtout, estimant que l'aérostation était encore la plus sûre ressource en face des obstacles opposés par la banquise.

M. de Kéralio dut, à son tour, se ranger à l'avis commun. Il était nécessaire que la troupe fût nombreuse, afin de pourvoir aux difficultés du traînage et à la manœuvre des divers engins dont on allait se servir.

L'*Étoile Polaire* se réduisit donc au chiffre strictement nécessaire de l'équipage. Isabelle demeura à bord, auprès des malades et des blessés, secondée par la pauvre Tina Le Floc'h dans la mesure des forces qui restaient encore à la vaillante nourrice. Le commandant Lacrosse retint auprès de lui les lieutenants Pol et Hardy et le docteur Le Sieur. Aucune considération, cette fois, ne put empêcher Servan d'accompagner son ami Kéralio dans cette expédition dont tous comprenaient l'importance. Il en fut de même d'Hubert, dont la présence auprès des explorateurs parut indispensable à la mise en œuvre des moyens dont ceux-ci disposaient.

On n'attendit pas même au lendemain pour se mettre en route. On n'était pas autrement sûr de la stabilité du pack, et il fallait rendre au plus tôt à l'*Étoile Polaire* la liberté nécessaire à sa propre sécurité.

On se sépara donc sous les réserves suivantes : le steamer chercherait soit à l'ouest, soit à l'est, un passage lui permettant d'aborder la terre entrevue et de maintenir ses communications avec les excursionnistes.

S'il y parvenait, tout serait pour le mieux. Dans le cas où il ne retrouverait point ceux-ci, il devait déposer sur le point de la côte qu'il pourrait aborder des provisions pour le retour des explorateurs en construisant des cairns, afin de mettre ces provisions à l'abri. Enfin, il demeurait convenu que, si la terre aperçue était une île, les explorateurs reviendraient sur leurs pas dans un délai de trois semaines.

Ces conventions bien établies, la petite colonne s'élança sur le champ de glace, tandis que le steamer, se conformant au programme, reprenait la route de l'est.

Il n'était que temps pour lui de sortir de la zone de glace. Le 22 juin, dans la nuit, une effroyable tempête se déchaînait sur cette portion de la mer. A la violence des vagues, à leur hauteur vraiment prodigieuse, les navigateurs purent juger que les profondeurs de l'océan étaient considérables. Pendant deux jours, le steamer eut à lutter contre une plaine écumante, sur laquelle des icebergs géants bondissaient pareils à des monstres prêts à se ruer sur le navire. De soudains abaissements de température, qui faisaient descendre le thermomètre de 8 à 4 degrés, amenaient des bourrasques de neige, tout à fait inattendues à ce moment de la saison. Enfin, le 24, l'*Étoile Polaire* put jouir d'un calme complet, sur une surface presque entièrement délivrée de ses dangereux débris. Elle était remontée de 6 ou 7 milles au nord et se trouvait par 0°0′3″ de longitude orientale, à moitié chemin du Spitzberg.

Il était inutile de maintenir la route à l'est. Plus de terres à l'horizon; à peine, çà et là, quelques débris de floes glissant pesamment sur la surface apaisée. Le steamer se jeta donc hardiment dans le nord et parvint ainsi jusqu'au 85ᵉ parallèle.

Ce fut avec des cris et des transports que l'on salua le passage sur cette latitude, la plus haute qu'un pied humain eût foulée. Encore ce terme n'était-il pas exact, puisque les voyageurs ne franchissaient le degré que sur un navire. Le commandant Lacrosse, du haut de la passerelle, rassembla l'équipage et prononça une courte allocution, en présence d'Isabelle de Kéralio, à laquelle on fit une chaleureuse ovation. Le temps était superbe, le thermomètre marquait 6 degrés. Pas un nuage ne tachait l'azur du ciel et ne projetait une ombre sur la robe céruléenne de l'océan. N'eût été la présence de quelques glaçons errants, on aurait pu se croire dans quelque heureuse région de la zone tempérée. Enfin, pour ajouter à la joie de tous, quatre des malades demeurés à bord avaient pu se lever ce jour-là et prendre part à l'universelle allégresse.

Pour laisser autant que possible une trace de leur passage, les navigateurs jetèrent à la mer un baril vide et soigneusement goudronné dans lequel on avait enfermé la déclaration suivante, écrite sur parchemin :

« Aujourd'hui, samedi 26 juin 189..., le navire l'*Étoile Polaire*, appartenant à M. de Kéralio, commandant Bernard Lacrosse, lieutenants Hardy, Pol et Rémois, docteurs Servan et Le Sieur, portant à son bord Mlle de Kéralio, Corentine Le Floc'h, sa nourrice, et vingt hommes d'équipage dont six malades, mais sans gravité, après avoir déposé à terre, par 84 degrés de latitude septentrionale et 41 degrés de longitude occidentale, MM. de Kéralio, chef de l'expédition, H. d'Ermont, lieutenant de vaisseau en congé illimité, le docteur Servan, le chimiste Schnecker, le lieutenant Rémois, vingt hommes de l'équipage, parmi lesquels le premier maître Guerbraz, et trente chiens, tous engagés dans une exploration par voie de terre, a franchi heureusement le 85e parallèle, à 11 heures 44 minutes du matin. Ciel clair, soleil superbe, température 7 degrés ; pas de terre en vue. Vive la France ! »

Suivaient les signatures de tous les voyageurs présents.

Le baril fut porté à l'arrière, où l'on avait chargé la pièce de retraite. Isabelle fut invitée à tirer l'étoupille, ce qu'elle fit, non sans se boucher une oreille. Au moment où le fût tombait à la mer, le canon fit éclater sa voix de bronze, et des hourras frénétiques saluèrent l'explosion.

Un banquet réunit tout le personnel, et de nombreux toasts furent portés au succès définitif des recherches.

Comme il ne restait plus que quatre jours avant le 1ᵉʳ juillet, comme on savait, en outre, qu'il ne fallait accorder aucune confiance à la stabilité du calme, Lacrosse décida que l'on se rejetterait dans l'ouest, afin de rallier la colonne d'exploration avant la date fixée pour la rencontre.

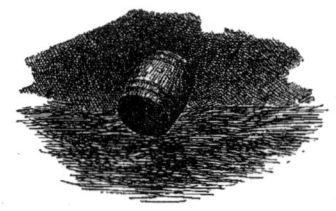

CHAPITRE VIII

ON DÉBARQUA.

VIII

ADIEU OU AU REVOIR

Le 28, l'*Étoile Polaire* était en vue de l'île aperçue une semaine plus tôt. Le lendemain, elle jetait l'ancre dans une crique admirablement abritée et dont les niveaux doucement inclinés facilitaient l'accès.

Tout de suite on débarqua, et une escouade, composée d'Isabelle, du capitaine Lacrosse et de huit hommes, s'occupa de pousser d'actives investigations dans l'intérieur.

La jeune fille éprouvait de ce changement à la monotonie du voyage la joie la plus vive.

Depuis le départ de la colonne, en effet, elle se sentait envahir par une tristesse croissante.

Sans qu'elle pût se l'expliquer, de sinistres pressentiments hantaient son esprit. Son cœur s'était serré en souhaitant au revoir à tous les membres de l'expédition et en tendant son front au baiser de son père. Ce baiser y avait laissé comme une empreinte de deuil. Mille pensées torturantes naissaient à chaque instant, faisant surgir devant ses yeux d'effroyables images. La région désolée qu'on traversait n'était pas faite pour égayer les regards, malgré la présence du soleil qui rayonnait sans fin au-dessus de l'horizon. Le solstice passé, il avait paru à la jeune fille que l'on retombait dans l'hiver et ses nuits éternelles, tant son âme s'était faite sombre. Elle avait essayé de combattre avec énergie ces fâcheuses dispositions.

Le piano, qui avait repris sa place dans le salon, fut son premier consolateur. Elle s'adonna à la musique, autant pour se consoler elle-même que pour rasséréner un peu les fronts de ses compagnons, lentement gagnés, eux aussi, par la mélancolie de ces zones mortelles.

Car c'était une vaillante fille qu'Isabelle, et autant qu'elle put ressentir les effets de ce séjour attristant, elle ne voulait pas que la vue de ses propres peines apportât ou accrût le découragement parmi ceux qui l'entouraient. Au nombre de ceux-ci, en effet, était un être qui était particulièrement cher, sa nourrice, Tina Le Floc'h, dont la santé atteinte lui inspirait les plus vives inquiétudes.

Mais la musique devint bientôt impuissante. Elle lui fut presque une fatigue, et Isabelle ne posa plus ses doigts sur son clavier que pour distraire ses compagnons de route.

Alors elle essaya de se livrer à des occupations plus futiles. La lecture ne lui apporta qu'un demi-répit. Elle eût voulu de l'activité qui lui permît de tromper par le mouvement la lassitude et les angoisses nées de la longue attente dans l'oisiveté du trajet sur la mer.

Elle accueillit donc avec enthousiasme la proposition du débarquement.

Elle n'avait plus Guerbraz auprès d'elle, mais il lui restait Salvator.

Et ce fut en compagnie de Salvator que, le 5 juin, lorsqu'elle fut descendue à terre, lorsqu'on eut constaté que celle-ci n'était qu'une île, ou plutôt une sorte d'arête longue de 50 kilomètres, large à peine de 3 ou 4, Mlle de Kéralio se mit à gravir l'espèce de chaîne de montagnes qui la traversait dans toute sa longueur.

Elle avait besoin d'être seule. La contrainte qu'elle s'imposait depuis tant de jours, ou mieux depuis la séparation d'avec les voyageurs de la colonne, avait surmené ses nerfs. Une détente s'opéra. Assise sur une sorte de pic dénudé, à près de huit cents mètres d'altitude, dominant du regard les deux côtés de l'île, Isabelle ne put retenir ses larmes. Elles coulèrent abondantes et lourdes sur ses joues, débordant de son cœur trop plein et se mêlant aux reproches, aux vagues remords que lui suscitait sa conscience, du plus intime de ses souvenirs.

Car elle s'accusait maintenant, la pauvre enfant, au milieu de ses sombres appréhensions, d'avoir été la cause involontaire, non seulement du chagrin qu'elle éprouvait, mais surtout des dangers qu'allaient courir, que couraient déjà peutêtre, son père, son fiancé, leur vieil ami le docteur Servan, le fidèle Guerbraz, et tant d'autres braves gens, momentanément liés à sa destinée. Si elle s'était jetée résolument à la traverse des projets de M. de Kéralio, au lieu de les encourager par cette folle proposition de prendre elle-même sa part de l'aventure, peut-être l'en eût-elle dissuadé. La science aurait sans doute perdu quelque chose à ce renoncement, mais combien y auraient gagné le repos, le bonheur même de ceux qui lui étaient chers!

Elle pleurait silencieusement, mais les sanglots la secouaient. Et Salvator, comprenant que sa maîtresse était triste, avait posé doucement sa belle tête intelligente sur les genoux d'Isabelle, et, par de petits cris plaintifs, témoignait de l'immense commisération qui emplissait son propre cœur.

La jeune fille vit ce regard de chien, et, s'oubliant, elle lui dit :

« Nous irons ensemble les chercher, n'est-ce pas, mon bon chien? »

Salvator ne pouvait répondre *oui*. Mais il agita joyeusement la queue et poussa un petit aboiement qui témoignait de son attachement. Isabelle l'entoura de ses bras et le baisa sur le front. Elle était consolée.

L'île parcourue et visitée, île à laquelle les explorateurs avaient donné le nom de Courbet, l'*Étoile Polaire* sortit de son port, que Lacrosse avait baptisé *Crique Longue*, et se dirigea vers l'ouest, à la recherche de la colonne.

On naviguait toujours en eau profonde. Cependant le 8 juillet les vigies firent toutes des remarques qui jetèrent un certain trouble dans les esprits. Le steamer se trouvait au centre d'une sorte de bassin de dix milles environ de diamètre, presque entièrement ceint d'un cercle de hautes glaces paléocrystiques. La mer, dans cette façon de lac, était d'une merveilleuse limpidité et la surface n'offrait aucune apparence de frazi.

On eut bientôt le secret de cet étrange phénomène. Des sondages opérés successivement donnèrent un fond qui varia à diverses reprises de vingt à trente brasses. Le sol s'était donc prodigieusement relevé, et l'on était au-dessus d'une sorte de montagne sous-marine.

C'étaient ces hauts fonds qui se dressaient comme une infranchissable barrière devant la course des grands icebergs et, par leur présence, les rejetaient à droite et à gauche, réservant sans doute ce point central à la formation des glaces de l'année.

La perplexité du commandant Lacrosse ne fit que grandir.

A quel parti allait-il s'arrêter? Tous les jours, des hunes, on signalait l'apparition de nouvelles masses paléocrystiques. Il fallait éviter de se laisser prendre dans cette invasion formidable, dont la poussée serait non seulement dangereuse pour la solidité du navire, mais dont la dérive pourrait fort bien l'entraîner à des centaines de milles dans une direction opposée à celle qu'il devait suivre.

En outre, les trois semaines d'attente étaient écoulées, et l'on n'avait pas retrouvé les voyageurs. Devait-on les abandonner dans ces régions inhospitalières, et assurer le salut des survivants en regagnant au plus tôt le cap Washington? C'était là un redoutable problème qui se dressait devant la conscience et la générosité du capitaine et de ses officiers.

Ce n'était pas tout. Ces hommes pleins de courage et de résignation en face de leurs propres soucis et des menaces qui pouvaient se dresser devant leurs pas, tremblaient à la pensée des périls que devraient affronter les deux femmes leurs compagnes. En même temps ils n'osaient soumettre le dilemme au jugement d'Isabelle de Kéralio, ayant toutes sortes de motifs pour ménager sa tendresse filiale.

« Allons ! s'écria le commandant Lacrosse en s'adressant à ses seconds, nous serions des misérables si nous abandonnions la partie sans avoir tout tenté pour rejoindre nos compagnons. Prolongeons notre séjour ici pendant tout ce qui nous reste de beaux jours, et alors seulement nous aviserons à prendre une suprême détermination. »

Pendant les semaines qui suivirent, les explorateurs battirent la mer de l'est à l'ouest, passant et repassant devant l'île Courbet, sans s'éloigner de ce terrible 85° parallèle, devenu à la fois la limite de leur course et la barrière imposée à leur énergie.

Et chaque nuit amenait un refroidissement plus marqué. A peine un mois s'était-il écoulé depuis le solstice d'été que déjà l'hiver annonçait son retour par de lugubres signes. Les journées ensoleillées se faisaient de plus en plus rares ; au contraire, celles où la brume assombrissait le firmament paraissaient plus grises et plus mornes. L'*Étoile Polaire* rencontrait des glaçons plus épais et éprouvait une difficulté plus grande à rompre la couche de frazi qui, pareille à une pellicule transparente, se ridait sur la face de l'océan. Les fragments du floe se joignaient, adhéraient par leurs arêtes, se coagulaient sous le ciment de la jeune glace. Que deux autres semaines s'écoulassent ainsi, et, bien certainement, le steamer serait saisi par quelque effroyable « pincée » du champ de glace.

On en était là des angoisses et des perplexités, lorsque le 22 au matin, un mois, jour pour jour, après le débarquement de la colonne, le lieutenant Hardy, debout sur la passerelle, put ouïr distinctement une détonation venue de l'île et, selon toute apparence, de la Crique Longue elle-même.

Il y fit répondre aussitôt par un coup de canon. Le com-

mandant Lacrosse, rappelé par le bruit, remonta sur le pont et
donna l'ordre de pousser immédiatement les feux. Quand le
brouillard intense se fut dissipé, on s'aperçut qu'on était à un
mille de la côte. Une demi-heure plus tard, le navire reprenait
dans l'étroite baie le mouillage qu'il y avait pris une quinzaine
auparavant.

Une allégresse soulevait tous les cœurs, et il semblait qu'on
ressentît quelque chose d'analogue au bonheur d'un père re-
trouvant ses fils qu'il avait crus morts. Cette allégresse allait
se convertir en appréhensions nouvelles.

A mesure que l'*Étoile Polaire* se rapprochait de l'île, on
pouvait, de son pont, apercevoir un groupe d'hommes rassemblés sur le rivage et multipliant les gestes et les cris. Dès
que les embarcations du navire eurent accosté, ceux du steamer
et ceux du traînage se jetèrent bruyamment dans les bras les
uns des autres, s'interrogeant mutuellement sur leurs aventures diverses, tant sur les flots que sur la voie de glaces suivie
par les héroïques piétons.

Ceux-ci étaient harassés, épuisés même, sans ressources et
sans forces, victimes depuis près de dix jours d'une nourriture
insuffisante et malsaine. Lacrosse leur ouvrit sans retard
les portes du carré et du poste des matelots. Enfin, à la suite
d'un repas tout à fait réparateur, les pauvres gens, se voyant
placés dans de meilleures conditions, firent le récit lamentable
des tortures sans nombre auxquelles ils avaient dû se soumettre et de la lutte qu'ils avaient soutenue contre les obstacles
naturels et le mauvais vouloir des éléments.

Parmi ceux qui venaient de rallier le steamer se trouvaient
Hubert d'Ermont, le chimiste Schnecker et le premier maître
Guerbraz. On leur accorda vingt-quatre heures de repos absolu.

Le docteur Servan fit même de ce repos une véritable obligation.

Puis, Isabelle de Kéralio, dévorée par l'inquiétude, vint, avec larmes, supplier Hubert de lui raconter ce qui s'était passé depuis le jour de la séparation.

Le récit du lieutenant de vaisseau fut émouvant.

Au départ, la colonne, animée par un espoir immense, avait surmonté rapidement, mais non sans quelques efforts, les premières difficultés du traînage. La glace était solide et adhérente au rivage de l'île Courbet, bien que couverte de hummocks et hérissée sur plusieurs points d'arêtes vives et tranchantes projetées au-dessus du champ par la poussée continue des marées et des courants.

Grand avait été le désappointement en reconnaissant le peu d'étendue de l'île vers le nord.

Mais on s'était promptement consolé par la pensée que le pack serait encore assez résistant pour permettre de gagner les terres qu'on apercevait plus loin, à une distance qu'on évalua à peu près à vingt milles. Aussi, après s'être accordé vingt-quatre heures de répit, la colonne avait-elle repris sa course aventureuse sur l'icefield.

Le 25 juin, on avait atteint cette terre, objet de toutes les convoitises et de toutes les espérances. Elle était assurément beaucoup plus étendue que l'île Courbet, mais n'était, au demeurant, qu'une île se développant en largeur de 86° à 86° 23′, soit sur une largeur de 38 kilomètres.

Au delà, le pack reprenait son empire, mais à des signes non équivoques, tels que boursouflures géantes, glaces bleues immaculées, on pouvait reconnaître la présence de terres fragmentaires, d'îlots rocheux continuant fort avant dans l'océan paléocrystique et servant de support à la redoutable banquise dont on entendait de tous côtés les plaintes suscitées par les craquements chaque jour plus complets dans la débâcle qui s'annonçait prochaine.

Des flaques se formaient, des allées d'eau s'ouvraient à tout instant sous les pieds des voyageurs. Un moment vint où l'on reconnut qu'il fallait céder à la nécessité de battre en retraite, car on n'était pas bien sûr qu'on pourrait revenir en arrière par le même chemin.

On possédait, il est vrai, trois embarcations, dont une, infiniment plus précieuse que les autres, était destinée à tenir plusieurs emplois. C'était le torpilleur sous-marin, lequel avait été construit en tôle d'aluminium, métal si léger que les compagnons de M. de Kéralio et d'Hubert d'Ermont se refusèrent à admettre que l'étrange engin pût servir également de nacelle à l'aérostat dont on allait expérimenter les qualités ascensionnelles.

On se décida donc de ne pas différer plus longtemps l'expérience du ballon.

On choisit, dans ce but, comme plate-forme, un îlot ou plutôt une roche plate, émergeant de soixante mètres au-dessus du niveau de la mer et large de six à huit cents mètres dans toutes ses orientations.

Ce fut assurément une scène profondément émouvante que cette tentative accomplie dans les conditions les plus extraordinaires qu'aéronaute eût jamais subies.

Il avait été convenu que le premier essai serait fait en maintenant le ballon captif.

Les explorateurs firent donc une dernière récapitulation des chiffres, et comme on ne faisait entrer en compte ni le poids des vivres, ni celui d'armes inutiles pour cette première épreuve, on se trouva en présence des évaluations suivantes :

3 hommes pesant en moyenne 80 kilogr. chacun.   240 kil.

Instruments de précision.   30   »

Nacelle (coque du sous-marin en aluminium) . .   1950   »

Soit un total de. . . . .   2220 kil.

Ce chiffre restait inférieur de 580 kilogrammes à celui qu'avait déplacé, en 1852, le ballon construit par Henri Giffard. Rien ne s'opposait plus à ce que la tentative réalisât les espérances qu'on en avait conçues.

Le ballon lui-même, formé d'une double enveloppe de soie aux coutures enduites de gutta-percha, avait la forme « cigare », adoptée par tous les aérostiers de savoir, et plus spécialement par les capitaines Renard et Krebs. Il mesurait 12 mètres de diamètre au milieu, 44 mètres de longueur. Le filet qui l'enveloppait venait rassembler ses mailles en une seule corde horizontale soutenant elle-même la nacelle, longue de 8 mètres, large de 3, dont la figure reproduisait exactement celle de l'aérostat.

Afin de ne point tenter l'expérience en pure perte, on décida que, le gonflement accompli, on embarquerait, au fur et à mesure, les pièces nécessaires à un voyage, si l'on jugeait l'occasion propice pour larguer les amarres.

L'opération commença à sept heures du matin. Il était impossible, surtout après les révélations faites précédemment, de tenir désormais secrets les calculs qui avaient abouti à la découverte de Marc d'Ermont. En outre, quelque motif de défiance qu'on eût pu conserver à l'encontre de Schnecker, même depuis la bonne volonté dont il avait fait preuve pendant l'hivernage, on ne pouvait guère redouter d'indiscrétion de sa part. La première condition pour qu'il pût nuire eût été qu'il revînt en Europe avant ses compagnons, et l'Allemand savait trop bien que les destinées étaient maintenant liées au sort de l'expédition elle-même.

Hubert d'Ermont ne se fit donc aucun scrupule de dévoiler ce qui lui restait de moyens.

Les tubes remplis d'hydrogène solidifié représentaient ensemble une somme de 5 mètres cubes ou 5000 litres, soit une moyenne approximative de 12500 mètres cubes de gaz. Il fallait une dépense de 2500 mètres cubes de gaz hydrogène pour gonfler le ballon.

Un seul homme était présentement capable d'aider Hubert dans la délicate et périlleuse entreprise d'un gonflement. C'était Schnecker. Plus habitué que le lieutenant de vaisseau aux manipulations de laboratoire, il s'appliqua, avec le concours de deux matelots placés sous ses ordres, à confectionner sur l'heure les tuyaux de dégagement qui allaient permettre la dilatation du précieux gaz. Il ne fallut pas moins de trois heures pour fabriquer ces conduites en plomb, la rapidité de dilatation de l'hydrogène et sa ténuité ne permettant point l'emploi de simples tuyaux de caoutchouc.

Enfin, à midi, tout était terminé. L'aérostat, plein comme un œuf, se balançait majestueusement, retenu par ses amarres et par les énormes câbles qui allaient le maintenir à une élévation de 800 mètres environ. Mais là, une double déception les attendait.

D'abord, la brume qui couvrait l'horizon ne leur permit de voir rien de saillant. Partout, à perte de vue, les glaces paléocrystiques ou permanentes, ainsi nommées par Nares et

Markham, couvraient la mer, et toutefois on apercevait au nord comme un mouvement de la banquise.

Une deuxième surprise désagréable fut la constatation que l'aérostat, porté à 400 mètres plus haut, refusa de s'élever davantage.

En vain supprima-t-on, coup sur coup, le lest supplémentaire, en vain réduisit-on le poids par la diminution de la nacelle, dont toutes les pièces inutiles furent enlevées, en vain un seul des expérimentateurs s'éleva-t-il, le ballon ne franchit pas le niveau de 1 000 mètres.

On multiplia les ascensions à diverses heures du jour et de la nuit : le résultat demeura le même. Force fut d'essayer une explication de cette déconvenue. Comme on ne pouvait invoquer la raréfaction de l'air, il fallut bien se rendre à l'évidence, c'est-à-dire reconnaître que des perturbations magnétiques jusque-là inconnues se produisaient dans les hautes couches de l'atmosphère et parvenaient à décomposer celles-ci au profit des gaz les plus légers. D'ailleurs des troubles de la respiration et de la circulation, des signes de cyanose plus accusés après chaque tentative, des palpitations violentes, une certaine hébétude, prouvaient que l'air, à ces hauteurs, devenait irrespirable.

On prit le parti de laisser l'aérostat remonter à vide. Il ne dépassa point la limite précitée. Un grand découragement saisit les membres de la colonne. Il devenait manifeste qu'en dépit des théories scientifiques, l'aérostation ne pourrait servir à l'exploration du Pôle. De guerre lasse, d'Ermont et Schnecker construisirent à la hâte une nacelle de planches pesant au total 400 kilogrammes et donnèrent l'ordre qu'on les abandonnât au gré du vent. Un serrement de cœur saisit tous les spectateurs de cette dernière scène. Mais l'angoisse ne fut pas de longue durée.

Poussé par une brise du sud-est, l'aérostat fila assez rapidement vers le nord, sans dépasser l'altitude déjà atteinte. On put le suivre au-dessus de l'horizon pendant trois heures, puis on le perdit de vue.

Mais quel ne fut pas l'étonnement des spectateurs lorsque, le lendemain, à peu près à la même heure, ils virent reparaître la machine à moitié dégonflée. Elle atterrit à deux kilomètres plus bas, sur un débaris gigantesque. Un canot fut mis à la mer pour recueillir les aéronautes. On trouva Schnecker évanoui, à moitié asphyxié. Quant à d'Ermont, épuisé, il demeura plusieurs heures dans un état d'anéantissement, au bout duquel il put raconter son voyage, et ce récit, qu'il avait fait sur place à ses compagnons, le lieutenant de vaisseau le renouvela à sa fiancée.

Le ballon, emporté par un courant de sud-est, était remonté directement au nord. Les deux voyageurs avaient évalué ce parcours à 200 kilomètres environ. Là, le vent avait dévié peu à peu, et bientôt les aéronautes avaient pu constater qu'ils prenaient une direction très accusée vers l'ouest. Mais, chose tout à fait singulière, il ne paraissait point qu'ils sortissent du parallèle qu'ils avaient atteint et qui leur sembla être le 88°. La brume intense qui les enveloppait leur ôtait le moyen de contrôler leurs soupçons.

Par bonheur, le soleil vint juste à point dissiper le brouillard et leur fournir le moyen de se reconnaître. Un spectacle grandiose, unique, presque fantastique, frappa leurs regards.

La mer était sous leurs pieds, une mer libre et bleue dont ils avaient pu entendre le ressac pendant la demi-obscurité de

11

la brume. Elle s'étendait à perte de vue dans le sud, l'est et l'ouest, mais, au nord, ses vagues venaient briser contre une infranchissable barrière de glaces.

Tout s'expliquait. De puissants courants magnétiques, déterminés peut-être par la rotation de la Terre, rendaient inaccessibles les hautes couches de l'air. Les directions des souffles glacés dont les savants ont constaté la tendance vers l'équateur ne sont pas autre chose que l'infléchissement des mêmes souffles venus de l'équateur et s'arrêtant au pied de la ceinture glaciaire. Tout laissait à supposer que, par delà cette muraille infranchissable, l'atmosphère va s'abaissant de plus en plus et diminuant d'épaisseur, amoindrie par la force centrifuge.

Schnecker, en constatant le peu de distance qui séparait la nacelle des flots, crut à une chute.

« Nous sommes perdus ! » s'écria-t-il avec effroi. Hubert n'était point rassuré.

« Il y a des chances, murmura-t-il, pour que nous ne sortions plus de la zone de rotation. Rien ne nous assure que nous n'allons pas faire ainsi le tour du 88° degré, en passant au nord de l'Amérique, du Kamtchatka, de la Sibérie, de la Russie et de la Suède.

La crainte était fondée. Il était manifeste que le ballon, emporté par un mouvement tangent à la circonférence de l'énorme glacier, allait tourner avec la Terre autour de cet axe idéal qui se termine aux pôles, si quelque interruption du courant magnétique ne venait point interrompre cette rotation. Ce fut, heureusement, ce qui se produisit.

Brusquement une commotion eut lieu. L'aérostat se coucha littéralement sur un lit de fluide, et les aéronautes durent

LES AÉRONAUTES DURENT S'ACCROCHER AUX CORDES.

s'accrocher aux cordes de la nacelle pour n'être pas précipités dans les flots. Pendant trois ou quatre minutes, l'appareil courut sous cette allure terrifiante, chassé de la muraille
de glace par une force invisible. Et, avec la même soudaineté,
il se redressa, regagnant les altitudes de la veille, ramené vers
son point de départ.

En même temps, l'atmosphère se saturait de vapeurs singulièrement troublantes, comme si de quelque latente con-
flagration se fût dégagée une quantité prodigieuse d'acide
carbonique.

Schnecker subit le premier les symptômes de l'asphyxie.
D'Ermont, apercevant à distance le campement de la colonne
d'expédition, ouvrit la soupape. Mais lui-même, épuisé,
s'affaissa dans le fond de la nacelle.

Là ne se terminait point le récit du jeune officier.

Après cette décourageante tentative, l'avis du plus grand
nombre avait été de battre en retraite. « Le Pôle est inacces-
sible », disaient les pessimistes.

M. de Kéralio avait protesté de toute son énergie contre
cette faiblesse des volontés.

« Messieurs, s'était-il écrié, jamais occasion plus belle ne
nous sera offerte. Messieurs d'Ermont et Schnecker viennent
de vous dire le résultat de leur voyage. Il semble prouvé que
la banquise du Pôle ne peut être franchie au moyen d'un ballon. Mais n'avons-nous pas un autre moyen? Ce bateau sous-
marin, qui n'a pu remplir les fonctions de nacelle aérienne,
nous allons le rendre à son véritable rôle. Il redevient sous-
marin de plein droit, et si nous n'avons pu passer par-dessus
la banquise de glaces, nous passerons par-dessous. »

Un long frémissement avait couru dans l'assistance. Mais,

sauf Hubert et deux matelots, personne ne se sentait assez de résolution pour affronter d'aussi redoutables périls.

La question fut soumise à un vote. Seize voix contre quatre décidèrent le retour à l'île Courbet.

M. de Kéralio ne prononça plus une parole, mais il fut aisé de voir sur sa physionomie qu'il ne se résignait point aussi facilement à ce qu'il considérait comme une faiblesse.

Cependant rien ne faisait prévoir qu'il allait prendre la décision extraordinaire à laquelle il s'arrêta.

On était arrivé aux derniers jours de juin. La mer se dégageait de plus en plus, et les voyageurs avaient la satisfaction de recourir fréquemment aux embarcations. La veille du jour fixé pour la retraite définitive, une tourmente de neige et de pluie les contraignit à rester sous la tente. Quand ils en sortirent, ils constatèrent avec stupéfaction que le sous-marin et sa réserve de tubes d'hydrogène avaient disparu. En même temps, M. de Kéralio et les matelots Riez et Le Clerc, qui avaient voté avec lui en faveur de la marche en avant, manquaient à l'appel. Dans la tente qu'ils occupaient on trouva la lettre suivante, écrite à la hâte au crayon :

« Soyez sans inquiétude à notre sujet. J'emmène Le Clerc et Riez et nous emportons le sous-marin. Je ne tenterai que ce qui sera humainement possible.

« Kéralio. »

Il ne fallut pas songer à les poursuivre. Ils étaient libres d'agir à leur guise, et M. de Kéralio était le chef attitré de l'expédition. On tint cependant une deuxième réunion, et le résultat de la délibération fut qu'on ne pouvait rien résoudre

avant de s'être concertés, au préalable, avec le commandant
Lacrosse.

On continua donc la retraite pour ne s'arrêter qu'à l'île
Courbet.

.   .   .   .

Tel fut le récit que fit Hubert à sa fiancée.

La jeune fille, profondément émue, n'y répondit point tout
de suite. Elle se retira, fondant en larmes, dans sa chambre,
et s'y tint renfermée plusieurs heures. Quand elle reparut
devant son cousin et le commandant, déjà en débat au sujet
de la résolution à prendre, son visage était calme, sa volonté
arrêtée.

« Qu'avez-vous décidé, messieurs ? » demanda-t-elle.

Lacrosse s'inclina et répondit doucement : « Rien encore,
mademoiselle. Nous attendons que vous nous ayez fait connaître votre propre sentiment. »

Isabelle s'assit devant les deux hommes et, d'une voix très
nette, répondit : « Vous ne supposez pas, n'est-ce pas, que je
vais abandonner mon père ? »

Le commandant rectifia, avec une nuance de reproche dans
le ton : « Personne ici, mademoiselle, n'a l'intention de
l'abandonner ».

La jeune fille tendit spontanément ses mains aux deux
hommes.

« Je n'ai jamais eu cette crainte, commandant, et ma
parole n'avait pas cette signification, je vous le jure. J'ai voulu
dire simplement qu'alors même que toutes les lois divines et
humaines vous feraient un devoir de ramener le personnel
placé sous votre sauvegarde, moi, je demeurerais ici jusqu'au
jour où j'aurais rejoint mon père.

— C'est parce que nous avions prévu cette preuve de
tendresse filiale que M. d'Ermont et moi, décidés à vous
seconder malgré tout, nous avons pensé à une solution qui
pourrait concilier les exigences de votre cœur et celles de
l'intérêt général.

— Ah! fit vivement Isabelle. Et quelle est, je vous prie,
cette solution?

— La voici. En qualité de commandant de l'*Étoile Polaire*,
j'ai la garde et la charge de toutes les existences placées sous
mon commandement. Je vous propose donc de ramener au cap
Washington la majeure partie de notre troupe. La maison de
bois qui nous y attend lui permettra de passer l'hiver aussi
doucement que nous avons passé le dernier au cap Ritter.
L'état de la mer nous permet, non seulement ce retour, mais
encore une course fort avancée dans les parages où nous nous
trouvons présentement. Nous pouvons construire, avec la
moitié de nos matériaux, un second poste d'hivernage, soit
ici même, soit dans les terres du 86° que nos compagnons
ont abordées. Que vous demeuriez au cap Washington, ou
que vous préfériez séjourner ici, nous, M. d'Ermont et moi,
nous emploierons jusqu'à la dernière heure de septembre à
conduire l'*Étoile Polaire* et, à son défaut, les embarcations,
dans les chenaux de l'océan paléocrystique. Si la mer nous
est fermée, nous prendrons la route de terre, ou plutôt des
glaces. Il est donc impossible que dans le délai de deux mois qui
nous reste, nous n'ayons pas retrouvé M. de Kéralio. »

Isabelle s'était levée. Elle avait des larmes dans les yeux.
Derechef elle serra les mains de ses deux vaillants compagnons.

« Allons! dit-elle, c'est la sagesse qui parle par votre

bouche, commandant. N'hésitons pas, ne perdons pas une seconde ; ramenons au cap Washington tout ce qui n'est pas indispensable, après quoi nous reviendrons ici dresser notre deuxième campement. Est-il nécessaire de vous dire que je vous suivrai partout ? »

Bernard Lacrosse n'ajouta pas un mot à cette déclaration. Remontant sur le pont, il distribua ses ordres conformément au programme adopté.

L'*Étoile Polaire* reprit donc le chemin du sud. Jamais encore expédition polaire n'avait obtenu de pareils résultats. En moins de deux mois d'été, des Français avaient réussi à reconnaître la côte nord-est du Grœnland ; ils avaient découvert une île sous le 85ᵉ parallèle et des terres encore mal explorées sous le 86ᵉ.

Bien plus, deux d'entre eux, dans une course aventureuse à travers les airs, avaient atteint le 88ᵉ degré et reconnu l'existence de la grande banquise polaire, jusque-là hypothèse invérifiée.

A cette heure, ils rentraient dans leurs quartiers d'hiver, mais une poignée d'entre eux allaient continuer leurs investigations. Cette fois, ils n'obéiraient point à un pur intérêt scientifique. Ils allaient guidés par la vive affection que leur inspirait l'homme généreux et imprudent qui avait organisé cette campagne et qui n'avait eu que le tort de ne vouloir point reculer au seuil de la dernière porte. Il fallait arracher M. de Kéralio aux conséquences de son intrépidité, à l'horrible mort par le froid et la faim.

La belle saison se montrait vraiment admirable. L'*Étoile Polaire* ne mit que trois jours de l'île Courbet au cap Washington, soit pour franchir un espace de trente-six lieues.

Elle en mit sept pour regagner l'île Courbet, emportant le matériel nécessaire à une deuxième construction et ramenant huit hommes qui devaient séjourner sur un point encore à déterminer. Le commandant Lacrosse ne gardait avec lui que dix hommes. Douze autres demeuraient au cap Washington sous la direction du lieutenant Rémois.

Aussi, le 5 août, lorsque Isabelle, que Tina Le Floc'h n'avait point voulu quitter, mit le pied pour la seconde fois sur l'île la plus septentrionale du globe, Hubert lui dit avec émotion :

« C'est aujourd'hui seulement que commence notre véritable campagne. »

Le lendemain, quand l'*Étoile Polaire* voulut sortir de la Crique Longue, elle trouva le chenal barré par les glaces. La nature elle-même fixait les quartiers d'hiver des explorateurs.

CHAPITRE IX

ON TROUVA UN CAIRN DE PIERRE.

IX

UNE FEMME FORTE

Ainsi que l'avait dit Hubert, la véritable campagne commençait.

Tout d'abord, on fit l'inventaire des ressources dont on disposait.

Par mesure de sécurité, on hala l'*Étoile Polaire* dans une anfractuosité de la roche, qui, mieux encore qu'au Fort Espérance, fournit au navire un abri contre les poussées du dehors. Par surcroît de précautions, on le replaça sur son ber d'acier, qui avait déjà rendu de si grands services. Comme pendant le précédent hiver, on amena toute la mâture élevée, et l'on couvrit le pont d'une toiture en pente, permettant l'écoulement de la neige et de l'eau au dehors. Enfin, pour que la maison,

moins bien située qu'au cap Ritter, pût être en communication constante avec le steamer, on établit une sorte de
corridor en planches qui la reliait au navire. Il fut décidé
même qu'en cas de trop grands froids, on réintégrerait les
cabines, qui ne seraient d'ailleurs jamais abandonnées, puisqu'un bon tiers au moins de l'équipage séjournerait sur ce
point jusqu'au printemps suivant.

On dressa le compte des vivres. Ils étaient encore largement
suffisants, bien qu'il fallût faire la part des marchandises
avariées. En outre, on avait l'espoir de grossir la provision
de viande fraîche, et l'accord était fait avec ceux du cap
Washington pour que, dans les premiers jours d'octobre, ils
approvisionnassent leurs frères de l'île Courbet, si, comme tout
le faisait prévoir, le gibier se trouvait en plus grande abondance sur le continent.

Puis, ce fut la récapitulation des munitions, et par munitions on entendait les précieuses ressources apportées par la
découverte de Marc d'Ermont, aussi bien que les armes, la
poudre et les divers explosifs.

Sous ce rapport encore, on fut pleinement rassuré.

La quantité d'hydrogène liquide embarquée à bord de l'*Étoile
Polaire* était de 20 mètres cubes, représentés par 8 000 tubes,
qui avaient fourni au navire un de ses principaux chargements.
Une centaine à peine avaient trouvé place dans le coffre-fort
d'Hubert. On avait dépensé en pure perte, pour le gonflement
du ballon, environ 2 500 mètres cubes du précieux gaz, ce qui
avait fait un déficit exact de 400 tubes contenant 1 000 litres
de gaz liquéfié. M. de Kéralio, de son côté, avait emporté
600 tubes, quantité largement suffisante pour actionner le
bateau sous-marin, et la différence, soit 6 500 tubes, avait été

partagée entre les deux postes, ce qui donnait 3 250 tubes, ou 8 mètres cubes trois quarts pour chacune des stations.

Le laboratoire fut mis en demeure de produire de l'oxygène pur au moyen de la décomposition de l'eau, et de l'azote, pour le cas où l'on referait l'expérience si concluante de l'hiver passé.

Mais, ainsi que le fit remarquer Isabelle, à quoi pouvaient tendre ces préparatifs pour ceux des membres de l'expédition qui allaient se lancer à la recherche de M. de Kéralio ?

Le froid ne tarda pas à annoncer son retour. Déjà, depuis le solstice, la nuit avait reparu, et les jours allaient s'abrégeant avec une rapidité inquiétante.

Il fallait donc se hâter, si l'on voulait profiter des dernières températures relativement douces, car chaque jour, le thermomètre descendait plus bas, et le 6 août on eut à souffrir un froid de 8 degrés.

Isabelle surtout montrait une impatience fébrile, facile à comprendre du reste. Mais, dès que la date de la première course eut été fixée au 7, elle reprit tout son calme, et par sa présence d'esprit, son entrain, par une sorte de gaîté factice, elle donna aux préparatifs une régularité méthodique qui en assura le bon ordre, en même temps qu'elle assurait le moral de la petite troupe.

Ce départ fut plein de confiance. Dès le matin, trois traîneaux, dont deux portant les canots, furent attelés de leurs chiens. La journée était superbe, et les récentes gelées avaient ressoudé les glaces du large. On pouvait donc s'y aventurer avec une sécurité presque absolue. La troupe, composée de six hommes, parmi lesquels Hubert et Guerbraz, et d'Isabelle en tenue de voyage, s'élança presque joyeusement sur le pack. Un soleil radieux brillait au firmament, et l'on se croyait certain de franchir sans trop d'efforts les 20 milles qui séparaient l'île Courbet des terres du Nord.

Hélas! il fallut promptement renoncer à cette espérance. Dès le troisième mille, un accident se produisit. La glace, sous l'action des marées encore très fortes, ne s'était pas agglutinée. Elle se rompit sous le poids de l'un des traîneaux, et Guerbraz faillit être englouti dans la crevasse. Sa vigueur et son adresse le tirèrent de ce mauvais pas. On n'eut pas même à déplorer la perte d'un seul objet.

Mais, un kilomètre plus loin, le même accident se reproduisit, avec ce désagrément considérable que les courroies d'attelage de deux des chiens se rompirent et que l'un des animaux disparut sous la glace. En même temps, des bruits de mauvais augure manifestèrent une désagrégation presque complète de l'icefield. On dut battre en retraite, à travers d'incroyables dangers, et l'on mit six heures à refaire les sept kilomètres déjà parcourus.

Pendant tout le trajet, Mlle de Kéralio avait fait preuve d'une intrépidité admirable. L'obligation de la retraite l'abattit un peu, et elle versa quelques larmes, mais sans se plaindre toutefois de la décision que la plus élémentaire prudence imposait à Hubert d'Ermont, commandant de la colonne.

On dut attendre trois jours encore au campement. Mais, le 10 août, après une nuit pendant laquelle le mercure était descendu à 23 degrés, on jugea le pack suffisamment aggloméré pour reprendre la tentative de sortie.

Cette fois, elle fut couronnée de succès.

Il y avait maintenant quatre semaines que M. de Kéralio et ses deux compagnons étaient partis, emmenant avec eux le sous-marin. On ne pouvait espérer retrouver leurs traces avant d'avoir atteint les terres du Nord. La colonne marcha donc résolument vers celles-ci et y parvint un peu avant la chute du jour. On avait subi de grandes fatigues, mais on fut récompensé par la découverte d'un cairn de pierres que recouvrait déjà un véritable manteau de neige. Dans l'intérieur, on trouva un document ainsi conçu : « Parvenus ici en bonne santé. Nous suivons le 41ᵉ degré de longitude occidentale jusqu'à ce que nous rencontrions le mur de glace ou la mer libre. »

Or, en ce moment de l'année, il ne pouvait plus être question de mer libre. Au nord, à l'est, à l'ouest, s'étendait l'immense plaine gelée. Les voyageurs n'avaient donc plus qu'à s'engager sur cette plaine et à suivre, à leur tour, le 41ᵉ méridien pour rejoindre les trois hardis pionniers.

Ce fut ce qu'ils firent.

La journée du 11 avait été consacrée au repos, sous la tente.

Le 12, le thermomètre descendit en deux temps à 22 et 28 degrés. On entrait dans la période des grands froids, et l'on n'avait pas, comme au Fort Espérance, l'abri d'une maison bien chauffée. Par bonheur, une telle température était absolument anormale. Dès l'après-midi du 12, le soleil reparaissant, le mercure remonta à 6 degrés.

Isabelle donna elle-même le signal du départ.

Hubert s'était approché d'elle avec une tendresse émue.

« Mon amie, demanda-t-il, voulez-vous me permettre un conseil?

— Dites, répondit un peu fiévreusement Mlle de Kéralio.

— Écoutez-moi, poursuivit Hubert. Votre présence parmi nous n'est point indispensable désormais. Vous avez fait preuve d'un invincible courage en venant jusqu'ici. Je vous demande, pour vous-même et pour nous, de ne pas pousser plus loin cette

12

expérience. Maintenant que nous sommes fixés sur la route suivie par ceux que nous cherchons, vous êtes rassurée. Laissez-nous accomplir seuls le reste du chemin.

— Et moi, que ferai-je? questionna-t-elle.

— Vous, Isabelle, vous rentrerez au camp. Notre brave ami Guerbraz vous reconduira. »

Mlle de Kéralio releva fièrement la tête, et posant sa main gantée sur l'épaule du lieutenant de vaisseau :

« A votre tour, Hubert, écoutez-moi. Vous devez être mon mari, et lorsque ce jour sera venu, vous aurez le droit de m'imposer vos décisions. J'obéirai alors. Mais aujourd'hui, tout en vous sachant un gré infini de ce que vous me témoignez de sollicitude, je réclame mon droit d'agir à ma guise. Je ne serai heureuse que quand j'aurai retrouvé mon père, et puisque nous devons être unis plus tard, vous me permettrez bien de partager dès à présent vos joies aussi bien que vos souffrances et votre labeur.

— Mais si ces souffrances, si ce labeur, excèdent les forces d'une femme?

— Il n'y a pas de souffrances qui puissent empêcher une femme de se faire le soutien, la consolatrice de ceux qu'elle aime. Me refuserez-vous de tenir ce rôle, ou ne m'en croyez-vous pas capable?

— Vous savez bien le contraire, mon amie! répondit Hubert avec feu.

— Alors? Quelle raison pouvez-vous donc avoir de me renvoyer?

— Mais, s'il y a pis que des fatigues, pis que des tortures? s'il y a la mort?

— Nous mourrons ensemble, Hubert? »

Le jeune officier vit bien que tous les arguments étaient inutiles.

C'était une résolution inébranlable qu'avait prise l'héroïque enfant. Son amour filial lui servait de guide et de soutien.

Il ne restait plus à Hubert qu'à s'incliner devant cette volonté si nettement exprimée.

On poursuivit donc le chemin à travers les formations de glace nouvelle et les chenaux d'eau libre. Le voyage devenait de plus en plus pénible, les journées se raccourcissant alors que le froid s'accroissait.

Isabelle luttait avec un courage héroïque. A chaque halte, sous la tente, elle se faisait répéter par Hubert quelques détails de sa course en ballon vers le Pôle.

« Ainsi, disait-elle, c'est une vraie muraille de glaces qui vous a arrêtés ? »

Et elle ajoutait tout aussitôt :

« Pardonnez-moi cette insistance, mon ami. Vous devez comprendre tout ce que je puise de constance dans l'audition de votre récit. Il me donne chaque fois un regain de force. »

Ils discutaient alors les diverses hypothèses qui se présentaient à leurs esprits.

Qu'y avait-il par delà cette barrière infranchissable ? Était-ce la ceinture d'une terre vierge, immobile au centre du mouvement diurne ? N'y fallait-il voir, au contraire, que la digue de clôture d'un gigantesque bassin intérieur contenant une mer libre, ignorée du regard de l'homme ?

Et ils se demandaient ce qu'il était advenu de M. de Kéralio et de ses deux compagnons. Deux ou trois fois, ils conçurent des espérances aussitôt dissipées.

Avec les changements de la lumière, le paysage revêtait de

fantastiques aspects. On était le jouet des plus étranges illusions. Tantôt une chaîne de montagnes se dessinait à l'horizon, tantôt on voyait resplendir d'adorables vallées, toutes verdies d'une végétation inconcevable sous de telles latitudes. Le mirage des régions glaciaires est peut-être plus trompeur encore que celui des déserts de sable du Sahara.

Mais, en dépit de ces météores fascinateurs, la présence des basses températures suffisait à rappeler aux voyageurs la réalité de leur situation.

A mesure que l'hiver se rapprochait, la plaine de glace offrait de moins en moins les allées d'eau nécessitant l'emploi des embarcations. On parcourait, à pied sec maintenant, des espaces de 5 à 6 milles sans interruption. Les chiens se montraient dociles, recevant très régulièrement leur pitance. Mais il était manifeste que cette race grœnlandaise est très voisine de l'état primitif, sinon sauvage, car elle retourne très rapidement à l'instinct du carnassier. Il fallait donc les surveiller de près et ne rien laisser à leur portée qui fût susceptible d'exciter leurs convoitises et de provoquer entre eux des conflits.

L'un des épisodes les plus intéressants de cette marche en avant se produisit un matin, alors que, retenus dans leurs sacs de couchage par la crainte des gelures d'une bise redoutable, les explorateurs n'étaient pas encore sortis de leurs tentes.

Salvator, qui jouissait de toutes les immunités, et qui, pour cette raison, devait être grandement jalousé par ses congénères, avait déjà secoué le sommeil et ses brumes, et, malgré les 28 degrés au-dessous de zéro du thermomètre, flânait aux alentours du campement.

Une négligence tout à fait involontaire de l'Esquimau Petriksen, préposé à la surveillance de la meute, avait laissé, sans l'assujettir suffisamment, la laisse de cuir des animaux qui les tenait sous une unique dépendance.

Sollicités par la faim qui existe à l'état permanent dans leurs estomacs, les chiens s'étaient si bien remués qu'ils s'étaient entièrement délivrés de leur chaîne.

Alors, libres, ils avaient commencé par une fugue, que leur conseillaient sans doute les obscures réminiscences d'états sauvages ataviques. Ils avaient profité du sommeil des voyageurs pour s'élancer d'une course folle sur le pack, n'ayant peut-être aucun esprit de retour.

Mais la faim qui fait sortir les loups du bois ramène les chiens à la laisse.

Il advint qu'après des investigations lointaines et infructueuses sur une plaine désespérément stérile, les auxiliaires des explorateurs se ressouvinrent de la pâtée quotidienne, et tous, soit isolément, soit par groupes, revinrent au campement.

Si bien que, le matin du 6 août, pas un d'eux ne manqua à l'appel.

Existe-t-il une langue canine? Il faut le croire, car presque simultanément les fuyards, devenus pillards, se dirigèrent d'un commun accord vers le traîneau qu'ils avaient eu jusqu'ici mission de traîner, et qu'ils s'arrogeaient maintenant la faculté de dépouiller.

Et, leur flair aidant, ce fut sur l'arrière du traîneau qu'ils dirigèrent leur attaque.

C'était là en effet que se trouvaient entassés les vivres de la route.

Un grand chien, à pelage fauve, le roi de la troupe, robuste et vaillant, donna le signal.

Il bondit sur les ballots de vivres, plus spécialement sur la caisse qui contenait la viande fraîche, et d'un coup de crocs entama la toile qui la couvrait, enfonça son museau effilé dans la caisse et l'en retira, traînant un quartier d'un kilogramme au moins de poids.

L'exemple était beaucoup trop encourageant pour n'être pas suivi.

En un clin d'œil toute la bande s'élança à la curée.

Et, avec une sagacité surprenante, afin de ne point attirer l'attention des explorateurs endormis, ils observèrent un profond silence. Pas une seule voix, pas un cri ne s'éleva du groupe des assaillants.

Mais alors il se passa une scène vraiment épique.

C'était le moment où maître Salvator, las de dormir, venait de se risquer à la fraîcheur du matin.

Il n'eut pas plus tôt aperçu la déprédation commencée que, sans perdre une seconde, il se précipita sur la bande entière, culbuta les deux plus avancés et, escaladant le traîneau, fit tête à tous les agresseurs.

Ce fut un coup de théâtre absolument imprévu.

Aucun des groenlandais ne s'attendait à cette intervention.

D'abord, ils battirent en retraite, ne se fiant point à leur force, ou plutôt ignorant celle de l'adversaire si subitement apparu. Pourquoi donc, oublieux de la solidarité qui, de tout temps, a régné parmi ses pareils, ce « chien de luxe », cet aristocrate, se mettait-il à la traverse de la populace? De vieux restes de haines séculaires entre classes riches et classes pauvres firent brusquement éclater leur fureur dans les veines de ces parias des glaces, condamnés au servage du licol. Ils regardèrent avec de sourds grondements ce descendant des

SALVATOR FIT TÊTE A TOUS SES AGRESSEURS.

antiques labradors, dépaysé par un long séjour de sa race dans la vieille Europe. Et toute cette démocratie insurgée, se comptant du regard, déclara la guerre d'un seul coup à ce paladin qui se faisait le serviteur du maître contre ses frères aînés.

De fait, Salvator, debout sur le traîneau, avec la crâne attitude d'un héros, avait fait songer à ces preux de l'histoire qui luttaient seuls contre des nuées de Sarrasins.

Aussi fier que Roland se refusant à sonner de l'olifant, le terre-neuve ne donna pas de la voix. Ses ennemis, sûrs de vaincre, par leur nombre même, ne voulurent pas, en éveillant les tentes, compromettre le résultat de la victoire.

D'abord, ils firent autour de Salvator un cercle menaçant de crocs aigus et de mufles retroussés. C'était la période des invectives, comme dans les combats d'Homère.

Puis, tout à coup, l'un des groenlandais prit son élan et bondit sur le traîneau.

Les puissantes mâchoires de Salvator le prirent à la gorge et le rejetèrent.

Un second, puis un troisième s'élancèrent, ils furent reçus de la même manière.

Alors quatre à la fois se ruèrent sur le vaillant gardien.

Peines perdues! Le terre-neuve, avec une effrayante vigueur, renversa le premier sous ses pattes, happa un second à l'oreille, creva l'œil du troisième et éventra en partie le quatrième.

Cela faisait sept vaincus sur vingt. C'était trop.

Foin désormais de la prudence et des ménagements! Un aboiement sonore, prolongé, éclata comme une fanfare d'attaque, et toute la meute donna l'assaut.

La mêlée devint furieuse, sans merci. Salvator fut sublime.

Sanglant, lacéré, couvert de plaies en vingt endroits de son beau corps, il n'en résista pas moins victorieusement à la canaille exaspérée. Sans soupçonner que sa fidélité ombrageuse et ses exploits allaient nuire aux intérêts de ses maîtres, il étrangla magistralement deux de ses adversaires.

Mais il eût infailliblement succombé sous le nombre, si l'infernal tapage du combat n'eût enfin arraché les dormeurs au sommeil.

Hubert et Petricksen, les premiers levés, s'élancèrent hors des tentes, pourvus de longs fouets, et, tapant à droite et à gauche comme des sourds, parvinrent enfin à réduire les plus acharnés des jouteurs.

Salvator lui-même, emporté par l'ardeur de la lutte, ne consentit à s'apaiser que devant les frappantes injonctions du lieutenant de vaisseau.

Quand on fit le recensement des pertes, on fut obligé de reconnaître que l'héroïque fidélité du brave chien avait été plus funeste qu'utile. Outre les deux morts, il y avait quatre éclopés, impropres de longtemps au traînage.

Cependant Salvator ne reçut que des félicitations. On le gratifia même d'une ration double ce jour-là et le lendemain. Désormais on était sûr d'avoir en lui un auxiliaire dévoué.

Il fallut séjourner quarante-huit heures de plus sur le théâtre du combat, les blessures des chiens ne permettant pas de les remettre aussitôt aux traits.

Le froid n'était point excessif, mais le ciel se couvrait de nuages, annonçant la proximité de grandes bourrasques. En même temps, des bruits sinistres, des mouvements insolites de la croûte glacée, révélaient des menaces latentes de l'instable plaine sur laquelle on campait.

Il demeurait donc urgent de franchir le plus long espace possible, tant que le ciel et les rayons solaires permettraient de discerner la terre ferme, que le tapis de neige allait bientôt faire disparaître sous son uniforme linceul.

On reprit la marche en avant. Il était de plus en plus évident que le 41ᵉ méridien passait en plein océan polaire. Du 12 au 15 août, on ne rencontra que trois allées d'eau, à peine larges de quelques mètres. Mais chaque fois, elles nécessitèrent l'emploi des embarcations, ce qui rendit beaucoup plus pénible la marche des explorateurs.

Toujours vaillante, Isabelle ne trahissait rien de ses souffrances personnelles.

Elle ne répondait que par des sourires aux regards inquiets que jetait sur elle Hubert d'Ermont. A chaque question pleine de sollicitude du jeune officier, elle faisait invariablement cette réplique : « Je vais très bien ; ne vous inquiétez pas de moi ».

Le 16, la neige se mit à tomber, et, en peu d'heures, le sol disparut sous une couche de plusieurs pieds, ce qui rendit le traînage affreusement pénible. On fit à peine trois lieues ce jour-là.

Le 17, la bourrasque fut tellement violente, que l'on dut se résigner à demeurer sous les tentes. Hubert et Guerbraz, infatigables, dressèrent celles-ci en prenant pour appui les traîneaux. Une heure suffit pour amonceler alentour un remblai de neige de deux mètres d'épaisseur. Réfugiés sous cette façon de grotte, les voyageurs n'eurent point à souffrir beaucoup de la température qui suivit, 38 degrés au-dessous de zéro. Ils y restèrent sans bouger, en proie à de terribles angoisses que justifiaient les craquements de la glace et les secousses ininterrompues du pack.

Le 19 au matin, la tempête ayant pris fin, Isabelle, qui était sortie la première de la tente, jeta un cri qui fit accourir ses compagnons.

Le soleil rayonnait au ciel; à moins d'un demi-kilomètre des tentes, la mer, d'un bleu presque noir, se mouvait avec d'énormes lames. Tout s'expliquait.

Les voyageurs avaient entendu pendant la nuit les clameurs d'une nouvelle débâcle.

Hubert interrogea le baromètre, puis fit le point. Ils étaient en dérive de quarante minutes dans l'ouest, emportés sur un débaris de moins d'un mille de diamètre.

Tous ensemble firent une prière, se recommandant à Dieu. Ils étaient dans sa main, à la merci des événements. Où allaient-ils s'échouer?

CHAPITRE X

LE FUGITIF ABORDA LE STEAMER PAR L'AVANT.

X

UN TRAITRE

Là-bas, au midi, parmi les membres de l'expédition restés à l'île Courbet avec le commandant Lacrosse, une trahison avait éclaté.

Depuis longtemps elle était sinon prévue, du moins soupçonnée, et, en quittant le bord, Hubert d'Ermont n'avait pas manqué de recommander au commandant de l'*Étoile Polaire* la plus rigoureuse surveillance.

« Je ne sais pourquoi, avait-il dit, mais je sens plus forte que jamais mon animadversion à l'encontre du chimiste Schnecker. J'ignore quels peuvent être les motifs de haine de cet homme, mais je devine qu'elle n'a pas désarmé. Sans aller jusqu'à l'accuser, moi qui l'ai vu à l'épreuve pendant notre course en ballon, je continue d'éprouver à son égard une inexplicable antipathie. »

Il n'était pas nécessaire de mettre le capitaine en garde contre les mauvaises intentions possibles de l'Allemand. Un hasard providentiel avait déjà donné à ses propres soupçons une consistance sérieuse, et il s'était promis de tirer l'affaire au clair.

En effet, la veille du départ d'Isabelle et d'Hubert, le chimiste s'était offert pour les accompagner dans leur exploration à la recherche de M. de Kéralio et de ses deux compagnons.

Bernard Lacrosse s'y était refusé, invoquant une raison tout à fait plausible.

« Monsieur Schnecker, avait-il dit, votre présence à bord est indispensable. Vous seul êtes capable de remplacer monsieur d'Ermont parmi nous, et votre engagement comme chimiste me fait un devoir d'exiger que vous demeuriez avec nous désormais. »

C'était une formule courtoise sous laquelle le capitaine exprimait poliment sa volonté.

Deux jours plus tôt, en effet, Bernard Lacrosse, en passant l'inspection du bord, avait vu la porte du laboratoire de chimie entr'ouverte. Mû par un simple sentiment de curiosité, il y avait pénétré. C'était là qu'au milieu des divers instruments qui le garnissaient, il avait trouvé une feuille de parchemin pliée en quatre, et l'avait ouverte sans aucune arrière-pensée d'indiscrétion.

Or cette pièce n'était point autre chose que le diplôme de maître ès sciences délivré par une université allemande au sieur Hermann Schnecker, natif de Kœnigsberg, dont le signalement, très rigoureusement indiqué, ne laissait aucun doute sur l'identité du personnage.

Cette découverte avait produit sur le commandant Lacrosse la plus fâcheuse impression.

Ainsi, l'homme qui s'était fait recommander à M. de Kéralio par plusieurs notabilités de France et d'Angleterre, qui s'était enrôlé parmi les membres de l'expédition en qualité d'Alsacien, avait usurpé ce titre. C'était un Allemand ou, qui pis était, un Prussien.

Lacrosse s'était promis d'éclaircir ce mystère.

L'occasion ne se fit pas attendre.

L'*Étoile Polaire* avait commencé ses travaux d'hivernage. Dès les premiers jours d'août, le capitaine avait mis en vigueur le règlement ordinaire de l'hiver. Le petit nombre d'hommes dont on disposait pour la bonne observation du service à bord avait fait renoncer provisoirement à l'établissement de la maison de planches rapportée du cap Washington. On demeurerait sur le navire, ce qui offrait un autre avantage appréciable, celui d'économiser sur le chauffage et l'éclairage commun. En outre, la distribution des quarts de nuit et de jour serait ainsi plus équitable, puisqu'elle porterait sur un équipage plus nombreux. Il fut décidé que les factionnaires seraient relevés toutes les deux heures, sauf pendant les grands froids.

A ce moment, en effet, les hommes veilleraient d'heure en heure et deux par deux.

Une nuit, le matelot canadien Gaudoux, étant de garde, fut effrayé par une étrange apparition.

Le ciel était d'une grande limpidité, et les ténèbres ne devaient pas durer plus de deux heures. Mais dès que le soleil

13

eut disparu sous l'horizon, la lune, déjà haute, ne fit plus passer ses rayons qu'à travers la trame d'un de ces brouillards gelés dénommés par les Anglais *frost rime,* et qui n'excèdent guère 20 mètres au-dessus du niveau du sol. Ce brouillard lui-même devenait invisible, alors que chacune des molécules d'air glacé se convertissait en une lentille d'un incommensurable pouvoir de grossissement.

Gaudoux, debout à l'arrière, promenait autour de lui un regard qu'il eût préféré éteindre dans un sommeil réparateur. Ce n'était pas que ce quart fût d'une extrême importance, car, outre qu'il n'y avait rien à redouter d'insolite, l'*Étoile Polaire,* supérieurement abritée par les falaises de la Crique Longue, ne craignait rien des glaces extérieures, encore disjointes et peu épaisses. Mais le commandant avait imposé ces factions de nuit dans l'intention d'habituer l'équipage aux durs services de l'hiver.

Quelle ne fut donc pas la surprise du matelot en voyant se dresser sur la banquette déjà solidifiée la silhouette d'un géant aux proportions invraisemblables !

Une terreur soudaine saisit le Canadien et le tint un instant paralysé.

L'être qu'il voyait était manifestement surnaturel, car sa taille pouvait s'élever à 6 mètres. La lune le découpait très nettement sur le fond de brume qui l'enveloppait de sa floconneuse transparence.

Le marin s'alarma et jeta un appel, auquel le lieutenant Hardy s'empressa de répondre.

Il suffit à celui-ci d'un seul regard pour comprendre que la fantastique apparition n'était qu'un effet de la réfraction des rayons à travers le brouillard.

SA TAILLE POUVAIT S'ÉLEVER A SIX MÈTRES.

Mais en même temps, et bien que pour de tout autres motifs, l'officier conçut une inquiétude.

Quel était l'homme qui courait à pareille heure sur les glacis de la banquette?

Il prit son porte-voix et héla le mystérieux fantôme. Au lieu de se rendre à l'appel, celui-ci, au contraire, parut vouloir se dérober le plus promptement possible à l'attention dont il était l'objet, et l'on put voir son spectre décroître et s'effacer sous la trame des vapeurs.

Très intrigué, le lieutenant Hardy s'arma d'un revolver et d'un sabre. Puis, suivi de deux matelots, il se laissa glisser sans bruit par l'échelle de cordages qui rattachait le navire au champ de glace.

Tous trois donnèrent aussitôt la chasse au mystérieux fugitif.

Celui-ci, laissant les chasseurs s'égarer dans une vaine poursuite, se dissimulait derrière les hummocks et les quartiers servant de contreforts.

Rampant sur les mains et les genoux, il regagna le steamer et l'aborda par l'avant.

Là, poussant sans bruit l'un des sabords qui donnait dans le faux-pont, il parcourut à la hâte le poste de l'équipage et gagna par la coursive le logement des officiers.

La porte du carré était entre-bâillée. L'inconnu la poussa et la referma derrière lui.

Pendant ce temps, Hardy et ses compagnons fouillaient infructueusement la banquette.

A bord, l'incident était connu. Tout le monde était monté sur le pont, et l'on attendait avec impatience le retour du lieutenant.

Le commandant Lacrosse n'était pas autrement ému de l'événement. Il avait dit en riant :

« Bah! il y a encore dehors MM. Le Sieur, Schnecker et un matelot qui sont allés faire des observations au nord de la crique. C'est certainement l'un d'entre eux que nous aurons aperçu, et la distance, probablement très grande, l'aura empêché d'entendre nos cris. »

Ce qui parut confirmer cette opinion, ce fut le renouvellement du phénomène au retour de Hardy et des deux matelots. On revit non plus un seul géant, mais trois.

Lacrosse les interpella à l'aide du porte-voix :

« Est-ce vous, Hardy? demanda-t-il.

— Oui, c'est nous », répliqua la voix très nette et très distincte du lieutenant.

Quand ils arrivèrent à bord, bredouilles, n'ayant relevé aucunes traces, il fallut bien s'avouer que si l'apparition s'était dérobée, ce n'était point faute d'avoir pu entendre l'appel, puisqu'à une distance qu'ils avaient jugée supérieure, l'officier et ses deux compagnons avaient perçu dans ses moindres vibrations la parole du commandant Lacrosse.

Celui-ci ne laissa rien voir du trouble que cette constatation jetait dans son esprit. Pour combattre l'espèce de malaise superstitieux qui avait gagné les esprits de l'équipage, il fit distribuer une large rasade d'eau-de-vie à tous les hommes. En même temps, flairant une aventure beaucoup moins démoniaque que malveillante, et pouvant presque mettre un nom sur la silhouette entrevue, il quadrupla la faction sur le pont malgré l'abaissement continu du thermomètre, accusant 28 degrés au-dessous de zéro.

Après quoi, il redescendit dans sa cabine, où il désirait

prendre un peu de repos. Il n'y était pas depuis un quart d'heure que son attention fut sollicitée par un bruit singulier.

C'était comme un sifflement ou plutôt un bruissement continu, très doux, assez semblable au son qui se dégage d'une fuite de vapeur ou de gaz.

Lacrosse, qui s'était déjà étendu sur son cadre, se leva en sursaut et prêta l'oreille.

Le bruit ne semblait point venir du dehors.

Il émanait en quelque sorte de tous les points du navire. On l'entendait sourdre des boiseries, des cloisons, du plancher, des flancs même.... Justement alarmé cette fois, le commandant quitta sa chambre et courut tout droit aux machines, où l'on avait installé le gazomètre avec sa chambre de dilatation. Peut-être l'un des chauffeurs s'était-il avisé d'utiliser la chaudière à quelque service particulier, comme, par exemple, celui de la buanderie ?

Il fut promptement renseigné à cet égard. Aucune vapeur ne ronflait dans les chaudières, et les feux qu'on rallumait chaque jour pendant une couple d'heures pour le bon entretien des récipients, que le gel avait pu mettre hors d'usage, étaient parfaitement éteints.

Le chauffage se faisait comme à l'ordinaire, au moyen du charbon, le chimiste Schnecker, d'accord avec les officiers, ayant jugé prudent de réserver l'hydrogène pour l'époque des grands froids.

D'où venait donc cette rumeur étrange et inquiétante ?

Sans trahir ses appréhensions, qui se corroboraient brusquement de tous les incidents précédents de la soirée, le commandant appela Hardy et lui dit laconiquement :

« Écoutez ! »

Le lieutenant tendit l'oreille et perçut à son tour l'étrange bruissement.

« D'où peut naître ce bruit? » demanda-t-il.

Les deux officiers revinrent sur leurs pas. Une circonstance tout à fait insignifiante les mit sur la voie de la vérité.

Comme ils repassaient par le carré, Hardy trébucha, son pied s'étant pris dans le tapis qui recouvrait le parquet. Il se redressa en maugréant et alla prendre une des lampes pour reconnaître la cause du faux pas qu'il venait de faire.

On s'aperçut alors que le tapis était relevé. Sous le tapis s'ouvrait un panneau qui donnait accès dans la cale. Ce panneau, bien que rabattu, n'était point fermé.

Il était évident que quelqu'un l'avait ouvert. Peut-être même ce quelqu'un était-il descendu dans la cale et s'y trouvait-il encore. Un soupçon traversa l'esprit du commandant.

« Hardy, dit-il, voulez-vous appeler deux hommes? Nous allons les faire descendre. »

Le lieutenant devina-t-il les intentions de son chef? Toujours est-il qu'il alla querir deux des matelots et leur enjoignit de descendre immédiatement par le panneau.

Ceux-ci obtempérèrent au commandement et, se glissant sans bruit par l'étroite ouverture, se mirent à ramper avec mille précautions au-dessus des bagages et des marchandises de toute nature, à travers de denses ténèbres, s'efforçant de gagner le centre du navire, où s'ouvrait le grand panneau carré des chargements.

Le bruit qui avait éveillé les soupçons du commandant leur parut plus fort.

C'était un sifflement ininterrompu, sur la nature duquel ils n'eurent pas une seconde d'incertitude.

« C'est le gaz qui fuit », prononça Gaudoux à l'oreille de son compagnon.

Celui-ci l'avait saisi par le bras, et, parlant dans un souffle :

« As-tu entendu ? » demanda-t-il.

S'il avait entendu ?... Jamais l'oreille de Gaudoux n'avait été plus vivement impressionnée.

« Oui, répondit-il, on remue des caisses de métal. »

Derechef le bruit se répéta.

Quelqu'un ou quelque chose se mouvait à l'avant du navire, au milieu d'objets de fer, car les résonances ne laissaient aucun doute à ce sujet.

Gaudoux chercha des allumettes dans sa poche. La main de son compagnon le saisit à l'improviste :

« Tu veux donc nous faire sauter ? » prononça-t-il à voix basse, mais avec énergie.

Gaudoux comprit. Aussi bien une constriction de la gorge, un froid grandissant aurait-il dû l'avertir. La cale, malgré ses ouvertures, se saturait rapidement d'un fluide délétère.

Alors, sans ajouter une parole, les deux compagnons, se couvrant la bouche de leurs mouchoirs, ne gardèrent plus aucune précaution. Dégringolant du faîte des ballots et des bagages, ils atteignirent au plus vite l'avant. Leurs yeux, habitués à l'obscurité, aperçurent une silhouette qui cherchait à se dérober. Cette fois, très sûrs d'avoir affaire à un homme, et non à un esprit, les deux matelots coururent sus au mystérieux et dangereux investigateur.

Tandis que Gaudoux, comprenant la gravité de la situation, parvenait à tâtons jusqu'à celui des tubes d'où s'échappait le gaz, et le fermait en tournant l'écrou, opération qui, par la cessation du bruit, lui indiqua qu'un seul des tubes avait été ouvert, son compagnon débusquait résolument le mystérieux visiteur de la cale.

Mais au moment où le matelot étendait le bras pour saisir l'intrus, celui-ci, éludant l'attaque, s'élançait vers l'arrière, et parcourait à son tour le chemin que venaient de suivre les deux marins.

Ceux-ci n'eurent plus qu'à appuyer simultanément la chasse.

Ils savaient en effet qu'à l'autre bout le panneau du carré était seul ouvert, et que là, le commandant Lacrosse et le lieutenant Hardy ne laisseraient point passer l'inconnu sans un bout de conversation.

Ce fut ce qui se produisit.

En entendant comme un bruit de course et de pas précipités sous leurs pieds, les deux officiers, d'un accord tacite, fermèrent la porte du carré et se dissimulèrent pour laisser le fuyard sortir de la cale comme un diable de boîte à surprise.

Ils n'eurent pas longtemps à attendre.

Deux mains se posèrent sur les bords de l'écoutille, puis une tête en émergea. Finalement un homme surgit tout entier du trou, les vêtements souillés de poussière, de taches de goudron et aussi de toiles d'araignées vieillies, le visage bleu par un commencement d'asphyxie. Avant qu'il eût pu gagner la porte, Hardy et Lacrosse l'avaient saisi et mis dans l'impossibilité de résister.

Le commandant de l'*Étoile Polaire* ne prononça pas une parole.

Ce qui arrivait était dès longtemps prévu. Mais le lieutenant Hardy, qui n'avait pas les mêmes motifs de soupçon, ne put s'empêcher de jeter un cri.

« Comment ! c'est vous, monsieur Schnecker? Que faisiez-vous donc en bas? »

Le chimiste était visiblement décontenancé. L'exclamation du lieutenant lui rendit sa présence d'esprit. Hardy semblait si étonné que l'Allemand ne désespéra pas d'en réchapper.

Il essaya de le prendre sur le ton de la plaisanterie, et, éclatant de rire :

« Parbleu! messieurs, fit-il à son tour, vous pouvez vous vanter de m'avoir fait une fière peur !

— Pourquoi... peur? » répéta Hardy de plus en plus inter-loqué.

Le commandant Lacrosse intervint assez brusquement :

« Que faisiez-vous dans la cale, à cette heure, monsieur Schnecker? » interrogea-t-il avec rudesse.

Le chimiste avait eu le temps de préparer sa défense. Elle fut crâne.

« Commandant, répliqua-t-il, j'étais descendu pour fermer l'écrou d'un ou deux tubes d'hydrogène, dont j'avais entendu le gaz s'échapper il y a quelques instants. »

L'excuse était plausible. La conduite du chimiste s'expliquait tout naturellement. Il avait entendu le bruissement de l'hydro-gène avant que ce bruit fût perçu par Lacrosse lui-même, et il avait eu tout de suite la pensée de sauver d'une mort affreuse l'équipage du navire, menacé d'une explosion. A ce titre, c'étaient des éloges qu'on lui devait et non des remontrances.

Le commandant Lacrosse se sentit un instant très embar-rassé. Quelle conduite allait-il tenir, quelle attitude garder en face de cet homme prudent et injustement soupçonné?

Mais en ce moment même Gaudoux et son camarade sortaient de l'écoutille.

A leur vue, l'Allemand changea de couleur et sa face se contracta.

Aussi bien que son chef, le lieutenant Hardy et les deux matelots remarquèrent cet inexplicable bouleversement des traits du chimiste. Tous trois, éloignés de toute méfiance, considérèrent avec stupeur cette scène totalement imprévue. Leurs regards allèrent alternativement du commandant à Schnecker et de Schnecker au commandant.

Ce fut bien autre chose lorsque Lacrosse, prenant l'offensive, se mit à les interroger.

D'un geste il fit signe à Gaudoux de parler, tandis que sa voix, très dure, formulait cette question :

« Qu'avez-vous remarqué d'insolite dans la cale ? »

La réponse des deux matelots fut identique dans sa spontanéité.

Ils avaient entendu du bruit, aperçu une silhouette errante. Pendant que Gaudoux courait au plus pressé, c'est-à-dire aux tubes qui perdaient leur gaz, son compagnon donnait la chasse à l'inconnu. Or cet inconnu n'était autre que le chimiste Hermann Schnecker.

Mais, en même temps, tous deux paraissaient confus du résultat.

Il était visible qu'aucun soupçon de leur part n'avait effleuré le personnage. Ils ne l'auraient point osé ; il ne pouvait leur venir à l'esprit que celui-ci pût être un traître.

Le commandant Lacrosse se rendit compte tout de suite de la difficulté de la situation. Les preuves morales qu'il possédait n'étaient que des présomptions, les preuves matérielles faisaient défaut.

Alors, plus que jamais, lui revinrent à la mémoire les

paroles méfiantes d'Hubert d'Ermont. Et croyant lire sur les
traits de l'Allemand les signes d'un héroïque triomphe, il
congédia les matelots.

« Gaudoux, ordonna-t-il en finissant, tu vas te tenir à ma
disposition. Au premier signe, tu reviendras. »

Puis, arrêtant du geste le lieutenant, qui se disposait à
sortir :

« Restez, Hardy, dit-il, j'ai besoin de vous. »

Son ton était empreint d'une telle gravité que, pour la
troisième fois, le chimiste se troubla.

Le commandant venait de lui désigner une chaise et l'avait
prié de s'asseoir.

Dans le tête-à-tête qui suivit, l'explication fut d'une formidable brièveté.

Bernard Lacrosse n'y allait pas par quatre chemins. Il
commença :

« Monsieur Schnecker, vous pouvez vous estimer heureux
de ce que je ne vous fasse point fusiller séance tenante. Je tiens
à vous signifier toutefois que ce n'est là que partie remise. »

Il avait prononcé ces mots en plongeant dans les prunelles
du chimiste, qui devint livide, son regard aussi clair, aussi
froid qu'une lame d'acier. Le lieutenant Hardy avait tressailli
et pâli, lui aussi. Un dialogue commençant en de semblables
termes ne promettait rien de bon. Cependant le jeune officier
ne se pressa pas de juger son chef.

Bernard Lacrosse, conservant son calme, poursuivit :

« Dès à présent votre déclaration contient une contradiction
manifeste. Vous nous avez déclaré tout à l'heure que l'objet
de votre descente dans la cale était de fermer les tubes laissant
échapper leur gaz, et il résulte de la déposition de mes deux

matelots que ces tubes étaient encore ouverts, puisque c'est l'un d'eux qui les a fermés. En outre, vous avez fui à leur approche. Ceci prouverait le contraire de votre assertion. Pour être absolument sincère, j'ajouterai que je vous surveille depuis longtemps, et que j'ai mes raisons pour agir ainsi. De votre réponse va dépendre l'opinion que je devrai me faire définitivement. »

Le misérable avait encore une fois réagi contre la surprise de cette déclaration.

Il regarda effrontément le commandant et répondit en se croisant les bras :

« Vous êtes maître à bord, monsieur. Interrogez donc à votre guise. »

Lacrosse se tourna vers le lieutenant :

« Hardy, vous êtes l'unique témoin de cette scène. Mais vous êtes un homme d'honneur et un bon Français. Votre témoignage me suffit. Voudriez-vous me servir de greffier pour un instant ? »

Le commandant ne pouvait mieux choisir. Hardy était un modèle d'honneur et de loyauté.

Il prit donc une plume et un carnet et transcrivit le bref interrogatoire qui suivit :

« Monsieur Schnecker, commença Lacrosse, vous êtes inscrit à bord en qualité de chimiste attitré de l'expédition. Veuillez nous rappeler vos noms et qualités.

— Qu'à cela ne tienne, répliqua l'Allemand. Je me nomme Hermann Schnecker, je suis né à Mulhouse et j'ai pris mes grades devant l'Université de Paris.

— Vous avez vos diplômes sur vous, sans aucun doute ?

— Non. Je les ai laissés à Paris. Il n'était pas nécessaire de

les emporter avec moi. D'ailleurs les services que j'ai rendus
à l'expédition sont les plus sûres garanties de mon savoir. »

Lacrosse ne put contenir un mouvement d'humeur.

« Je n'ai aucune suspicion à l'encontre de votre savoir,
dit-il. Si je réclame la production de vos diplômes, c'est pour
un tout autre motif. Oui ou non, pouvez-vous les montrer ?

— Non. Je vous répète que je les ai laissés chez moi, à
Paris.

— En ce cas, vous ne trouverez pas mauvais que, jusqu'à
nouvel ordre, je vous tienne, moi, pour Hermann Schnecker,
sujet allemand, né à Kœnigsberg, diplômé de l'Université de
Dresde.... »

Le coup était bien porté.

Le chimiste se leva, très pâle. Il essaya de protester. Mais
Lacrosse ne lui en laissa pas le temps.

« Et que je m'en tienne à la preuve que me fournissent les
papiers que voici », ajouta le commandant de l'*Étoile Polaire*,
en plaçant sous les yeux du lieutenant Hardy le document
trouvé par lui dans le laboratoire.

« Monsieur, reprit Schnecker, ceci est un abus de pouvoir
absolument inique. »

Lacrosse, très froid, répliqua :

« Vous avez reconnu tout à l'heure que je suis maître à mon
bord. En conséquence, bien que j'ignore les motifs qui ont pu
vous pousser, je vous accuse d'avoir voulu attenter à la sûreté
de l'équipage et au succès de l'expédition en faisant perdre
notre provision d'hydrogène liquide. Je ne veux pas prononcer
sur votre sort avant le retour de M. de Kéralio, chef suprême
de l'expédition. Mais je décide que désormais vous serez con-
signé dans votre chambre, sous la garde d'un matelot, et que

vous n'en sortirez que sur ma réquisition ou sur celle des officiers de l'*Étoile Polaire*. »

Et, laissant s'exhaler les protestations du traître, le commandant appela par le porte-voix.

Une minute après ; il tendait à Gaudoux un revolver chargé, et lui montrant le chimiste :

« Tu vas, dit-il, reconduire monsieur dans sa chambre ; tu ne l'en laisseras sortir que sur mon ordre. S'il faisait quelque tentative de rébellion ou de violence, tu lui brûlerais la cervelle. C'est dit. Va ! »

L'Allemand sortit, les dents serrées, les poings fermés, jetant à l'impassible Canadien un regard de colère furieuse et de haine implacable.

CHAPITRE XI

14

LES LOUPS SE RAPPROCHAIENT.

XI

LES LOUPS

Depuis quelques jours, le froid s'accentuait. Un mouvement de courant tout à fait imprévu se faisait sentir encore dans les eaux de la Crique Longue, et les hivernants s'apercevaient avec inquiétude que, chaque jour, la poussée d'eaux chaudes inférieures provoquait des lézardes et des failles dans les glaces de la banquette. Il devenait manifeste que ce courant aboutissait à un fiord profond dont on ne pouvait déterminer l'étendue, mais où il était à craindre qu'il ne poussât l'*Étoile Polaire*. En outre, l'accumulation des banquises pouvait devenir extrêmement périlleuse pour le navire.

On résolut donc de créer au plus tôt un observatoire sur la pointe nord de l'île Courbet, là où les flots de la mer du

Grœnland venaient battre l'arête libre de la falaise. On utilisa à cette fin une partie des constructions en planches, et, pour ne point fatiguer l'équipage, on décida que, chaque nuit, trois hommes y séjourneraient, se relevant toutes les trois heures dans leur besogne d'observation. Le Dr Le Sieur et le lieutenant Hardy eurent à se partager la mission du contrôle de ces observations. Chacun d'eux passait alternativement une nuit dans l'abri provisoire, au centre duquel un poêle chauffé à l'hydrogène entretenait une température supportable.

Ce qu'il fallait déterminer au plus tôt, c'était la cause de la déviation des glaces et la présence d'allées d'eau sans cesse recouvertes au voisinage du promontoire. Les constatations recueillies permettraient de chercher un nouvel emplacement d'hivernage pour l'*Étoile Polaire*, dans le cas où son mouillage actuel serait reconnu dangereux.

Le projet fut immédiatement réalisé. L'observatoire fut créé à la pointe septentrionale extrême de l'ile, qui se trouvait être en même temps la pointe orientale. Tous les deux jours, le service régulier y ramena le Dr Le Sieur et le lieutenant Hardy.

Or il advint que, dans la nuit du troisième jour, les communications furent brusquement interrompues entre le navire et l'observatoire. Seul l'appareil téléphonique qui mettait en relations les deux points permit à ceux de l'*Étoile Polaire* de conserver quelques rapports avec les trois hommes isolés dans l'observatoire, parmi lesquels se trouvait le médecin.

Vers une heure du matin, en effet, une dépression subite provoqua une chute ininterrompue du mercure dans le baromètre. La température se releva violemment de 25 degrés au-dessous de glace à 1 au-dessus. Mais en même temps le vent, venant de l'est, se mit à souffler en tourbillons neigeux.

Alors ce fut une tourmente indescriptible, un véritable déluge, pareil à celui qui noya la terre aux premiers jours du monde. Mais cette fois l'eau était solidifiée ; des étoiles blanches aux mille dessins capricieux remplaçaient les gouttes de la pluie diluvienne. Un voile opaque descendait du ciel sur la terre ; un linceul glacé effaçait toutes choses dans l'uniforme nivellement de sa couche épaissie par chaque rafale.

A cinq heures du matin, il ne restait plus trace de l'*Étoile Polaire*, ou, pour dire plus vrai, le navire n'était plus qu'une énorme bosse soulevée sur la surface ensevelie du pack. Seule la fumée de la cheminée indiquait que cette chose fondue sous la neige vivait et respirait encore.

On avait dû, pour préserver les feux, couvrir le sommet de la cheminée d'un fin treillis de fer. La fumée brûlante, en amenant la fonte de la neige à l'entour de l'orifice, l'avait bordé d'un épais bourrelet de glace. Du centre de ce bourrelet s'échappait la respiration haletante de la machine, convertie en un simple fourneau de forge.

Le pont, les mâts étêtés, les tentes et les baraquements de la dunette pliaient sous une charge effroyable de neige. Pendant les premiers moments, l'équipage du bord se trouva emprisonné sous les écoutilles. Il fallut se décider à les scier, pour parvenir en cette espèce de tunnel monstrueux que formait la couche amoncelée sur le pont.

Lacrosse fut admirable de sang-froid et d'énergie. Il donna l'ordre de chauffer immédiatement à l'hydrogène toute la carcasse intérieure du navire. En même temps des jets d'eau à une température et à une pression supérieure à l'ébullition furent dirigés contre les parois supérieures de la prison de glace. Au bout de vingt-quatre heures de ce labeur presque

surhumain, les hivernants purent enfin dégager le pont.
Comme la température ambiante ne s'était point abaissée au-
dessous de 10 degrés inférieurs au zéro, on put se frayer un
chemin au dehors et descendre sur le pack. L'*Étoile Polaire*,
ceinte de blocs énormes, rongés à leur base par le courant
d'eaux chaudes, mais arrêtés dans leur course par l'obstruction
de banquises précédentes, n'avait plus rien à craindre désormais. Elle était enfermée dans une gangue d'où, selon toute
apparence, elle ne sortirait plus avant la fin de l'hiver.

On était donc à peu près rassuré sur le lendemain du
navire.

Mais il n'en était pas de même pour ce qui concernait les
trois hommes envoyés à l'observatoire, et dont on était sans
nouvelles depuis la veille au soir.

Très inquiet, le commandant Lacrosse courut au téléphone
et établit la communication.

Par bonheur l'instrument n'avait pas souffert. Enfoui sous
trois pieds de neige ancienne, le fil n'avait rien ressenti des
perturbations récentes de la surface.

Ce fut le D^r Le Sieur en personne qui répondit aux *Allô!
allô!* du commandant.

La conversation fut brève et émouvante.

Le commandant demanda :

« Est-ce vous qui me parlez, docteur?

— Oui, commandant, répliqua le médecin.

— Donnez-moi de vos nouvelles.

— Nous sommes sains et saufs tous les trois, grâce à Dieu.
Le Maout seul souffre un peu des gencives. Nous devons avoir
cinq pieds de neige au-dessus de nous, car nous sommes totalement ensevelis. Par bonheur, le tube d'hydrogène est encore

aux trois quarts plein, et nous ne souffrons pas du froid. Mais nous manquons de luminaire et ne savons par quel côté attaquer la paroi.

— Avez-vous des vivres ?

— Oui, par bonheur, pour deux jours.

— C'est bien, conclut Lacrosse. Je vais vous envoyer deux hommes pour aider à vous déblayer. Vous rentrerez tous ensemble. »

Il y avait trois kilomètres environ entre l'observatoire et la station du navire. Dans l'état où se trouvait le pack, il fallait compter que la colonne de renfort — soit les deux hommes que le commandant allait envoyer — mettrait près de deux heures pour rejoindre les prisonniers de l'observatoire. Lacrosse conféra sur-le-champ avec le lieutenant Hardy afin de choisir les deux hommes. Il était, dès à présent, décidé que le lieutenant en personne prendrait le commandement d'une seconde troupe, si la première ne parvenait point à destination.

On choisit donc parmi le personnel valide, réduit présentement à seize matelots. Il se trouva que le mieux portant et le plus robuste était ce même Gaudoux que le commandant avait préposé à la garde du chimiste Schnecker. On le releva donc de ses fonctions et on lui adjoignit un de ses compatriotes. Les deux hommes, considérés comme enfants perdus, furent équipés le plus chaudement possible et pourvus des meilleures armes. On leur confia, en outre, les saucissons de dynamite indispensables au dégagement de l'observatoire.

Ils descendirent sur le pack vers dix heures du matin, moment des plus grandes clartés. Le ciel, tout gris de neiges suspendues, prêtes à tomber, ne laissait passer qu'une lueur terne, désolante, qui rendait plus lamentable encore l'aspect de ce paysage de mort. On ne voyait guère à plus de cinq cents pas, et il semblait qu'une calotte de plomb se fût brusquement abattue sur le Pôle.

Les deux matelots serrèrent les mains de leurs camarades. L'étreinte du commandant fut particulièrement chaude et expressive. Lacrosse leur dit, en guise d'adieux :

« Allons ! garçons, on vous attend là-bas. Faites de bonne besogne, et donnez-nous au plus tôt de vos nouvelles. Puisque le téléphone fonctionne, nous ne le quittons plus. »

Les échelles furent rabattues, et l'on vit les deux matelots s'enfoncer dans la dense pénombre de ce jour d'enfer. Leurs silhouettes devinrent des taches, les taches des ombres, et tout s'effaça dans le brouillard.

Il avait été convenu avec eux que, tous les cent pas, ils pousseraient un cri, afin de rassurer autant que possible leurs compagnons sur leur sort. Cinq minutes environ après leur départ, un premier appel arriva distinctement au navire, d'où l'on répondit par un sonore hourra. Il s'écoula trois minutes avant le second, sept avant le troisième. Les gens de l'*Étoile Polaire* en comptèrent ainsi treize, dont l'affaiblissement graduel leur indiqua l'éloignement progressif des voyageurs. On put supposer de la sorte que la portée de la voix, sous ce ciel très bas, atteignait l'énorme distance d'un kilomètre.

Il avait été stipulé, en outre, que chaque cri contiendrait un renseignement sur l'état du champ de glace. Ce serait un seul mot, autant que possible un dissyllabe, afin que la seconde partie du son permît de bien préciser la première. Les premières indications ainsi fournies furent très nettes. Les mots : *Rompue, Solide, Rompue, Hummocks*, furent entendus par toutes les oreilles. Puis, la distance s'accroissant, on n'entendit plus que des notes qu'il fallut compléter : *quise*, qu'on traduisit *banquise*, *ocs* qu'on traduisit par *blocs* ou *hummocks*.

Mais le dernier cri jeta les auditeurs en un trouble profond. On perçut le son *ou*, dont on ne parvint pas à reconstituer la signification. Selon les uns, il représentait le mot *trous*, selon les autres les mots « entendez-vous? » simple interrogation des deux matelots qui, eux sans doute, ne recevaient plus le moindre écho du navire, le vent, par bonheur très faible, soufflant en face, du nord-est au sud-ouest.

Le silence qui suivit ne fut pas sans angoisses. Qu'eussent-elles été si le commandant et ses hommes avaient eu la signification exacte du mot jeté par leurs camarades? Ceux-ci avaient mis exactement quarante-deux minutes à parcourir le premier kilomètre. En leur accordant le même délai pour les deux qui restaient à franchir, il fallait deux heures six minutes pour leur permettre d'atteindre l'observatoire.

On ne fut que trop tôt renseigné sur le sens de la syllabe *ou* apportée par le vent.

Brusquement des clameurs lamentables surgirent de la brume, des cris dont l'intensité seule donna un instant le change aux marins de l'*Étoile Polaire*.

Ils en reconnaissaient le timbre et le son prolongé pour l'avoir fréquemment entendu pendant les longues veillées de leur premier hivernage. C'était la voix du loup polaire, cette bête que sa poltronnerie seule empêche d'être redoutable. Les voyageurs n'y accordaient plus d'attention, l'ayant toujours vu fuir à leur approche.

Mais cette fois, la plainte acquérait une indicible puissance, et les moins soucieux en concevaient une singulière alarme.

Jamais les hurlements précédemment ouïs ne leur étaient parvenus avec une telle force. Ils se regardèrent anxieux, n'osant formuler leurs doutes, se demandant en secret si cette rumeur lugubre n'était pas due à la présence d'un nombre inusité de carnassiers.

Les cris se rapprochaient de seconde en seconde ; la clameur devenait assourdissante. Bientôt elle parut déchirer la trame du brouillard, et, à l'aide de la longue-vue, il fut possible de discerner une longue bande noire s'avançant, roulant plutôt, sur la surface blanche du pack.

Alors seulement tout le monde comprit le cri jeté par les deux matelots.

« Les loups ! » prononça le lieutenant Hardy, qui ne put se défendre d'un frisson.

On frissonna autour de lui. Avec le magnétisme qui lui est propre, une même pensée avait traversé tous les esprits, les emplissant d'une indicible terreur.

Le cri jeté par leurs compagnons était un appel de détresse. Eux aussi avaient crié : *Les loups !*

Le commandant Lacrosse traduisit toutes les impressions en donnant un ordre bref :

« Hardy, commanda-t-il, prenez tout de suite la réserve avec vous. Je la porte à huit hommes. Nous ne pouvons laisser périr ainsi nos compagnons. »

Déjà le lieutenant rassemblait les hommes. En un clin d'œil l'escouade fut armée et descendit sur la glace. On la vit marcher résolument à la rencontre des carnassiers.

Mais les courageux marins n'avaient pas fait trois cents mètres sur le pack, qu'on les vit battre en retraite.

Ils revenaient sans se presser, gênés d'ailleurs par la diffi-

culté de la marche. Derrière eux, la bande hurlante accourait
en rangs serrés. Les matelots s'arrêtaient tous les dix mètres,
se mettaient en ligne et envoyaient une décharge simultanée
dans la cohue de leurs farouches adversaires.

Mais celle-ci était trop épaisse pour que quelques coups de
feu la dispersassent. Hardy et ses hommes désespéraient sans
doute d'en avoir raison, puisqu'ils revenaient sur leurs pas.

Ils arrivèrent ainsi jusqu'au pied des échelles, poursuivis
par l'innombrable troupeau. En un instant ils furent à bord,
tandis que l'*icefield* se couvrait instantanément de hideuses
bêtes noires, aux prunelles phosphorescentes. En même temps
l'air s'emplissait de clameurs furieuses, tandis qu'une odeur
écœurante de ménagerie montait à toutes les narines.

Cependant le lieutenant ne paraissait ni découragé, ni
même inquiet.

Lacrosse s'approcha pour l'interroger.

« Vous n'avez pas osé risquer la vie de vos hommes? demanda-t-il.

— Dame! répliqua le lieutenant, le motif eût été plausible,
et vous pouvez juger par vous-même du chiffre de nos ennemis,
ajouta-t-il en désignant la tourbe grouillante et hurlante qui
entourait le vaisseau et mettait sa tache sombre sur la face
blafarde du pack.

— C'est vrai, fit le commandant, et je vous approuve. Il ne
faut pas tenter Dieu. »

Hardy reprit :

« Mais ce n'est point là la raison qui m'a déterminé à
rebrousser chemin. La vérité est que je suis entièrement rassuré
sur le sort de nos deux camarades. Je dirai même qu'ils n'ont,
de ce chef, couru jusqu'ici aucun danger.

— Ah! Et Lacrosse respira longuement. Expliquez-vous au plus vite.

— C'est bien simple. Nous n'avons pas poursuivi notre route parce que c'était impossible.

— Comment cela?

— Sans doute. Le pack est rompu à moins de cinq cents mètres d'ici par une allée d'eau qui va s'augmentant en largeur. J'évalue les dimensions de ce chenal à quarante mètres sur notre front, à soixante-dix ou quatre-vingts en remontant au nord-ouest.

— Ah! et vous en concluez?

— Vous allez conclure comme moi. Ces loups viennent du sud-ouest, chassés sans doute par la tempête d'hier. Or ils se trouvaient sur le morceau du champ de glace au delà de la rupture, et nos camarades avaient déjà parcouru un kilomètre quand ils les ont aperçus, parallèlement à eux, sur l'autre rive du canal.

— Très bien raisonné, conclut le commandant. En ce cas, les bêtes ne pouvaient les rejoindre qu'en traversant la faille en avant de son ouverture. »

Il s'interrompit. Un soupçon sinistre venait de lui traverser l'esprit.

« Soit! Mais sont-ils à l'abri de leur poursuite? Si la bande allait s'y remettre?

— Je ne le crois pas, répliqua Hardy. En tout cas, Gaudoux et Lansyer ont de l'audace. »

Il interrogea sa montre, et vérifiant sur le chronomètre du commandant :

« Voilà très exactement cent deux minutes qu'ils sont partis, et, autant que j'ai pu en juger, la glace est plus praticable vers l'est. En outre, si vous calculez qu'il s'est écoulé juste une heure depuis leur dernier cri, nous annonçant la rencontre des bêtes, vous admettrez aussi bien que celles-ci mettront encore le même temps pour les rattraper. »

Le commandant n'était pas tranquille. Il présenta de nouvelles objections :

« Oui, mais qu'est-ce que trois kilomètres pour ces animaux ? Ajoutez qu'à présent le vent porte l'odeur de nos hommes aux carnassiers, et qu'ils n'ont qu'à les suivre à la piste.

— Commandant, fit Hardy, il y a réponse à vos craintes, heureusement. Vous oubliez que le loup polaire est à peu près dépourvu d'odorat et qu'il chasse à vue.

« D'ailleurs, ajouta-t-il, il y a un moyen bien simple d'empêcher cette vermine de courir après nos hommes : c'est de les retenir ici. Cela nous donnera quelques heures de distractions en permettant d'exercer l'habileté des tireurs. Les cibles ne manqueront pas.

— Vous avez raison, approuva Lacrosse, retenons-les donc et tuons-les, si possible. »

Il y avait à bord de vieilles boîtes de conserves hors d'usage. Par l'ordre du commandant, toute cette viande gelée fut jetée en de vastes marmites qui lui rendirent pour un instant sa primitive élasticité, tout en dégageant une puanteur de lard rance ou avarié qui réjouit les loups en dépit de leur peu d'odorat.

Ceux-ci s'étaient rassemblés à quelque cinquante mètres du navire et, redevenus silencieux, observaient les faits et gestes des marins.

A la première odeur qui leur parvint, tous tendirent le cou,

poussèrent un long hurlement de convoitise et s'approchè-
rent pas à pas des échelles.

« Attention ! cria le lieutenant en riant, les fusils sont-ils
parés ?

— Oui, oui, on y est ! répondirent une demi-douzaine de
voix joyeuses.

— Allons, messieurs, continua l'officier, imitant à la per-
fection l'organe des explicateurs de ménageries, nous allons
assister au repas des animaux et aussi à leur déconfiture. »

Sept coups de fusil s'allongèrent par-dessus les bastin-
gages.

« Tout à l'heure, risqua l'un des hommes, on pourra les
tuer à la pioche, si l'on veut. »

Quelqu'un demanda :

« C'est-il bon à manger, ça, le loup ? »

Un Breton répliqua :

« Dame ! quand on n'a pas autre chose ! Ça vaut mieux que
rien. »

Cependant le lieutenant réglait la mise en scène du spectacle.

« Voici comment nous allons procéder. Il ne faut pas tirer
tout de suite. Il faut d'abord qu'ils mordent au régal, qu'ils
prennent goût au plat. Ensuite ils reviendront en masse.

— Et si votre cuisine ne leur plaît pas ? » questionna le
commandant.

Hardy se mit à rire.

« Fi donc ! Vous n'y pensez pas, commandant. La cuisine
du bord, notre propre menu ? »

On riait aux éclats. L'hilarité devint générale quand le Breton
ajouta :

« Sans compter, commandant, que pour leur aider la diges-
tion, nous leur donnerons des pruneaux au dessert. »

Pendant ce gai dialogue, les loups se rapprochaient sans trop
de méfiance.

« Il faut croire qu'ils n'ont jamais vu d'hommes, dit Hardy.
Mais ce n'est pas tout ça. Attention, garçons. Quand on ver-
sera la seconde pâtée, vous ferez feu en bloc, pas sur les premiers rangs, mais derrière, dans le tas, de manière que les
mangeurs n'aient pas à se repentir de leur gloutonnerie.

— Veinards ! prononça une voix. Ils s'en iront dans l'autre
monde le ventre plein. »

Brusquement on fit silence.

Le cuisinier et son aide soulevèrent une des marmites
apportées sur le pont et en vidèrent le contenu fumant par-
dessus le bastingage, sur la glace.

La masse ne lui laissa pas le temps de se refroidir.

Les bêtes se ruèrent d'une seule impulsion, et, en un clin
d'œil, le tas de conserves bouillies fut dévoré. Un instant, les
hommes n'aperçurent au-dessous d'eux qu'un grouillement
noir de choses mouvantes qui se scinda violemment, laissant
le pack aussi récuré qu'une assiette par la langue d'un chat.

« Parbleu ! s'écria le commandant, s'ils y vont de ce train,
nous n'y suffirons pas.

— Quelle fourchette, mon bon, comme disent les Mocos ! »

On recommençait à rire. Le spectacle y prêtait abondamment, d'ailleurs.

Les loups, alléchés par la provende qu'on venait de leur
octroyer si gratuitement, avaient repris leur concert, mais sur
la note glapissante. Maintenant, tous étaient là, se disputant
les premières places à la curée. Ils venaient jusqu'aux murailles

de glace du navire, et s'y dressaient, à la manière des chiens qui font les beaux.

« Attention! répéta Hardy. Voici le moment! La hausse à cinquante mètres !

— Pauvres bêtes ! proféra le Breton. Ça me fait de la peine de les tuer maintenant.

— Dis donc, toi, riposta quelqu'un, tu ne voudrais pas peut-être les nourrir à perpétuité? Descends un peu pour voir s'ils auront la même tendresse pour ta viande.

— D'ailleurs, conclut le commandant, autant qu'on en tue, il en restera encore assez pour faire un joli chenil. »

Il n'y eut pas d'autre réflexion. Le second « paquet » fut envoyé par-dessus bord, et produisit le même remous tourbillonnant qui avait salué le premier.

Seulement, cette fois, il fut suivi d'une débandade générale. Les sept fusils venaient d'accomplir leur œuvre de destruction en masse. Dix cadavres jonchaient le sol.

Les spectateurs eurent alors sous les yeux une scène qui les édifia sur la vérité du proverbe : « Les loups ne se mangent pas entre eux ». Saisies par leurs congénères, les bêtes, palpitantes encore, furent traînées et dévorées en quelques minutes, et ce banquet fraternel permit aux marins d'approvisionner les survivants au moyen de nouveaux massacres.

Mais, à partir de ce moment, les loups, instruits à leur détriment, cessèrent de s'approcher du navire.

Si bien que le commandant Lacrosse, au bout de quelques moments d'observation, fit au lieutenant Hardy une très judicieuse remarque.

« Nous avons voulu les retenir, dit-il, je crains que nous n'y ayons trop bien réussi. »

Il y avait une arrière-pensée que rendit manifeste un incident, d'ailleurs prévu.

Des heures s'étaient écoulées au milieu de ces événements. On n'en avait pas tenu compte. Et cependant le soleil approchait du terme de sa course. La brève nuit de deux heures allait venir.

Tout à coup la sonnerie du téléphone retentit, appelant le commandant à la communication.

Il y courut. C'était le docteur Le Sieur qui l'avait appelé.

La conversation s'établit et rassura complètement le commandant sur le sort de ses compagnons.

Les matelots Gaudoux et Lansyer étaient parvenus heureusement à leur but. Ils avaient pu, après deux heures d'efforts, percer la muraille de neige et libérer les trois prisonniers de l'observatoire.

A part quelques malaises résultant d'une trop longue respiration dans une atmosphère diminuée de son oxygène, ni le docteur ni ses compagnons n'avaient ressenti de troubles fonctionnels graves.

Mais il va sans dire que tous étaient pressés de regagner l'*Étoile Polaire*, et le médecin annonça au commandant qu'ils allaient repartir sans se reposer.

Ceci compliquait la situation très gravement.

En effet, les loups étaient maintenant de ce côté du pack. Leur bande s'interposait entre le navire et les cinq voyageurs. Lacrosse prévint ces derniers du danger. La nouvelle arriva trop tard ; il n'y avait plus personne à l'autre bout du téléphone.

En conséquence, il fallait au plus tôt se débarrasser des gêneurs.

La nuit se faisait. Sur la glace, une longue rangée de points

15

phosphorescents indiquait que les carnassiers montaient une garde vigilante sans songer à clore leurs paupières.

Comment tuer cette vermine que les calculs les plus modérés évaluaient encore à deux cents têtes?

Le lieutenant prit une carabine et, tireur de premier ordre, donna le signal du feu contre les assiégeants. Autour de lui, les spectateurs applaudissaient à ce tir merveilleux, dont chaque mouche était accusée par l'extinction soudaine des deux points lumineux.

Ce jeu amusa la galerie pendant près d'une heure. Trente loups tombèrent ainsi sous le plomb de l'officier. Une cinquantaine d'autres, peut-être, furent immolés par les matelots.

Mais, comme les héros écrasés par le nombre, les marins de l'*Étoile Polaire* dirent enfin :

« Ils sont trop ! »

Or, pendant ce temps, les voyageurs étaient sur la route. Qu'allait-il advenir de leur rencontre avec les loups ?

On commençait à avoir sérieusement peur à bord du bâtiment.

Soudain une idée — lumineuse s'il en fut jamais — vint à l'esprit du commandant.

« Hardy, ordonna-t-il, reprenez les hommes de ce matin et portez-vous à la rencontre de nos pauvres amis. Nous allons éclairer votre route et la leur à l'aide des feux électriques. »

Aussitôt tout fut prêt. Le plus puissant des projecteurs tourna sa lentille vers le nord-est. Une nappe de lumière blanche fouilla les ténèbres et fit resplendir le cristal de l'icefield. Et dans cette clarté merveilleuse on put voir cinq ombres obscures se mouvoir péniblement à 1500 mètres du bateau.

Déjà Hardy et ses hommes, la carabine au poing, s'avançaient sur les loups.

Soudain un éclat de rire homérique souleva toutes les poitrines, si bruyant que les voyageurs du champ de glace y firent écho, tandis que le lieutenant et ses compagnons s'arrêtaient, secoués par leur hilarité.

Ce qui s'était passé était souverainement burlesque.

Surpris par le faisceau des rayons électriques, les loups venaient de se débander avec des cris de détresse, et le projecteur, les suivant dans leur fuite, accélérait leur course en augmentant leur épouvante.

En moins de dix minutes, tout le troupeau avait disparu. Il n'en restait plus trace sur le pack, sinon par la présence d'ossements admirablement nettoyés qui montraient en quelle estime les hideuses bêtes se tenaient entre elles.

Une heure plus tard, les exilés, congratulés, choyés par leurs camarades, s'asseyaient à un chaud réveillon autour de la table du commandant.

CHAPITRE XII

XII

EMMURÉS

Cependant, sur le champ de glace, de plus en plus compact, Isabelle et ses compagnons poursuivaient leur dur trajet à la poursuite des voyageurs qui ne revenaient point.

Le froid devenait plus intense. La plaine, bossuée de hummocks énormes, s'étendait, muette et désolée, devant les pas de la petite troupe. Ceux qui la composaient commençaient à souffrir cruellement, et des découragements les prenaient. A ces heures, dans leur effort pour ne se point trahir mutuellement leurs angoisses, ils gardaient le silence, et ce silence était plus douloureusement éloquent que des plaintes.

Dix fois, déjà, depuis leur départ du navire, ils avaient dû subir les violences de la tourmente. La route s'allongeait, dans sa morne monotonie; le ciel, maintenant tout gris, avait des aspects de linceul pesant sur la terre.

Rien n'annonçait l'approche de cette muraille de glace que d'Ermont et Schnecker n'avaient pu franchir à l'aide de l'aérostat. Avait-elle donc changé de place, s'était-elle fondue, ou bien les deux hommes n'avaient-ils été que les jouets d'une hallucination, les victimes du vertige des glaces?

Cette question hantait l'esprit d'Isabelle. Malgré l'énergie surhumaine qui la soutenait, elle ne pouvait se défendre d'un sombre désespoir. On touchait aux derniers jours d'août, et l'on n'était pas plus avancé qu'aux premiers.

Brusquement, le matin du 26, les voyageurs eurent comme un éblouissement.

Ils venaient de relever la latitude du point : 87°44′. Le firmament, barbouillé d'épaisses brumes, leur parut cependant plus clair et plus haut qu'à l'ordinaire. Le vent, très fort pendant la nuit, était tombé. Un calme insolite, inexplicable, régnait dans l'atmosphère. En même temps, par un de ces caprices étranges auxquels on s'était habitué, le mercure remontait dans le thermomètre. Il ne marquait plus que 12 degrés au-dessous de zéro.

Soudain, sans que rien fît pressentir un tel changement, le rideau de vapeurs se déchira du haut en bas. Le soleil, voilé depuis une semaine, se montra rayonnant, et ses lueurs éclatantes mirent de l'or en fusion sur toute la surface du pack. Les glaces bleues étincelèrent, pareilles à de gigantesques diamants, et, d'un bout à l'autre de la plaine gelée, ce fut un ruissellement de couleurs incomparables.

Isabelle ne put retenir un cri d'admiration. Elle joignit les mains.

« Que c'est beau! que c'est beau! » répéta-t-elle à plusieurs reprises.

Ses yeux, un moment éblouis, s'étaient faits à la magie du spectacle. Voici que, maintenant, les explorateurs pouvaient mesurer du regard toute l'étendue du champ qui les portait. A moins de 1 mille, ce champ s'arrêtait, coupé nettement, à pic, et au delà une nappe d'un bleu sombre, pailletée d'or, lui faisait comme une bordure, sur laquelle le blanc du pack éclatait avec plus de puissance.

« La mer! s'écria Isabelle. La mer libre, entièrement libre! »

A ce cri, Hubert d'Ermont était accouru, suivi de tous les autres membres de l'expédition.

C'était bien la mer, en effet, une mer si liquide, si mouvante, qu'on n'aurait pu, en la considérant, se croire sous de telles latitudes, aussi voisins du pôle.

Hubert fit entendre une seconde exclamation :

« Oui, la mer! Mais, après la mer, la ceinture de glaces! »

Et il montrait de sa main tendue l'horizon du nord.

Une autre ligne blanche s'y montrait, d'abord confondue avec le ciel pâle, mais, à cette heure, réverbérant les rayons du soleil avec une telle intensité que l'œil n'en pouvait soutenir l'éclat.

Et, cette fois, les voyageurs étaient renseignés. Non, d'Ermont et Schnecker ne s'étaient pas trompés! Non, ils n'avaient point été les jouets d'une hallucination! Ils l'avaient vue, de leurs yeux vue, cette muraille paléocrystique, ce rempart vierge dont le pôle se fait une armure prodigieuse contre les tentatives des mortels audacieux. Telle qu'elle apparaissait, elle justifiait les dires de ceux qui les premiers l'avaient aperçue.

A cet aspect, tous les courages se ranimèrent. Laissant là les traîneaux et le campement, la petite troupe s'élança vers les bords de cet océan mystérieux qui, sous ce jour éclatant, leur paraissait être l'effet d'un mirage.

Ils l'atteignirent assez promptement. Au bout de 2 kilomètres, ils plongeaient leurs mains dans l'eau salée. Et ce leur fut une volupté de sentir le contact de cette eau plus chaude sur leurs épidermes brûlés par le souffle mortifiant de l'aquilon.

Hélas! ce ne fut là qu'une joie momentanée. Le souci venait de renaître.

Puisqu'ils n'avaient point retrouvé M. de Kéralio dans le trajet qui avait précédé, comment pouvaient-ils espérer l'atteindre désormais? N'étaient-ils pas aux limites mêmes du globe?

Une morne tristesse s'abattit sur eux et les tint en proie à toutes les angoisses.

Une fois de plus, ce fut Isabelle qui réagit la première.

Elle s'adressa à ses compagnons.

« Messieurs, dit-elle, il me paraît certain, cette fois, que mon père et ses deux camarades ont réalisé leur projet et couronné triomphalement leur tentative. »

Hubert la considéra, un peu surpris.

« Sur quoi vous fondez-vous pour parler ainsi, Isabelle? questionna-t-il.

— Oh! c'est bien simple, répondit la jeune fille. Nous sommes au bord de la mer libre, et nous avons devant nous la muraille de glaces que vous et M. Schnecker n'avez pu franchir avec le ballon. Or mon père a emmené avec lui le bateau sous-marin, n'est-il pas vrai?

— Oui, et jusqu'ici tout est exact, mais je ne vois pas le but de cette démonstration.

— Voyons, acheva Isabelle, n'est-il pas manifeste que l'expédition sous-marine a réussi? Sans cela, à défaut des voyageurs que nous recherchons, nous trouverions au moins le bateau sous-marin.

— C'est vrai », firent les marins, se rendant à l'évidence.

Toutefois Hubert garda pour lui-même une réflexion pénible qui lui était venue : « Cela prouve bien que les voyageurs se sont immergés sous les flots pour tenter de passer sous la ceinture de glaces permanentes. Par contre, rien ne prouve qu'ils en sont revenus. »

Il s'efforça de chasser de son esprit ces prévisions affligeantes, et conclut même avec gaieté des paroles de Mlle de Kéralio qu'il fallait dresser la tente au point qu'on avait atteint et y demeurer le plus longtemps possible pour attendre le retour des voyageurs.

Dans l'intervalle, on visiterait les alentours, on étudierait la configuration de ces lieux étranges.

Ce plan fut adopté et le programme suivi au pied de la lettre.

La journée du 27 fut aussi belle que celle qui l'avait précédée, mais le thermomètre retomba à 20 degrés au-dessous de zéro.

Le premier soin des voyageurs fut de courir au rivage pour vérifier l'état de la mer. Les flots se mouvaient librement; pas le moindre frazi n'en ternissait la surface. La stupeur d'Ermont fut grande en constatant que le thermomètre, plongé à une profondeur de 15 pieds, remontait à 4 degrés, température normale et moyenne de l'eau.

Cette mer du pôle ne subissait donc pas l'action du gel intense qui régnait aux environs.

Plus que jamais s'alluma dans l'âme des voyageurs le désir de franchir la barrière de glaces, de pénétrer ce pôle mystérieux, latent derrière la formidable muraille d'icebergs.

Ils reprirent leur course, mais circulairement, cette fois, selon une parallèle qui suivait la bordure de l'océan paléocrystique.

Partout, ils purent constater les mêmes cassures nettes, tranchées, aiguës, mais polies, peu à peu émoussées par l'action des flots. Çà et là, le pack, d'une épaisseur variant entre 12 et 18 mètres, était coupé de rides, de crevasses, d'allées, généralement étroites, et qu'on pouvait sauter à pieds joints. Mais il était, dès à présent, visible que, sous l'action des tempêtes du sud, il pouvait se disloquer en grands quartiers, et laisser entre eux de vastes canaux susceptibles de livrer le passage à un grand navire.

Nares avait donc eu raison à son point de vue, Lockwood au sien : le premier, en affirmant, d'après son lieutenant Markham, que la mer libre est un mythe ; le second, dans son voyage de 1883, en déclarant qu'il avait vu les flots battre librement les côtes septentrionales du Grœnland.

Résumant l'impression de tous, Hubert d'Ermont conclut que l'action du froid, variable avec les années plus encore qu'avec les saisons, devait s'exercer surtout sur les moindres surfaces de l'océan, et que la zone libre qu'on avait sous les yeux ne devait son immunité qu'à la présence de quelque courant très chaud qui passerait sous le pôle lui-même.

Il n'y avait plus à hésiter. Hubert donna l'ordre de mettre à l'eau l'une des chaloupes, et s'embarqua en compagnie du lieutenant Pol. Ils établirent les voiles et se laissèrent emporter par une brise de sud-ouest.

Il était dix heures du matin quand ils partirent; il en était onze du soir, et le soleil était à la limite de l'horizon du sud quand ils rentrèrent. Ils avaient parcouru 16 milles avant d'atteindre le pied des falaises de glace.

Là, leur curiosité avait été promptement éveillée par la bizarrerie de ces falaises, qui leur parurent plutôt posées sur un socle de granit qu'immergées elles-mêmes dans l'océan. Ils furent promptement édifiés à ce sujet.

L'énorme mur de glaces n'avait aucun contact avec l'eau. Il reposait sur une sorte de corniche prodigieuse, une table de console, elle-même enfoncée à pic dans les profondeurs de l'abîme. Le lieutenant Pol fit sonder. A 225 brasses, on ne trouvait pas encore le fond.

Dès lors, tout s'expliquait. La masse océanienne qui sépare le pôle des terres les plus voisines, comme l'île Courbet ou le cap Washington, roule en volutes prodigieuses des eaux réchauffées par un courant souterrain ou par la présence de quelque latente fournaise. Le froid n'exerce plus d'action sur elle à ces niveaux, et la seule surface exposée au-dessus des eaux subit l'influence des grands abaissements de la température.

D'Ermont et Pol conclurent que le pôle lui-même devait être une grande île entièrement revêtue de glace. Il fallait renoncer désormais à y parvenir, puisque la barrière des blocs monstrueux n'avait aucune fissure, aucun degré permettant le passage ou tout au moins l'escalade.

Quand ils rentrèrent, ils trouvèrent le camp en grand émoi.

Il était survenu un incident de la plus haute gravité.

Mlle de Kéralio avait disparu.

Guerbraz, profondément désolé, mit rapidement Hubert au courant de ce qui s'était passé.

On avait, après le départ de la chaloupe, dirigé une excursion vers l'est. On était parvenu ainsi, sans encombre, jusque sur une partie du floe où les hummocks se multipliaient avec une fréquence comparable à celle de ces monticules de terre pulvérisée qui décèlent la présence de fourmilières. Quelques-uns de ces monticules de neige et de glace étaient d'une hauteur extraordinaire, atteignant tantôt 20, tantôt 40 mètres d'élévation.

On en avait déjà gravi plusieurs, et les explorateurs, harassés, allaient revenir au campement, lorsque Guerbraz découvrit sur le pack une bouteille entièrement dégagée de la gangue de neige durcie qu'elle avait dû avoir, mais dont l'empreinte était demeurée sur la glace.

Cette bouteille contenait un papier, qu'Isabelle s'empressa de lire, après avoir brisé le contenant.

Et dès qu'elle eut jeté les yeux sur le document, elle fut prise d'une agitation fébrile.

« Je ne rentrerai point au camp que je n'aie retrouvé mon père ! s'écria-t-elle. Mon bon Guerbraz, vous remettrez ce papier à M. d'Ermont à son retour, en lui disant que mon père est ici, doit être ici, quelque part, peut-être vivant encore, et que je n'aurai de repos qu'après l'avoir retrouvé. »

Alors, quoi qu'on voulût dire ou faire, elle se mit à courir au milieu des hummocks, aidée par les raquettes qu'on avait mises pour ces longues excursions. Brusquement, au tournant de l'un d'eux, elle disparut.

« Et vous ne l'avez pas recherchée ! s'écria Hubert, fou de douleur.

ILS ATTEIGNIRENT LE PIED DES FALAISES.

— Faites excuse, capitaine ; nous n'avons même fait que
cela. C'est à présent que nous rentrons, le temps de prendre
des vivres, et nous repartons. Si vous voulez venir avec
nous ? »

D'Ermont s'était arrêté. Sous les rayons obliques de l'astre,
il lisait le document trouvé.

C'était une sorte de lettre, émanée de M. de Kéralio lui-
même.

Voici ce qu'elle contenait :

« 16 août 188.. Je jette ce document, sans espoir et sans
ressource, dans les flots libres, qui ne le seront bientôt plus.
La congélation monte du sud au nord, et nous sommes présentement sur un glaçon qui dérive vers l'est. Tous nos instruments sont demeurés dans le canot. Nous n'avons ni tente, ni
sacs. C'est un coup de mer qui nous a séparés du sous-marin
à notre retour du Pôle. Les deux voyages aller et retour se sont
très bien effectués. Le Pôle est une île ceinte de récifs qui sup-
portent la muraille de glaces. Nous sommes passés au-dessous,
à une profondeur de 200 mètres environ. Si la mer se prend,
nous tâcherons de retrouver notre bateau. — Latitude
87°48′20″, longitude 42°16′ ouest. — C'est notre dernier
point. Il est d'hier, et la catastrophe s'est produite cette nuit, à
6 h. 15 du matin. Il nous reste 10 livres de pain conservé et
800 grammes de pemmican. Si l'équipage de l'*Étoile Polaire*
trouve cette bouteille, qu'on nous cherche à l'est. »

Quand il eut terminé sa lecture, l'officier eut un frémissement.

« En avant ! s'écria-t-il. Et que Dieu nous aide ! Il n'y a
pas une minute à perdre. »

Tout le monde reprit le chemin du nord-est.

Une idée vint tout à coup à l'esprit d'Hubert. Il demanda à Guerbraz :

« Et le chien? Qu'avez-vous fait du chien? A-t-il suivi Mlle de Kéralio? »

Guerbraz eut une hésitation. Puis il répondit :

« C'est probable, capitaine, car depuis que la demoiselle nous a quittés, nous n'avons plus vu le chien. »

D'Ermont poussa un soupir de soulagement, et leva les yeux au ciel.

« Dieu soit loué! C'est une chance de plus pour Isabelle. Pourvu que nous arrivions à temps pour les autres! »

Quelque bonne volonté qu'on mît, malgré l'emploi des raquettes, ces larges semelles de peau tendues sur des baguettes de bois et qui facilitent singulièrement la marche, les hommes étaient épuisés. Trois d'entre eux tombèrent, et ne se relevèrent que pour retomber au bout de quelques pas. Le froid devenait terrible. A minuit le thermomètre accusait 34 degrés au-dessous de zéro.

Hubert fit dresser les tentes. Comme le ciel était pur et que l'on n'avait aucune menace de neige à redouter, le lieutenant de vaisseau donna l'ordre de préparer le repas immédiatement. Afin d'en faciliter la cuisson et aussi pour réchauffer les malheureux engourdis par le froid qui grandissait d'heure en heure, il fit sous la plus grande des deux tentes la première application du fourneau à gaz que l'on avait emporté. L'hydrogène des tubes eut donc son rôle même hors du navire et des baraquements.

On conçoit que, pour lui-même, d'Ermont n'éprouvât aucune pitié. La pensée de la disparition de sa fiancée l'affolait. Il prit à peine quelques gorgées d'un potage bouillant et s'élança au dehors, laissant les hommes sous le commandement du lieutenant Pol.

Le docteur Servant et Guerbraz coururent sur ses traces et ne tardèrent pas à le rejoindre.

Hubert se tordait les mains.

« Avez-vous consulté le baromètre? dit-il à ses deux compagnons. Nous allons très certainement à une effroyable bourrasque. Et cette malheureuse enfant qui est dehors par ce temps, qui n'a rien prévu, rien appréhendé! Si encore nous la retrouvions vivante! »

Ils couraient de toute leur vitesse sur le pack bossué de verrues énormes, faisant de lourdes chutes, s'enfonçant dans des trous de neige. Où donc Isabelle avait-elle pu disparaître?

Le firmament s'assombrissait rapidement. La tempête accourait au galop.

Les trois hommes unirent leurs voix et, faisant de leurs mains un porte-voix, appelèrent Isabelle désespérément.

Rien ne répondit sur la morne étendue. Il n'y eut pas même un écho.

Soudain Guerbraz eut une inspiration heureuse.

« Appelons le chien! » fit-il.

Sans même attendre le consentement de ses compagnons, il cria de tous ses poumons :

« Salvator! Salvator! Salvator! »

Tous trois se turent et tendirent l'oreille. Il leur avait semblé entendre un autre cri lointain.

Ils ne se trompaient pas. Entre deux rafales du vent qui rasait le sol, une plainte vint jusqu'à eux.

C'était un aboiement sinistre, lamentable, une de ces voix qui donnent le frisson au plus brave.

« Oh ! mon Dieu ! pleura d'Ermont, elle est morte !

— Du courage, capitaine, prononça l'énergique Guerbraz, et en avant ! »

Pour la seconde fois, la plainte désolée du chien traversa l'air.

« Salvator ne gémirait pas ainsi, fit Hubert, si Isabelle était vivante.

— Il ne faut jamais désespérer », dit à son tour le docteur, qui doubla le pas.

Et Guerbraz, comme pour s'entraîner lui-même, jeta une robuste clameur :

« Tiens bon, Salvator, tiens bon ! On y va ! »

Maintenant les rafales, courant du sud-ouest, emportaient leurs voix. En même temps, d'épais flocons les souffletaient, le tapis de neige s'amoncelait sous leurs pieds. Par bonheur le froid terrible qui régnait, un froid de 42 degrés au-dessous de zéro, durcissait ce tapis sous leurs pas. Ils ne couraient pas, ils volaient.

Enfin, il leur parut que les aboiements du chien se rapprochaient.

Oui, ils se rapprochaient. La vaillante bête avait flairé les émanations des trois hommes, et, au lieu de la plainte lugubre de tout à l'heure, c'étaient de sonores aboiements d'appel qu'elle jetait à plein gosier.

Guerbraz l'aperçut le premier.

Salvator était accroupi devant un énorme hummock de 10 mètres au moins de hauteur. Ce monticule était fait de quartiers géants, conglomérés entre eux par un ciment de neige fraîche. De seconde en seconde, ce mortier d'un nouveau genre s'épaississait, malgré les efforts désespérés du chien pour l'écarter avec ses pattes. Devant l'animal on apercevait les traces d'un passage récemment pratiqué et tout aussitôt rebouché par le gel et la neige.

Avec les crosses de leurs carabines les trois hommes eurent promptement déblayé le trou.

Et comme s'il n'eût attendu que cette aide, Salvator, se ruant sur la mince croûte qui obstruait encore le conduit, la creva sous le choc et s'enfonça avec de furieux aboiements.

Hubert se coucha sur la neige, au niveau de l'orifice, et appela :

« Isabelle! êtes-vous là ? Pour l'amour de Dieu, répondez! »

Une voix, qui parut très faible et qu'on eût dit sortant de dessous terre, répliqua :

« Oui, Hubert, je suis là. Je ne suis pas seule. Mon père.... »

Le reste de la phrase se perdit. D'ailleurs elle n'était pas nécessaire. Tout aussitôt les trois hommes se mirent à la besogne.

L'épaule herculéenne de Guerbraz ébranla les parois de cette tombe de glace sous laquelle on devinait des vivants ensevelis. Hubert, faisant une fusée avec une poignée de poudre, s'en servit comme d'un pétard de mine pour désagréger les blocs monstrueux que le froid avait soudés ensemble.

Au bout de vingt minutes d'efforts presque surhumains, une dernière explosion, la cinquième au moins, rompit la muraille du sépulcre, et l'on vit s'ouvrir une sorte de couloir souterrain.

Les trois hommes jetèrent un même cri. Ce qu'ils avaient pris pour un hummock n'était autre chose que l'arrière -même du sous-marin, dont le reste de la carène s'enfonçait profondément dans la neige. Le capot relevé donnait l'aspect d'une de ces huttes dont on retrouve encore des vestiges dans les régions les plus septentrionales du Grœnland et de la terre de Grinnell. Mais ici aucun doute n'eût été permis, alors même qu'on n'aurait pas reconnu le bateau sous-marin. Les Esquimaux sont des sauvages de trop de sens pour construire leur demeure sur un terrain aussi peu stable que la surface glacée de l'océan.

Hubert bondit sur les blocs branlants qui dominaient le bateau enlisé et pénétra le premier dans l'intérieur. Un spectacle navrant l'y attendait.

Isabelle, aussi pâle qu'une trépassée, était agenouillée auprès d'une créature humaine dont l'apparence était celle d'un cadavre. De temps à autre, elle versait sur les lèvres serrées et bleuies du malheureux quelques gouttes d'eau-de-vie, contrainte d'écarter elle-même les lèvres et de desserrer les dents du moribond.

« Hubert, dit-elle rapidement, celui-ci est mon père. Il vit encore. Ses deux compagnons sont morts. Vous retrouverez leurs corps à côté, près de la machine. C'est le froid qui les a tués. Ils n'avaient plus de combustible, et leurs provisions étaient gelées. »

Le docteur Servant s'était empressé auprès de M. de Kéralio.

« Capitaine, dit-il, il est urgent que l'un de nous se détache pour aller chercher du renfort. Nous ne pouvons laisser ici Mlle Isabelle et son père, et cette température est absolument insoutenable. »

D'Ermont hésitait. Il objecta que sa présence pouvait être utile sur les lieux.

Ce fut encore Guerbraz qui eut l'illumination de génie nécessaire à cette situation critique.

« Il y a le chien », dit-il.

Tous comprirent.

Tirant son carnet, Hubert y traça d'une main gourde l'appel suivant au lieutenant Pol :

« Envoyez trois hommes avec des vivres et l'un des tubes d'hydrogène. Suivez le chien. Il vous conduira. »

Il détacha la feuille du carnet et la fixa au collier de la bête.

Il ne restait plus qu'à expédier Salvator vers le campement.

Qui ferait comprendre au vaillant animal le service que l'on attendait de lui ?

Isabelle se chargea de ce soin. Elle comptait, à juste titre, sur la merveilleuse intelligence de Salvator, bien supérieure à celle de ses congénères. Sortant donc du sous-marin enlisé, elle remonta jusqu'au seuil du hummock factice, caressa le brave terre-neuve sur la tête, et, lui montrant l'horizon du sud-ouest perdu sous les lignes blanches des flocons qui ne s'interrompaient plus, elle lui dit simplement : « Va, bon chien ! »

Salvator fit entendre un jappement joyeux, attacha sur sa maîtresse un doux et fier regard, et partit comme une flèche.

CHAPITRE XIII

ON AVAIT DÛ PROCÉDER AUX FUNÉRAILLES DES DEUX MATELOTS.

XIII

SOUS LES FLOTS

Ce fut à grand'peine que l'on put rappeler le mourant à la vie.

Mais la robuste constitution de M. de Kéralio, la science du docteur Servant, les soins assidus et bien dirigés d'Isabelle, furent plus forts que le mal. Dès le troisième jour, le malade put se soulever. On lui fit prendre de la nourriture par quantité rigoureusement dosée, car rien n'est plus funeste que les indigestions succédant à de longues inanitions.

Déjà on avait dû procéder aux funérailles des deux pauvres matelots.

Rien n'avait été lugubre comme cet ensevelissement. La journée qui l'éclaira était grise et morne ; le froid ne cessait

de se manifester à d'effrayants niveaux. Et loin du sol de la
patrie, loin de leurs parents, de leurs proches, de leurs amis,
les deux infortunés Bretons, car ils étaient de Bretagne tous
les deux, ne trouvaient pas même une place pour leur sépulture.

Il fallut donc procéder à ce dernier acte conformément à
ce que le lieu et les circonstances accordaient de liberté. Le
bras herculéen de Guerbraz tailla dans la glace du pack une
fosse de quatre pieds à peine de profondeur. En la creusant,
le vaillant marin pleurait et les larmes se congelaient en
lourdes perles dans sa barbe et sur ses joues. Quelques-
unes même mirent de petits cristaux ternes sur le manche du
pic qu'il brandissait.

Ces deux hommes étaient les deux premiers membres de
l'expédition qui mouraient. Le deuil fut profond dans la petite
troupe, et une sorte de découragement y pénétra.

Enfin M. de Kéralio eut assez de force pour parler, et put
raconter sa douloureuse odyssée.

Mais auparavant on avait entendu de la bouche même
d'Isabelle le récit de sa fuite si heureusement inspirée, et
comment, guidée par l'amour filial, la jeune fille avait pu
découvrir son père dans l'amoncellement sinistre du hummock.

Mlle de Kéralio fut brève dans sa narration.

Dès qu'elle avait lu la missive contenue dans la bouteille
abandonnée, et qu'un hasard avait fait émerger si heureusement au-dessus de la plaine glacée, Isabelle, n'écoutant que
son affection débordante, avait couru vers le nord-est, mue
par un secret pressentiment. Elle avait devancé ses compagnons et s'était jetée résolument dans la partie de l'icefield
dont les exhaussements et les monticules indiquaient qu'elle

avait subi le plus rude assaut de la tourmente. Un instinct l'avertissait que c'était là, et point ailleurs, qu'elle retrouverait les malheureux disparus.

Elle ne s'était pas trompée. Avec une puissance extraordinaire d'observation, avec une sûreté de jugement où la sagacité naturelle de la femme s'aidait de toutes les ressources d'une assez longue expérience, Mlle de Kéralio avait bien vite appris à distinguer les hummocks entre eux, et, par la diversité de leurs apparences, ceux dont la masse révélait des cavités profondes.

Ce fut ainsi qu'elle fut amenée devant le monticule qui recouvrait le bateau sous-marin, et que, surprise d'abord, elle voulut étudier de plus près les formes et les dimensions anormales de cet édifice de la nature.

Déjà Salvator l'avait rejointe et la suivait en bondissant.

Tout à coup le chien, arrivé au pied du hummock, fit entendre un sourd grondement, bientôt suivi d'une longue clameur qui fit frissonner la jeune fille. Fatiguée de sa course, n'ayant pas pris de nourriture depuis douze heures, elle était nerveuse et impressionnable à l'excès.

Mais à cette espèce de terreur superstitieuse succéda promptement une recrudescence d'énergie.

« Va, bon chien, cherche, fouille ! » commanda-t-elle en caressant Salvator.

Le terre-neuve bondit, en aboyant furieusement, contre les murs du hummock ; il en fit le tour en courant et multipliant ses signes d'irritation contre l'obstacle.

Finalement, il s'arrêta à l'un des angles du monticule et se mit à gratter la neige avec rage.

Aussi impatiente que l'animal, comprenant que quelque

chose d'insolite s'accomplissait derrière ce rempart de glaçons, et d'ailleurs confirmée dans le soupçon qu'elle avait
précédemment conçu d'une cavité existant sous le hummock,
la jeune fille en tenta l'escalade et y parvint sans trop de difficultés.

Alors s'accomplit ce qui pouvait être une catastrophe
malheureuse et qui ne fut, par bonheur, que la cause occa-
sionnelle du salut de M. de Kéralio.

La glace, très mince, céda sous le poids d'Isabelle, et celle-
ci s'enfonça à travers un véritable tube de neige dont le
niveau inférieur touchait le capot demeuré ouvert du sous-
marin.

Ce fut là que la pauvre enfant découvrit son père inanimé
et, plus loin, les cadavres des deux matelots. Son désespoir
fut immense.

Mais comme c'était une femme pleine d'énergie, elle commença par faire tous ses efforts pour conserver à son père le
peu de souffle qui lui restait. Par miracle, elle avait sur elle
le petit barillet d'eau-de-vie que prescrivait le règlement des
médecins. Elle en fit usage sur-le-champ pour humecter
le front, les lèvres et la poitrine du malheureux évanoui,
pour réchauffer ses membres inertes et glacés.

Ce fut ainsi que la retrouva Hubert d'Ermont lorsqu'il eut
découvert Salvator acharné à creuser un passage dans la glace.
Car, tandis que la jeune fille, au péril de sa propre existence,
se dévouait auprès de son père, le froid impitoyable refermait
peu à peu le passage au-dessus d'elle et allait l'ensevelir avec
les pauvres oubliés.

Tout ce qui s'accomplit à la suite se passa à travers les
variations les plus étranges de la température. La tourmente

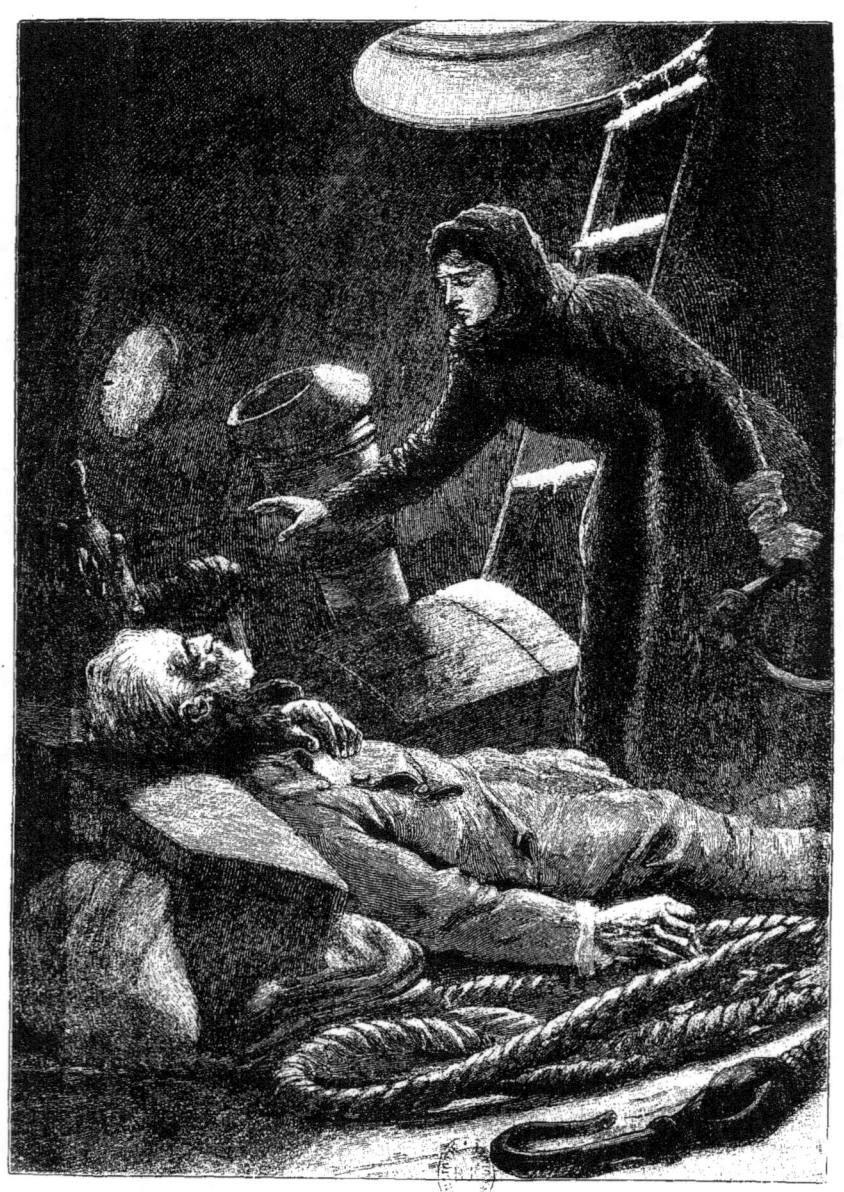

LA PAUVRE ENFANT DÉCOUVRIT SON PÈRE INANIMÉ.

de neige dont on avait redouté la violence ne dura pas, fort heureusement, et l'on atteignit ainsi le 1ᵉʳ septembre.

Il fallut alors tenir conseil. La saison était si avancée que toute tentative pour aller au delà paraissait devoir être abandonnée. Mais avec la santé, l'énergie et la volonté revenaient à M. de Kéralio. Il raconta à son tour toute l'histoire de son aventure.

« Oui, dit-il, j'ai vu le pôle. Il s'en est fallu de peu que j'y parvinsse. Cette muraille de glace qui se dresse devant nous n'est pas de la même composition que les blocs paléocrystiques sur lesquels nous reposons en ce moment. Elle n'a point de contact avec la mer.

— En effet, se récria d'Ermont, M. Pol et moi, nous avons pu le constater d'une manière précise. Elle repose sur une console de roches épaisses et dures, dont le pied plonge à des profondeurs énormes de l'océan. Toutefois rien n'autorise à croire qu'il n'existe point de failles, de fissures dans ce soubassement, quelque chose comme des tunnels, des passages sous-marins.

— Ces passages existent, mon cher enfant, et je ne puis mieux vous l'affirmer qu'en vous répétant ce que j'ai écrit dans le document que vous a livré ma bouteille. Ils existent. Nous y sommes passés. Mais parvenus de l'autre côté de cette ceinture granitique, nous avons été repoussés par une force invincible, par une sorte de remous prodigieux qui nous a rejetés en dehors de la périphérie, et n'eût été l'obligation de revenir en arrière, nous aurions tout tenté pour vaincre cette force centrifuge.

— L'obligation, dites-vous ? questionna Isabelle.

— La nécessité, absolue, implacable. Et, précisément, vous

17

touchez là le point sensible, le point douloureux de mon rapport. Je suis obligé de soupçonner quelqu'un, de formuler une accusation, d'autant plus grave qu'elle exige une pénalité. Si mes deux matelots sont morts, si j'ai failli mourir moi-même, c'est parce que le combustible nous a brusquement fait défaut.

— Le combustible ? interrogea vivement Hubert. Mais n'aviez-vous pas emporté plusieurs tubes d'hydrogène liquéfié ? N'en aviez-vous pas pris une quantité suffisante ?

— Au contraire. La quantité eût largement suffi, puisque nous emportions dix tubes, représentant ensemble environ huit cent mille litres de gaz. La manœuvre du sous-marin n'en exigeait pas plus de la moitié. Jugez de ma stupeur et de mon désespoir lorsque je constatai, hélas ! que sur les dix tubes, cinq étaient vides !

— Vides ! s'écrièrent tous les auditeurs à la fois surpris et indignés.

— Vides, reprit le père d'Isabelle, ou plutôt vidés par la malveillance. L'écrou à volant avait été dévissé, et depuis longtemps les capillarités ne contenaient plus un atome de gaz. Le crime — car c'est là un véritable crime — a dû être commis soit à bord, soit pendant notre hivernage au cap Ritter. Je n'ose prononcer aucun nom. Il en est un, cependant, qui me vient spontanément aux lèvres.

— Hermann Schnecker ! s'écria Hubert presque avec violence. Quand je le disais !

— N'accusez encore personne, mon cher Hubert, interrompit gravement M. de Kéralio. Le temps nous débrouillera ce tissu de scélératesses. Nous ferons une enquête sérieuse. »

Alors il raconta toutes les péripéties de cette émouvante

campagne : le retour après l'échec du bateau sous-marin, en
face de la force centrifuge qui le chassait des abords du Pôle.
l'échouage, puis le traînage sur la glace du pack, deux journées mortelles d'une tempête sans exemple qui avait brisé
la croûte de glace comme l'on brise la coque d'un œuf vide, la
course désespérée des malheureux transis et affamés à travers
mille obstacles, à la recherche du frêle esquif qui contenait
toutes leurs espérances ; puis le sous-marin retrouvé, sous un
amoncellement de neige, la réintégration des trois hommes
mourants dans cet étui de tôle absolument congelé, et presque
plus froid que l'air extérieur. Les deux matelots n'y rentrèrent
que pour mourir, le même jour, à quatre heures d'intervalle.
Enfin, M. de Kéralio, atteint lui-même, tomba à son tour, et
eût infailliblement péri sans l'intervention miraculeuse de
sa fille.

Ce récit avait fait une profonde impression sur tout l'auditoire.

L'émotion fut à son comble lorsque le père d'Isabelle, revenant à son idée fixe, ajouta :

« Mais si l'absence d'hydrogène m'a empêché de réaliser
mon projet, aujourd'hui cet empêchement n'existe plus.
Vous êtes abondamment pourvus de ce gaz bienfaisant.
Déblayons notre sous-marin, tirons-le de sa prison de glace,
et je recommencerai l'entreprise. Il ne sera pas dit que j'aurai
échoué au port. »

Hubert d'Ermont intervint derechef et fit connaître toute
sa pensée.

« Mon oncle, dit-il, il est dans mes projets en effet de
mener à bien ce dernier acte de notre expédition. Mais, vous
devez le comprendre, nous ne pouvons vous soumettre à nos

fatigues et à nos travaux, après la dure expérience que vous venez d'en faire. D'ailleurs M. Servant, ici présent, vous donnera les conseils dictés par la science et par son amitié. Le sous-marin peut recevoir cinq hommes à son bord. Nous ne serons que trois pour mener à bonne fin l'entreprise : Guerbraz, moi et un troisième que nous choisirons. »

Une voix s'éleva, vibrante et sonore, la voix d'Isabelle.

« Le troisième, ou plutôt la troisième, ce sera moi. Puisque l'état de santé de mon père ne lui permet pas de prendre la part qu'il s'était réservée de la découverte, moi sa fille, j'occuperai cette place, et j'ose croire que je ne vous serai point inutile. »

On essaya vainement de dissuader Isabelle ; M. de Kéralio s'y employa plus que personne. On ne parvint point à la convaincre, à ébranler son enthousiasme.

Alors, comme le temps pressait, comme il fallait profiter des derniers jours de l'été, on décida de ne point différer davantage l'expédition. Tout fut considéré, supputé, pesé avec soin. Huit jours au plus devaient suffire aux aventureux explorateurs pour atteindre l'axe du monde et en revenir. M. de Kéralio, quelque désir qu'il en eût, se rendit aux sages avis du docteur Servant ; il fut convenu qu'il demeurerait sous la tente, en attendant le retour du bateau sous-marin, ou que, guidé par une escouade de marins, il regagnerait l'abri de l'*Étoile Polaire*, encore en station d'hivernage à l'île Courbet. Il s'arrêta au premier de ces deux partis, non sans laisser échapper des soupirs de regret.

Toutes choses ainsi réglées, on dégagea le sous-marin de sa gangue de glace. On en visita avec soin toutes les parties, de l'étrave à l'étambot, de la quille à la coque. On inspecta les carlingues, les cloisons, l'arbre de couche, l'hélice, les machines ; on fit jouer tous les ressorts de cette merveilleuse charpente en tôle d'aluminium ; on vérifia l'état des œuvres vives, du magasin, des fers en T, des plus infimes rivets.

Puis on procéda à l'armement, à l'aménagement de la cargaison ; on emporta pour quinze jours de vivres.

Le 2 septembre, tout était paré. On traîna le sous-marin jusqu'au bord de la mer, et on le laissa flotter tout un jour encore avec une triple charge dans ses flancs.

Enfin, le 3 septembre, l'épreuve de la résistance étant faite, Isabelle, Hubert d'Ermont et Guerbraz s'embarquèrent, après avoir échangé avec leurs amis de chaudes poignées de main.

Le sous-marin portait un nom qui n'éveillait que des espérances. On l'avait baptisé *Grâce de Dieu*.

C'était vraiment un bateau perfectionné et qu'une première expérience venait de consacrer.

Trois hommes suffisaient à sa manœuvre.

Il se composait essentiellement de cinq parties : la machine au centre ; à l'avant, un tube lance-torpilles, destiné à ouvrir la voie dans le cas d'obstacle impénétrable, et le poste des matelots possédant deux couchettes ; à l'arrière, la chambre de l'officier, précédée d'un réduit attenant à la machine elle-même. Hubert abandonna la chambre à sa cousine et se contenta du réduit.

Au-dessous et sur les côtés du bateau, deux ampoules de vastes dimensions s'emplissaient et se vidaient proportionnellement aux profondeurs que l'on voulait atteindre. Au-dessus, située à la hauteur de la chambre d'arrière, une caisse à air fournissait aux besoins de la respiration, et Hubert, par mesure de précaution, y avait installé six tubes d'oxygène liquéfié par les procédés déjà connus.

Mais la merveille, dans ce mécanisme ingénieux, était l'application qu'avait su faire M. de Kéralio en personne d'un moteur à gaz, avec la collaboration entendue et sagace des frères d'Ermont.

Il était disposé de la manière suivante :

L'hydrogène, au sortir du tube d'acier, se déversait en une première chambre de dilatation, destinée à en amortir la violence, puis était introduit dans le cylindre moteur contenant le piston, par le jeu alternatif d'un tiroir. Mélangé à son passage à une certaine quantité d'air, le gaz était traversé par l'étincelle d'une bobine Ruhmkorff. Sous cette influence, la combinaison de l'hydrogène avec l'oxygène ambiant donnait naissance à de l'eau, reçue par un déversoir et refoulée au dehors par une pompe d'une grande puissance, tandis que la dilatation du reste du mélange, agissant successivement sur les deux faces du piston, produisait le va-et-vient de celui-ci. A chaque terme de sa course, le gaz s'échappait par des orifices externes, cheminées percées de conduits capillaires inaccessibles à l'invasion de l'eau. Le mécanisme de la distribution consistait donc dans l'oscillation des tiroirs, ouvrant et fermant à tour de rôle les orifices du cylindre, et dans l'ouverture alternative de circuits faisant passer l'étincelle électrique dans les appareils inflammateurs.

C'était donc là le dernier mot, en quelque sorte, de la navigation sous-marine, et les voyageurs avaient entre leurs mains le plus puissant des agents, sous la forme de tubes qui contenaient l'hydrogène liquéfié ou solidifié.

Avant de descendre, Hubert avait vérifié ces tubes et avait pu constater avec joie qu'aucun d'eux n'avait subi l'attentat dont M. de Kéralio avait si formellement indiqué la nature.

L'heure choisie pour le départ était celle de midi. Au moment précis, les récipients d'eau du sous-marin s'emplirent avec leur glouglou révélateur, et le bateau s'enfonça progressivement sous les flots.

Si limpides étaient les couches de la mer polaire, que, pendant plus de cinq minutes, les spectateurs de la scène purent suivre la *Grâce de Dieu* dans sa descente sous le niveau de l'océan.

Parvenu sans encombre à cinq cents mètres de profondeur, le bateau remonta immédiatement à la surface. On pouvait traverser au grand jour et au grand air toute la zone de l'océan faisant ceinture au Pôle, et il était inutile de dépenser en pure perte le précieux gaz avant d'avoir atteint la corniche de granit supportant la banquise.

Le sous-marin, pourvu d'une vitesse de douze nœuds, n'usa donc pendant cette traversée de trois heures que de ses voiles de fortune et de ses longs avirons. Arrivé au bord même de la roche, après l'avoir soigneusement étudiée dans toutes les directions, Hubert décida de remonter de quelques secondes dans l'est. La nature des assises du sol lui semblait établir en effet que dans cette direction, il trouverait plus aisément les conduits souterrains dont M. de Kéralio lui avait révélé la présence.

A deux heures et demie, la *Grâce de Dieu* s'immergea de nouveau.

Elle le fit prudemment, lentement, sans cesser d'observer la muraille qui lui barrait la route du Pôle.

Grâce aux projections électriques que l'on emportait, on put fouiller les moindres coins de ces assises du globe.

A 80 brasses, le rempart sembla se déchirer. Le sous-marin se trouva en présence d'une voûte se creusant en tunnel sous la masse rocheuse. Le peu de lumière qui venait d'en haut permit d'en distinguer les arêtes, mais le faisceau des rayons voltaïques eut promptement révélé aux hardis voyageurs l'existence d'une sorte de couloir prodigieux. Instruit par M. de Kéralio de la structure de ces récifs géants, Hubert d'Ermont ne douta point un instant qu'il ne fût en face d'un de ces passages fabuleux par lesquels le père d'Isabelle avait déjà trouvé son chemin vers le nord.

Il laissa donc le bateau descendre d'une dizaine de mètres plus bas. Il eut raison. Ce qu'il avait aperçu n'était que la clef de voûte du conduit souterrain. Au-dessous, la faille s'élargissait prodigieusement. Ce qui n'était qu'une fissure à 80 brasses de la surface de la mer, devenait coupole ou dôme à 150 mètres du niveau. Et l'œil émerveillé des voyageurs fixé aux hublots du véhicule sous-marin ne se lassait pas de contempler et d'admirer les féeries du tableau qui se développait sous leurs yeux. Car c'était un véritable palais de fées qu'ils traversaient.

A droite, à gauche, en d'énormes profondeurs, tapissées d'ombres denses, la voûte se creusait en salles successives, soutenues par des piliers géants. Çà et là, de fantastiques architectures se révélaient. Ici c'étaient des flèches ; là, des frontons ; plus loin on apercevait des édifices étranges, au sein desquels des formes inconnues paraissaient se mouvoir.

Parfois, au milieu de ces nuits mystérieuses, un éclair

jaillissait, bleu ou violet, jaune ou couleur d'opale, et sou-
dainement la mer éclairée se laissait voir à d'incommensu-
rables profondeurs.

« Voyez-vous, Isabelle, dit tout à coup Hubert, je trouve
ici l'explication des aurores boréales si nombreuses dans les
régions glacées. Il est manifeste pour moi, en ce moment,
que les deux Pôles sont d'immenses condensateurs de fluides,
et que les illuminations merveilleuses de ces eaux doivent
projeter dans le ciel ces clartés étranges qui nous ont tant
de fois stupéfiés d'admiration pendant notre hivernage de
l'an passé.

— Vous devez avoir raison, Hubert, répondit la jeune
fille. Mais, selon vous, quelle serait la cause de ce phénomène?

— Je la cherche, fit le jeune homme, et ne la trouve pas. A
moins que, pour expliquer ces effluences lumineuses en même
temps que la force centrifuge qui repoussa votre père, nous
n'admettions l'existence au Pôle d'un foyer extraordinairement
actif de mouvement, quelque chose comme une cataracte géante
déplaçant des milliards de mètres cubes d'eau.

— Et une telle cause suffirait à expliquer tout ce que nous
voyons?

— Sans doute, puisque la chaleur, la lumière, l'électricité ne sont que des modes d'un même principe, le mouvement. »

Ils furent interrompus à ce point de la conversation par
un cri de Guerbraz.

Le matelot, qui se tenait à l'avant, l'œil appliqué aux
lentilles de verre, attentif à surveiller la route, venait de jeter
cette exclamation :

« Commandant, nous remontons, je crois ; voyez donc ! »

Hubert s'élança au panneau supérieur et découvrit le second rang de lentilles. Un flot de jour inonda l'intérieur du bateau.

Et dans cette expansion soudaine de clarté, les lampes à incandescence parurent jaunir et se rouiller.

Le jeune officier, frappé de stupeur, courut au manomètre indiquant la pression.

« Mais non, dit-il. Nous ne remontons pas. »

Mue par un même sentiment de curiosité, Isabelle décoiffa tous les hublots supplémentaires. Un triple cri d'admiration s'éleva dans le sous-marin.

« Nous flottons en pleine lumière ! » prononça l'enthousiaste jeune fille.

Elle disait vrai.

C'était un éblouissement.

Si l'on n'avait eu comme points de repère les murailles et les colonnes qui soutenaient ce merveilleux édifice, on aurait pu se croire transportés en plein ciel, dans le rayonnement même du soleil.

A cent mètres au-dessus de leurs têtes, les voyageurs apercevaient la voûte, pareille à une toiture de cristal. Les parois et les colonnes se revêtaient de prismes étincelants. Saphirs, émeraudes, améthystes, les décoraient, sertissant par plaques des ruissellements de diamants. Dans les fonds, on voyait tomber des cascades de pierres précieuses, étranges. L'eau, devenue invisible, avait cédé la place à une atmosphère de clartés.

« Mon Dieu ! mon Dieu ! prononça Isabelle en adressant une prière au Créateur, que vos œuvres sont belles ! »

La température, dans cette onde, était d'une tiédeur printanière. Les voyageurs, dans leurs costumes polaires, avaient
trop chaud. Ils se dépouillèrent de tout ce qui leur parut trop
pesant.

« Où sommes-nous donc? » questionna Hubert, pris d'une
vague inquiétude.

Comme pour lui donner la réponse, brusquement l'illumination s'éteignit. Tout rentra dans de denses ténèbres.

En même temps un choc rude fit gémir toute la membrure
du sous-marin. La *Grâce de Dieu* s'arrêta sur-le-champ.

CHAPITRE XIV.

LE TORPILLEUR REPRIT SON ALLURE.

XIV

AU PÔLE

Il y eut un moment d'indicible stupeur parmi les voyageurs.

La violence de la commotion avait tout ébranlé. Isabelle avait perdu l'équilibre, et, sans le secours des bras d'Hubert, elle se fût infailliblement brisé le crâne aux poutrelles métalliques du sous-marin.

Mais cette obscurité soudaine n'eut que la durée d'un éclair. Instantanément la clarté reparut et Hubert eut d'intuition le secret de l'accident qui venait de se produire.

Dans cet océan souterrain, saturé de fluide, certaines parties de la voûte, des piliers et des murailles, jouaient le rôle de véritables accumulateurs. Il était arrivé qu'en se rapprochant outre mesure des roches, l'infime bateau avait provoqué une

décharge électrique assez violente pour déterminer l'extinction
immédiate de tous les foyers lumineux. Mais l'extrême péné-
trabilité du milieu avait préservé le bateau de la destruction.

Par malheur, la secousse avait entraîné la rupture d'une
partie du prodigieux édifice. Le chemin était obstrué devant la
Grâce de Dieu, acculée au fond d'une impasse.

Il fallait sortir de là.

En face de lui, le bateau voyait surgir une véritable cloison
de blocs énormes que ne pouvait déplacer l'effort d'une
machine, mais qu'un puissant explosif pouvait rejeter hors de
de la voie.

Isabelle, avant ses compagnons, comprit ce qu'il fallait
faire.

« C'est le moment de placer une torpille, dit-elle.

— J'y songeais, répliqua Hubert. Mais je me demande s'il
est prudent de recourir à ce moyen extrême.

— Que craignez-vous donc? Avez-vous peur de faire
écrouler la voûte?

— Ce serait un petit malheur et un danger de peu d'importance. Non. Ce que je redoute, c'est le remous énorme que
cette réaction va produire dans un espace assez restreint, à ce
que je puis juger, et dont j'ignore les dimensions exactes. Si
nous allions être rejetés sur les parois du fond?

— Préférez-vous demeurer ensevelis dans ce linceul liquide?

— Non, répondit d'Ermont, et comme nous n'avons pas le
choix, il faut bien recourir au seul moyen qui nous reste pour
déblayer le chemin. »

Le torpilleur fit machine en arrière pendant une longueur
de 300 mètres. La cavité se prolongeait beaucoup plus avant
sous la voûte. La partie de la grotte sous-marine dans laquelle

se trouvaient les voyageurs, était une véritable niche, dont il était impossible, à première inspection, de calculer les dimensions. Mais, dès à présent, Hubert était rassuré. Il suffirait de faire reculer le sous-marin en même temps que progresserait la torpille, pour mettre le bateau à l'abri du brusque déplacement des couches d'eau.

La manœuvre ne fut pas longue à exécuter. La torpille fut lancée par le tube de l'avant en même temps que le sous-marin s'ébranlait en sens contraire. Elle fila tout droit jusqu'au mur de roches éboulées et, s'y arrêtant, fit explosion.

L'eau, violemment refoulée, vint battre le fond de la grotte. Elle enveloppa de ses plis le torpilleur, qu'elle secoua comme peut le faire une houle très rude. Mais ce choc ne pouvait être redoutable que si le remous eût emporté le fragile esquif jusqu'aux parois de cette ample caverne. Il n'en fut rien heureusement, et, la *Grâce de Dieu* revenant sur ses pas, d'Ermont put constater qu'une large trouée s'était faite.

Résolument il se donna le maximum de vitesse qu'il pouvait atteindre, et, veillant désormais à ne se point trop rapprocher des murailles du prodigieux tunnel, il tint sa route toute droite au milieu de ces eaux profondes.

Cependant il fallait sortir de là. En consultant les divers chronomètres embarqués, on constata qu'il y avait dix-huit heures qu'on avait quitté le champ de glace, dix que l'on était immergé. Malgré toutes les précautions prises et l'oxygène déversé par les tubes, l'atmosphère s'était considérablement alourdie dans l'intérieur du bateau. L'acide carbonique, selon son habitude, se déposait au bas des réduits, et Hubert fut promptement renseigné à ce sujet; car Guerbraz s'étant agenouillé pour chercher un objet quelconque sous la banquette qui lui servait de couche, éprouva soudain une syncope. Il ne se fût pas relevé si d'Ermont, comprenant la cause de cette défaillance, ne se fût empressé de le redresser sur-le-champ.

Il profita de l'incident pour prévenir le matelot et Isabelle du danger qu'ils couraient en se baissant. Mais, en même temps, il les avertit qu'il devenait urgent de sortir au plus tôt de ce passage souterrain, si l'on ne voulait pas épuiser la provision d'oxygène et entamer celle du retour.

En conséquence, il enjoignit à Isabelle de prendre du repos. Il prescrivit la même chose à Guerbraz, se promettant de donner six heures de sommeil à la jeune femme, quatre au matelot. Il avait quelques raisons d'espérer que ce délai serait suffisant pour permettre au torpilleur d'achever le parcours de ce terrible conduit souterrain.

La marche du bateau avait dû être réglée avec la plus extrême prudence, et sa vitesse ne dépassait pas huit nœuds. On n'avait donc parcouru, depuis l'immersion, qu'une soixantaine de kilomètres, en tenant compte de tous les détours, de tous les crochets, de tous les tâtonnements de la route.

Quand ses deux compagnons se furent jetés, épuisés de fatigue, sur leurs étroites couchettes, Hubert, demeuré seul gardien et manœuvrier du sous-marin, vit sa besogne triplée.

Jusque-là, en effet, Guerbraz avait servi de vigie, et Mlle de Kéralio n'avait cessé de s'employer à l'observation du compas et des montres. D'Ermont dut suppléer à l'absence de tous deux.

Par mesure de précaution, il plaça sur le plancher de fer du bateau, à des hauteurs progressives, des bougies allumées. Elles devaient, en s'éteignant successivement, lui indiquer l'élévation et l'accroissement de la couche d'acide carbonique.

Toutes les choses ainsi réglées et assurées, le lieutenant de vaisseau jeta un regard d'affectueuse sollicitude sur le brave Guerbraz, son hardi compagnon d'aventure, et sur cette jeune et belle créature, destinée à devenir son épouse lorsqu'ils auraient mené à bonne fin leur périlleuse expédition, puis il vint se placer au centre même du torpilleur et en accéléra la vitesse.

Le torpilleur reprit l'allure de quatorze nœuds.

Cependant d'Ermont n'était pas rassuré. Depuis qu'il se trouvait seul, n'ayant plus à composer son visage, à masquer ses inquiétudes, son front était devenu soucieux. M. de Kéralio lui avait parlé, sans doute, de ce voyage souterrain, mais il ne lui en avait pas fait prévoir la durée. Or l'officier de marine trouvait maintenant que cette durée se prolongeait outre mesure.

Cette immersion continue sous les flots l'effrayait; un malaise profond le gagnait.

Il lui semblait que cette voûte se faisait écrasante au-dessus de sa tête.

Un instant il pensa que ce n'était là qu'un effet de la contrainte morale imposée par l'invraisemblable situation où il se trouvait. Il dut bientôt reconnaître qu'une cause toute physique y ajoutait un péril plus grave.

L'atmosphère se viciait de plus en plus. Les couches basses, sous la pression de l'air respirable, dégageaient lentement de l'oxyde de carbone. Le gaz carbonique élevait ses couches. Elles montaient à présent à un pied au-dessus du niveau du plancher. Deux des bougies allumées tout à l'heure s'étaient éteintes.

Alentour, la mer demeurait lumineuse, absolument saturée d'effluences électriques. Le bateau traversait une aurore boréale permanente et... liquide.

Hubert regarda anxieusement à l'avant. Il crut observer une dégradation inexplicable de teintes. Il projeta une quantité plus grande d'hydrogène dans le moteur. La vitesse atteignit seize nœuds.

Mais alors il se produisit un phénomène singulier.

L'officier, les yeux fixés sur le compas, dont l'aiguille renversée indiquait le nord *a contrario*, s'aperçut, avec stupeur et épouvante, que la *Grâce de Dieu* dérivait sous un angle de 45 degrés.

Au moment même où il faisait cette constatation, brusquement le foyer sous-marin perdit son éclat.

Quelques minutes ne s'étaient pas écoulées qu'une obscurité complète enveloppait de nouveau les voyageurs.

Hubert ramena les lampes et en projeta les faisceaux lumineux au dehors.

Partout ils n'éclairèrent que les couches liquides. Aucune paroi, aucune colonne de basalte ne se montrait.

« Serions-nous sortis du tunnel? » se demanda d'Ermont.

Pour s'en assurer il n'y avait qu'un moyen, remonter le plus tôt possible à la surface.

C'est ce que fit le lieutenant de vaisseau.

Mais, pour remonter, il fallait vider les récipients d'eau. Il réveilla donc Guerbraz, dont le secours lui était indispensable, et, à deux, ils filèrent les chaînes qui laissaient retomber le fond mobile des caissons de surcharge.

Ils n'eurent pas longtemps à attendre le résultat.

Le bateau, soulagé, s'éleva avec une rapidité analogue à celle des bulles de gaz qui se dégagent des profondeurs liquides et viennent crever sur la nappe, au contact de l'air.

En même temps, la mer reprenait son illumination interne. L'immense foyer électrique que contenaient ses profondeurs dispersait dans toutes les directions ses rayons d'un blanc violacé.

Mais, dès que le sous-marin eut atteint l'air extérieur, dès qu'Hubert, avec un hymne d'allégresse, eut dégagé le capot et laissé libre accès à l'atmosphère pure qui vint nettoyer les chambres et les réduits saturés d'acide carbonique, d'Ermont eut l'explication des phénomènes qui l'avaient effrayé naguère, de ce mouvement de déviation qu'il n'avait pu comprendre.

On était de l'autre côté de la barrière de glaces accumulées sur la ceinture rocheuse du Pôle. La mer sur laquelle on flottait, entièrement libre en ce moment, était d'une blancheur laiteuse. Une agitation l'animait, tandis qu'un bruit sourd, ininterrompu, frappait l'ouïe des voyageurs.

Au-dessus d'eux un ciel d'un azur pâle, mais limpide, se creusait à une profondeur sans bornes. Malgré le jour, on y apercevait les étoiles.

En interrogeant mieux l'horizon, les deux hommes s'aperçurent que ce ciel bleu formait une tache circulaire, au bord de laquelle les nuées mornes et grises reprenaient leur empire, indiquant que, par delà la ceinture des glaces paléo-crystiques, le froid recouvrait ses droits.

Le sous-marin dérivait toujours. L'angle, de 4 degrés tout à l'heure, en avait maintenant 60, preuve que le bateau ne marchait plus droit sur le Pôle, mais tournait selon une tangente à un dernier cercle polaire dont on ne pouvait encore apprécier l'étendue.

Comme un éclair, la vérité éblouit d'Ermont, vérité qu'il n'aurait osé présumer.

« La rotation de la terre! » dit-il à demi-voix, tandis que Guerbraz le regardait sans comprendre.

Et aussitôt le jeune officier donna au matelot quelques indications précises.

Au lieu d'entrer en lutte directe, impossible d'ailleurs, avec l'énorme force centrifuge qui mouvait les flots dans le sens même du pivotement du globe autour de son axe, le sous-marin attaqua obliquement les remous concentriques. Hubert était certain désormais de n'avoir point à redouter l'attraction d'un vortex aspirant, puisque, contrairement au Maelström qui dévore les navires, l'entonnoir dont le lieutenant de vaisseau devinait maintenant la présence chassait du centre à la périphérie les corps ballottés par les eaux.

Il y avait plus de six heures que Mlle de Kéralio reposait. Hubert estima que ce repos pouvait suffire à la jeune fille, et, ne voulant pas la priver plus longtemps de la magie d'un tel spectacle, en prévision, d'ailleurs, d'événements inattendus et soudains, il se décida à l'éveiller.

Ce fut une exclamation de joie qui s'échappa des lèvres de la jeune fille.

Ainsi le problème objet de leurs investigations et de leurs recherches avait reçu sa solution pendant son sommeil. Endormie au fond des eaux, elle ouvrait les yeux au grand jour. Sa poitrine respirait l'air libre et pur. Et le Pôle était là, tout près d'eux, à quelques kilomètres au plus du cercle de leur rotation.

« Y allons-nous? demanda-t-elle sans autre préambule à son fiancé.

LE JEUNE OFFICIER DONNA AU MATELOT QUELQUES INDICATIONS.

— Oui, répondit d'Ermont en riant, nous y allons. »

Et de son bras étendu il montrait à l'horizon, à quelques milliers de brasses, une ligne toute blanche, au-dessus de laquelle planait une nuée formant couronne ou anneau.

Le bateau sous-marin sautait, en quelque sorte, d'un cercle à l'autre.

Il allait, gagnant mètre par mètre, se rapprochant, par un louvoiement continu, de l'arête de l'entonnoir.

Soudain une clameur s'éleva, âpre, sauvage. En même temps, la brume de tout à l'heure, se déchirant, laissa voir le centre mystérieux de l'abîme.

Ce fut un merveilleux coup d'œil, un spectacle tel que l'œil humain ne peut en voir de semblable.

Le centre du Pôle était une terre.

Mais quelle terre et quel centre ! Le Paradis, enlevé au premier homme, se retrouvait là.

Ah oui ! ce spectacle était unique. Tout à l'entour de cette terre centrale, la mer se dressait en un bourrelet gigantesque, haut de vingt mètres, et dont la pente, homogène du côté du Pôle, ressemblait à une moitié de coteau qui eût été en cristal. Au sommet de ce bourrelet liquide, une frange d'écume bondissait en neige éblouissante et lançait au ciel des paquets d'embruns.

Le sous-marin, accélérant ses mouvements, atteignit enfin cette crête, et les voyageurs, émerveillés, purent s'emplir les prunelles de ce tableau d'une incomparable beauté.

Ils voyageaient en pleine région du songe; ils pouvaient se croire entrés dans quelque monde surnaturel.

Au-dessous d'eux, la terre polaire, vêtue d'une verdure éclatante, donnait l'impression d'une émeraude vivante. Des

arbustes nains, mais admirablement pourvus de feuillage, y
déployaient toutes les séductions d'une flore inconnue sur toute
autre partie du globe. A la douceur extraordinaire de la température, on s'apercevait bien vite qu'un éternel printemps régnait
en ce centre immobile qui n'avait d'autre vent que la brise du
remous circulaire de l'océan, d'autre pluie que la rosée délicate
des embruns retombant en une poussière fine de gouttelettes
impondérables.

A peine la *Grâce de Dieu* eut-elle dépassé le niveau de la
bordure, qu'entraînée par son seul poids, elle glissa sur la
masse compacte de l'eau condensée comme sur la face d'un
miroir, et vint tout doucement s'échouer sur le sable ceignant
l'île polaire.

« En vérité ! s'écria Isabelle en battant des mains, ceci doit
être l'entrée du Paradis !

— C'est vrai, répondit Hubert, et j'avoue que cela confond
toutes les idées que je m'étais faites du Pôle.

— Parbleu ! plaisanta Guerbraz, je m'étais toujours laissé
dire que le pôle devait être occupé soit par une mer sans
bornes, soit par un volcan sans cesse en éruption.

— Oui, Guerbraz, confessa d'Ermont, et il est certain que
les savants avaient toutes sortes de raisons pour le croire. Mais,
voilà ! on ne tenait pas un compte assez exact du phénomène de
la rotation, et présentement il est manifeste pour nous que la
force centrifuge suffit à expliquer ce phénomène. Seulement,
j'avoue qu'une seule chose me paraît inexplicable dans ce que
nous voyons.

— Quoi donc ? demanda curieusement Isabelle de Kéralio.

— Mais ceci, tout simplement. La durée de la nuit polaire,
au Pôle même, doit être exactement de six mois. Que de-

viennent cette végétation et ce climat paradisiaques pendant l'absence du soleil? »

Personne ne pouvait lui répondre, et pour cause. La nature, toutefois, allait se charger de lui fournir elle-même l'explication de cette bizarrerie inconcevable.

L'officier avait remarqué qu'au moment où l'étrave du torpilleur sous-marin touchait la côte, une lueur rapide s'était allumée à l'avant et une secousse assez violente avait rejeté le bateau dans la mer. Mais, l'instant d'après, et par une série de petites étincelles déchargeant à la longue l'énorme condensation fluidique du sol, la frêle coque d'aluminium avait fini par atterrir.

Cette observation avait suffi pour mettre le lieutenant de vaisseau sur ses gardes.

Il s'était dit, avec raison, que l'îlot tout entier remplissait l'office d'une bouteille de Leyde, et que tout contact suffisait pour rompre l'équilibre des forces magnétiques épandues à la surface.

En conséquence, il ne faisait pas bon mettre le pied sur cette terre sans avoir pris soin, au préalable, d'atténuer le choc de la décharge électrique. Il courut donc à l'avant du bateau et y prit une gaffe. Il se disposa à s'en servir comme d'une perche pour sauter.

Il n'eut pas le loisir d'appliquer sa théorie. Une expérience venait de la confirmer.

En effet, Isabelle, sans attendre l'avis de son cousin, et n'ayant aucun soupçon du danger qu'elle pouvait courir, venait de s'élancer légèrement du pont du sous-marin sur la rive.

Un cri de terreur avertit Hubert qui, d'un seul élan, aidé de sa gaffe, avait, lui aussi, abordé.

Mais la terreur éprouvée par Isabelle n'avait pas été de longue durée.

La première secousse l'avait renversée sur le sol. Mais elle venait de se relever saine et sauve et accourait en riant à la rencontre de son cousin.

« Eh bien, Hubert, cria-t-elle, vous voyez que je n'en suis pas morte.

— Vous êtes une imprudente, Isabelle, reprocha affectueusement le jeune homme. Ne vous étiez-vous donc pas aperçue que cette terre est absolument saturée d'électricité?

— Non, en vérité, je ne m'en étais pas aperçue. Maintenant l'expérience est faite, il n'y a plus lieu de revenir sur le sujet. C'est égal. Quel pays d'enchantements que ce Pôle!

— Ah! ma foi, oui, mademoiselle », opina Guerbraz, qui venait d'atterrir à son tour sans recourir au moyen d'Hubert, et qui, comme la jeune fille, avait été renversé, lui aussi.

« Eh bien, conclut d'Ermont, il ne nous reste plus qu'à prendre connaissance de notre îlot. »

Ils se mirent sur-le-champ en campagne, et commencèrent à explorer la côte.

Ce leur fut un long sujet d'étonnement et de curiosité admirative d'étudier ce premier aspect.

Ils remarquèrent, tout d'abord, cette étrange densité de l'eau ceignant l'île à la façon d'une contrescarpe de place forte. Comme humé par quelque succion gigantesque, le flot s'élevait par une pente douce, longue de cinquante mètres environ, jusqu'à une hauteur de vingt mètres, formant ainsi avec la terre polaire une véritable cuvette dont cette terre était le fond.

On voyait celle-ci s'enfoncer, se prolonger sous ce remblai de vagues si denses qu'on les eût dites solidifiées.

Hubert, de plus en plus stupéfié, essayait de se fournir à lui-même la solution de cet étrange problème.

A vrai dire, il en trouvait une, mais elle ne le satisfaisait qu'à moitié.

Il fallait admettre que l'îlot était formé d'un seul fût granitique, ne laissant aucun accès à la mer par une fissure quelconque. De cette manière on pouvait comprendre que la rotation du globe autour de son axe suffît à tenir les eaux environnantes perpétuellement au-dessus du niveau de la terre, et que cette miraculeuse barrière se dressât ainsi à la façon d'une invraisemblable digue, mille fois plus sûre et de meilleure garantie que tous les travaux analogues dus à la main des hommes. Seuls le lent effort et l'influence millénaire de la précession des équinoxes pourraient modifier un jour cet état de choses, qui confondait la raison humaine.

Mais, cette hypothèse, il fallait la vérifier, et l'on n'en avait guère le moyen.

Les trois compagnons s'enfoncèrent dans l'intérieur de l'île et cherchèrent à en gagner le centre.

Mais, ici, la boussole n'était plus d'aucune utilité. L'aiguille aimantée, littéralement affolée, ne donnait plus aucune indication précise. Elle demeurait dans telle direction qu'on voulait lui donner. Pas d'étoile suffisamment déterminée qui pût servir de guide, bien que, malgré la lumière du jour, on pût distinguer un grand nombre de constellations, et plus spécialement la Grande Ourse.

Il fallut donc essayer d'un moyen artificiel.

Hubert prit pour point de repère le sous-marin lui-même, échoué sur le sable de la côte. Il le fit mâter et fixa au bout du mât une gaffe surmontée d'une flamme tricolore. Puis, mesurant idéalement un angle droit, il se mit à remonter vers le sommet de cet angle.

On marcha à travers une sorte de forêt naine. Des plantes de toutes essences, depuis la fougère des terres humides jusqu'au palmier des zones tropicales, se pressaient devant les pas des voyageurs. Ils parvenaient à grand'peine à s'y frayer un chemin. Quant à la faune, elle était des plus rares. Çà et là quelques papillons s'enlevaient au-dessus de fleurs d'orchidées de l'aspect le plus bizarre. Quelques oiseaux, analogues à l'hirondelle et au bruant des neiges, leur donnaient la chasse. Des lézards d'une figure singulière rampaient entre les quartiers d'une terre si compacte qu'on l'eût crue faite de blocailles d'argile.

Mais, à mesure qu'ils s'avançaient, les voyageurs sentaient le sol s'abaisser sous leurs pieds.

Décidément l'effet de la rotation ne se faisait point sentir seulement sur la mer, mais sur la terre elle-même. Le Pôle, déjà si plein de révélations surprenantes, leur en réservait sans doute beaucoup d'autres.

« Si nous continuions ainsi, s'écria gaiement Isabelle, le centre du monde pourrait bien être un trou.

— Vous ne croyez pas dire aussi juste, mademoiselle, fit Guerbraz. Regardez un peu par là-bas. »

Ils venaient d'atteindre un point de la descente d'où, par une déchirure du rideau de verdure, l'œil pouvait plonger jusqu'au cœur de l'îlot.

De chaque côté, les coteaux dévalaient d'une douceur égale et régulière, vêtus d'un tapis de verdure. Une vallée circulaire était au fond, et au milieu de la vallée était un lac, aux eaux si calmes, si limpides, qu'on l'eût pris pour une aire d'argent massif, n'eût été la présence au centre même d'un jet d'eau d'une prodigieuse hauteur, retombant en une gerbe étincelante, diaprée de toutes les nuances de l'arc-en-ciel.

N'en pouvant croire leurs yeux, les trois compagnons pressèrent le pas et atteignirent le lac.

Isabelle de Kéralio avait raison : le centre de la terre était un trou.

CHAPITRE XV

D'ERMONT LE VIT SE PLONGER BRUSQUEMENT DANS LE GOUFFRE.

XV

HORS DU CENTRE

Oui, le centre du globe était un trou, car, lorsque les voyageurs parvinrent sur ses bords, le jet d'eau n'existait plus, le lac d'argent avait disparu, et à sa place ils ne voyaient plus qu'un effrayant abîme, un gouffre de 1000 à 1200 mètres de diamètre, aux parois à pic, perpendiculaires, presque lisses, dont on n'apercevait pas le fond, mais dont le vide béant, plein de vertiges, était tapissé de vapeurs moutonnantes dont la nappe ondulait capricieusement à 10 mètres au-dessous du bord, sans l'atteindre jamais.

Les trois explorateurs eurent une même pensée, ils jetèrent un même cri :

« Nous avons été le jouet d'un songe ou d'un mirage ! »

Cependant, ils s'étaient arrêtés. La fatigue les domptait enfin. La présence du jour continu les avait étrangement abusés, et leurs esprits, sollicités par les merveilles qu'ils rencontraient à chaque pas, ne leur avaient point permis de supputer exactement les heures. Quand Hubert s'avisa de consulter les instruments, il s'aperçut que vingt-deux nouvelles heures s'étaient écoulées depuis leur débarquement sur l'îlot.

Vingt-deux heures, une nuit et un jour ! La nature reprit ses droits et réclama le sommeil. Ils dressèrent la tente. Les sacs étaient inutiles sous une pareille température. Ils ne les ouvrirent donc pas et se jetèrent dessus tout habillés.

Un long et lourd sommeil les tint immobiles pendant des heures. A leur réveil, quelle ne fut pas leur surprise de constater que le lac avait reparu, et que la colonne du jet s'élevait, comme la veille, à 150 pieds d'élévation, se couronnant d'un panache de diamants liquides.

« Ho! ho! s'écria d'Ermont, je commence à comprendre. Ceci est une fontaine intermittente, une sorte de geyser merveilleux. La nappe qu'il décèle se trouve, grâce au mouvement de la terre, tantôt au-dessus, tantôt au-dessous de l'orifice que nous avons présentement sous les yeux. De là, la fuite régulière des eaux et leur retour périodique toutes les douze heures. Quant au jet d'eau, il est dû certainement à une pression supplémentaire, et sa grande hauteur a pour cause la pesanteur moindre de l'air au pôle qu'à l'équateur. »

Cette seconde hypothèse était aisément contrôlable, et fut tout de suite confirmée par le témoignage du baromètre. Pour vérifier la première, d'Ermont eut recours à un procédé fort simple.

Il alla se placer à l'extrémité opposée du lac et jeta à la surface une branche d'arbre préalablement dépouillée de son feuillage et agrémentée d'un morceau d'étoffe de couleur.

La branche parut tout d'abord devoir garder indéfiniment sa position.

Mais, le temps s'écoulant, elle s'éloigna insensiblement du bord et gagna le large, non en suivant le diamètre du lac, mais en décrivant une ligne courbe qui lui fit parcourir successivement tous les points cardinaux. Au bout de six heures, les eaux avaient disparu sous leur couche de brouillard. Hubert n'eut plus alors qu'à jeter la sonde. La corde ramenée accusa 60 mètres de profondeur. On était donc renseigné. Le fond de la nappe était à 120 mètres, un peu plus, un peu moins, en tenant compte de la hauteur différente des bords.

Le cinquième jour s'était écoulé depuis que les hardis jeunes gens avaient quitté leurs compagnons au bord du pack glacé. Ils n'avaient emporté que quinze jours de vivres, et il fallait songer au retour. Hubert répétait même en riant, avec une variante, le vers de La Fontaine :

Ce n'est pas tout de *voir*, il faut sortir d'ici.

Jusque-là, tout leur avait entièrement réussi. A part quelques incidents de détail, incidents plus pittoresques qu'inquiétants, ils avaient vu la voie s'ouvrir assez large devant eux. Maintenant, le problème était d'une exceptionnelle gravité.

Cette terre du Pôle, cet îlot invraisemblable était situé à quelque quatre cents mètres au-dessous du niveau de la mer. Bien plus, la mer le ceignait d'un infranchissable bourrelet de vagues, et, au delà, recommençait la barrière rocheuse sur laquelle on était bien passé une première fois, mais dont il fallait retrouver le mystérieux chemin.

La question était redoutable. Il fallait s'appliquer sans retard à la résoudre.

On fit une première tentative.

Elle consista à pousser le sous-marin dans la ceinture même de l'îlot, et d'essayer, au moyen de l'hélice, de remonter jusqu'à la crête de cet étrange ras de marée.

L'effort fut infructueux. Le frêle bateau en tôle d'aluminium ne put triompher de la résistance des eaux. Le mouvement giratoire du cercle s'exerçait avec la même force des deux côtés de sa ligne, mais, de celui-ci, on n'avait pas la faculté de s'immerger, puisqu'il fallait remonter une pente de vingt mètres sans le secours d'aucun support liquide.

Le désappointement des voyageurs fut grand. Un moment même, il faillit se changer en désespoir.

« Sommes-nous donc condamnés à demeurer enfermés au Pôle? » demanda Isabelle.

Elle souriait en parlant ainsi, mais il y avait de l'inquiétude dans ses paroles.

« Non, répondit Hubert qui ne voulait que la rassurer. Nous sortirons d'ici. Mais combien je regrette que nous n'ayons pas emporté le ballon avec nous! La force centrifuge qui nous interdisait l'entrée du Pôle nous eût, au contraire, grandement servi pour en sortir. »

Deux mortelles journées s'écoulèrent au milieu de ces perplexités et de ces angoisses.

Tous les jours, le lieutenant de vaisseau revenait sur les bords du lac et en interrogeait les sombres profondeurs. Il avait fait ainsi diverses observations qui ne laissaient pas de le troubler. Insectes et papillons enfermés dans l'île n'étaient pas assez puissamment doués pour le vol pour qu'on les pût supposer venus des terres lointaines et glacées qui avoisinent le pôle. Il fallait donc qu'ils eussent dans l'îlot même leur séjour et leur nourriture.

Un matin, Hubert put constater que la faune de l'île s'était accrue d'un ou deux oiseaux nouveaux appartenant à la famille des grands-ducs. C'étaient de ces grands harfangs que l'on retrouve aussi bien dans les mines creusées de main d'homme que dans les déserts glaciaires. En suivant le vol de l'un d'eux, d'Ermont le vit se plonger brusquement dans le gouffre laissé par la retraite des eaux du lac. Il en conclut immédiatement que ce gouffre devait être fait de vastes cavités tantôt sèches, tantôt submergées. Déjà il avait pu constater que les eaux du lac étaient douces.

De là à former le projet de sortir du pôle par le lac, il n'y avait qu'un pas.

Une série de calculs trouvés exacts permit au jeune homme d'acquérir la certitude que son projet n'était pas seulement raisonnable, mais encore d'une exécution relativement facile.

Il se mit donc à l'œuvre, en compagnie de Guerbraz, et le torpilleur démonté fut transporté, puis remonté pièce à pièce sur les bords du lac.

« Que comptez-vous donc faire? » demanda curieusement Isabelle.

Le jeune homme sourit et lui expliqua son plan.

« Ma chère Isabelle, dit-il, vous allez me comprendre tout de suite. L'eau de ce lac est douce, preuve qu'elle n'a aucune communication avec la mer. Elle met douze heures à remplir une cavité de 120 mètres de profondeur sur une largeur moyenne de 1000. Ceci vous prouve qu'une immense nappe souterraine s'étend aux alentours du Pôle, et que de chaque

côté se trouve un déversoir de plus de 60 kilomètres. A chaque
tour de la terre, cette eau revient à son point de départ. Elle
passe donc par tous les points cardinaux et collatéraux, conséquemment par le 41ᵉ degré de longitude occidentale. Il nous
suffit donc de nous laisser descendre avec elle dans les entrailles de la terre, pour que cette eau, en s'abaissant, nous
porte jusqu'au point externe de sa communication avec la terre.
Or nous savons que la ceinture de roches de la banquise est
distante de 40 kilomètres environ, et que la superficie de
notre îlot est un cercle de 25000 mètres carrés. Donc, en nous
laissant emporter par une branche du courant souterrain,
nous sommes sûrs d'atteindre un îlot quelconque de la mer
libre en communication avec le nôtre par ce corridor aqueux.
La présence de la mer libre elle-même, l'existence de ces prodigieux amas de force magnétique nous assurent que cette
hypothèse est hors de doute. »

Il parlait avec une telle conviction que la jeune fille la partagea sur-le-champ.

« Bravo ! dit-elle, et en avant par le corridor souterrain. »

On était au huitième jour. Les calculs de d'Ermont lui apprirent que, pour aboutir à la poussée intérieure de la nappe
d'eau souterraine au voisinage du 41ᵉ degré, il fallait embarquer à midi précis.

Le sous-marin fut donc mis à l'eau et son équipage de trois
personnes s'embarqua immédiatement.

Ainsi qu'on l'avait prévu, la descente de cette mer intérieure
s'opéra circulairement.

De cette façon le bateau put faire l'inspection de tous les
côtés du gouffre.

Jusqu'à 60 mètres de profondeur, le lac n'était qu'un puits

cylindrique dont les parois lisses et nettes donnaient fort exactement l'image d'une construction en maçonnerie.

Mais, à cette profondeur, brusquement l'énorme cheminée s'évasait en une suite de couloirs et de grottes sans bornes, tout à fait semblables à celles qu'avait parcourues le sous-marin pendant sa traversée sous la banquise de récifs.

Hubert s'aperçut bien vite que son calcul sur les dimensions de l'abîme n'était point exact en ce qui concernait les fonds. Parvenu en effet à 120 mètres, distance à laquelle il pensait trouver le fond, le sous-marin reposa sur une nappe immense, sous une voûte rocheuse brillamment éclairée par les effluences électriques ; mais la sonde accusa 240 brasses.

Dès lors, la vérité éclatait aux yeux des navigateurs.

Ce qui causait le dénivellement du lac, ce n'était que la différence de hauteur entre les deux points extrêmes du Pôle, dénivellement dû à l'inclinaison de l'axe terrestre lui-même.

La caverne intérieure se vidait et se remplissait au fur et à mesure de sa situation supérieure ou inférieure à l'axe.

C'était ainsi que le puits devenait ou lac ou précipice selon les heures.

Ainsi renseigné, rassuré pour mieux dire sur la situation, d'Ermont n'eut plus qu'à s'en remettre au hasard du soin de diriger le sous-marin vers la délivrance.

Jusqu'à ce moment le torpilleur avait flotté à la surface de l'océan souterrain.

Maintenant la hauteur de la voûte au-dessus de leurs têtes, les vastes dimensions de la caverne permettaient de reprendre la manœuvre qui avait si bien servi pour franchir la ceinture des récifs. On rabattit donc les capots de tôle, on obtura toutes les issues, et, derechef, la *Grâce de Dieu* s'enfonça sous les eaux.

Seulement, cette fois, c'étaient des eaux douces qu'on allait traverser.

Par bonheur, l'illumination interne de cette grotte féerique, la chaleur épandue par le puissant foyer électrique, rendaient ce voyage moins fatigant et moins périlleux que le premier.

Il ne restait plus qu'une crainte : celle de s'engager dans quelque couloir sans issue, d'aboutir à quelque impasse où l'on serait abandonné par les ondes. Mais d'Ermont s'empressa de rassurer ses compagnons contre ces hypothèses chimériques. La présence de l'air respirable à de telles profondeurs, et même d'une certaine brise tiède, suffisait pour montrer jusqu'à l'évidence qu'un courant d'atmosphère régnait dans ces merveilleux conduits. En outre, leurs dimensions anormales établissaient qu'ils devaient, eux aussi, se vider en partie au moment du renversement du globe.

Les trois amis s'unirent en une prière commune au maître de toutes choses, et, réconfortés par ce recours au pouvoir divin, s'engagèrent résolument dans les tunnels souterrains.

Mais, cette fois, à la surprise émerveillée qui les possédait, venait se joindre un sentiment d'épouvante légitimé par la rencontre de choses totalement imprévues.

Jusque-là, en effet, les navigateurs n'avaient eu affaire qu'aux résistances de l'océan, aux mystérieuses concordances de l'ombre et des fantômes qui la peuplent. Cette lutte contre l'inanimé avait ses menaces sans doute, et le sous-marin les avait toutes affrontées ou subies déjà. Mais on n'y trouvait pas cette intervention de l'extraordinaire et du surnaturel qui tient tant de place dans la vie des hommes de mer.

Or, voici que du fond de ces eaux limpides sortaient maintenant d'étranges apparitions, se mouvaient des formes dignes des plus affreux cauchemars, telles qu'en décrivent les légendes tératologiques.

« Capitaine ! s'écria tout à coup Guerbraz en se signant, voyez donc cette horreur ! »

Hubert et Isabelle se précipitèrent simultanément aux hublots.

Un monstre venait de surgir de l'ombre d'un pilier. Il s'avançait, nageant entre deux eaux à la rencontre du sous-marin. Un corps long de 6 mètres environ et pourvu de nageoires ou plutôt de courtes pattes analogues à celles des cétacés était surmonté d'un cou presque aussi long, que terminait une tête relativement petite, une tête de lézard. Derrière ce spécimen bizarre d'une forme disparue depuis des milliers de siècles, s'en montraient d'autres beaucoup plus grands, tenant le milieu entre la baleine et le crocodile, des bêtes à peau de morse, à prunelles cloisonnées en facettes, à dents de sauriens.

D'Ermont ne put retenir un cri d'effroi en même temps que de surprise.

« Miséricorde ! mais c'est le monde antédiluvien qui ressuscite ! »

Et machinalement il se mit à prononcer des noms en énumérant des espèces.

« Celui-ci, avec son cou de cygne, c'est le plésiosaure ; ceux-là, des ichtyosaures. Là-haut, sur les corniches de rochers, voilà des mégalosaures ; au-dessous de nous, il y a des familles entières de squales géants ; des espadons, des requins, des scies, des marteaux.

— Qu'allons-nous devenir? » murmura Isabelle terrifiée.

Le spectacle devenait en effet terrifiant. Le frêle bateau était entré dans une véritable fourmilière de monstres des âges antérieurs à l'époque quaternaire. Ceux-ci avaient survécu aux catastrophes du globe. Ils avaient trouvé dans les eaux douces et chaudes du centre de la terre un abri contre le refroidissement de la surface. Et la présence de cet intrus, de ce poisson en tôle, inférieur en taille à plusieurs d'entre eux, puisque le torpilleur sous-marin n'avait pas plus de douze mètres de longueur, les avait étonnés d'abord. Maintenant elle les irritait.

Aussi, groupés à l'entour, formant une sorte de ligne tacite, ils s'avançaient en rangs serrés à l'encontre du sous-marin.

Une attaque simultanée eût certainement mis en pièces la *Grâce de Dieu.*

D'Ermont ne perdit pas la tête. Il eut recours sur-le-champ à un moyen radical.

Rassemblant en un tas les divers couples de la batterie qui servaient à l'éclairage du bateau, il mit cette pile d'un nouveau genre en contact immédiat avec la carapace du torpilleur, la transformant ainsi elle-même en une bobine d'une incalculable puissance.

« Tenez-vous bien ! cria-t-il à Isabelle et à Guerbraz, et serrez les fourreaux de verre des mains-courantes. Il est probable que nous allons être secoués. »

Il n'avait pas fini de parler, qu'une demi-douzaine de bêtes apocalyptiques se ruèrent sur le bateau.

Le choc fut rude. Vingt-deux couples réunis avaient donné au torpilleur une force capable d'abattre un troupeau de bœufs. Les monstres ne s'attendaient aucunement à ce choc, qui, par leur intermédiaire, se transmit à la foule entière, qui les pressait. En un clin d'œil l'immonde cohue d'animaux antédiluviens fut dispersée et s'enfuit dans toutes les directions.

« Il était temps, prononça Hubert avec un sourire de soulagement. Dieu soit loué! Si ce moyen ne m'avait pas réussi, il ne m'en restait plus qu'un, et encore n'avais-je qu'une médiocre confiance en son efficacité.

— Lequel? questionna Isabelle de Kéralio encore agitée par son émotion.

— J'aurais mis l'un de nos tubes d'hydrogène liquide en contact avec l'eau et je l'aurais ouvert brusquement. Il s'en serait suivi un abaissement foudroyant de la température et nous aurions tué ainsi un nombre assez respectable de ces vilaines bêtes qui ont eu le mauvais goût de survivre au déluge. »

Tandis que se tenait cette conversation, la *Grâce de Dieu* s'éloignait à toute vitesse du dangereux voisinage des monstres.

Le sous-marin avait rencontré un couloir spacieux qu'il suivait dans sa plus grande longueur.

Pendant quatre heures consécutives il navigua de la sorte sans faire de mauvaise rencontre.

Enfin, à la diminution progressive de l'illumination intérieure, les passagers comprirent qu'ils sortaient de la zone magnétique pour rentrer dans celle des terres moins favorisées. Il fallut recourir aux projecteurs du bateau sous-marin, et l'un des premiers rayons émanés de ce puissant foyer montra le fond à moins de vingt brasses.

Le bateau vida ses réservoirs et remonta à la surface.

Tout ce qu'avait pressenti Hubert d'Ermont se réalisait.

Le sous-marin flottait sur une nappe d'eau douce d'une merveilleuse limpidité, enfermée en une vaste caverne presque entièrement semblable à celle du Pôle lui-même. Un point clair,

pareil à une lueur jaillie d'une lentille, se laissait voir au sud.
Guerbraz dirigea le bateau sur ce point.

C'était l'ouverture même de la grotte, son orifice au jour. Les
eaux du lac y formaient en été une cascade tombant de plus de
100 mètres de hauteur. Mais à ce moment de l'année, le froid
avait solidifié les premières chutes en gradins de cristal. Au-
dessous s'étendait la banquise superficielle formant le mur
d'enceinte du Pôle, et, tout en bas, la mer libre battait de ses
flots le soubassement de roches.

« Nous sommes sauvés! » s'écria Isabelle.

Certes on n'était pas au bout des dangers et des fatigues ; on
aurait encore à souffrir cruellement. Mais, du moins, on avait
atteint le but et obtenu le résultat désiré. Des hommes avaient
réussi à pénétrer jusqu'au Pôle et ils en étaient revenus,
rapportant des indications précises.

On saurait désormais, non seulement dans le monde de la
science, mais dans le vulgaire même, que le Pôle nord est une
île où règne une température printanière due à l'influence
combinée des rayons solaires et des effluves magnétiques ; que
cette île est baignée par une mer libre séparée elle-même en
deux zones par une muraille de rochers surmontés de glaces
éternelles, et qu'il n'est pas impossible de découvrir dans cette
muraille les fissures qui, par leurs détroits, mettent en communication ces deux cercles concentriques de l'océan paléocrystique. Peut-être ce passage découvert permettrait-il à un navire
de gagner le centre du globe.

On saurait, en outre, qu'une série de conduits souterrains
et sous-marins mettent en communication, non seulement les
deux mers, mais aussi les terres arctiques et le Pôle lui-même,
et que des explorateurs, usant des mêmes moyens, pourraient

renouveler la tentative aventureuse que deux hommes et une femme venaient de mener à bonne fin.

Ces réflexions versèrent de douces consolations aux cœurs des voyageurs.

« Voyons ! dit Hubert, nous n'avons pas terminé notre besogne. Il nous reste à transporter notre bateau jusqu'à la bordure immédiate des murailles de roches, et ça ne va pas être une petite affaire. »

Cela fut une très longue affaire. Il fallut travailler dix heures au démontage, au transport, puis au remontage du bateau.

Le plus pénible fut le transport des pièces au travers de ces glaçons hérissés, cassants malgré leur dureté, et affreusement glissants sous les pieds. Pourtant, au bout de ces dix heures, le sous-marin se balançait paisiblement sur les flots de la mer libre, et les trois compagnons, désormais sûrs du retour, après avoir solidement fixé leur embarcation sous un abri de hauts rochers, purent se livrer aux douceurs du sommeil.

Toutefois, avant de s'accorder ce repos bien mérité, Hubert fit le point et releva la position exacte du tunnel souterrain.

Il se trouvait placé par 41°48′ de longitude occidentale, mesurée sur le méridien de Paris.

, ...

Douze jours entiers étaient écoulés depuis leur départ, lorsque les hardis explorateurs abordèrent le champ de glace sur lequel les attendaient leurs amis. Trois d'entre eux seulement s'y trouvaient. On avait dû, par prudence, renvoyer les autres, et parmi eux M. de Kéralio, que sa seule énergie avait soutenu jusque-là.

Le lieutenant Pol, le docteur Servant et un matelot n'avaient pas voulu quitter leur dure station sur le pack.

Ils avaient avec eux un traîneau et l'équipage de chiens indispensable à sa traction.

Le premier être vivant qui fit accueil aux voyageurs fut le brave Salvator.

On ne put le retenir au bord. Il se jeta à la mer et nagea à la rencontre du sous-marin, dont Isabelle lui facilita l'entrée avec le concours de Guerbraz.

Le vaillant chien fut prodigue de démonstrations. Ses transports de joie furent indicibles. Il semblait qu'il ne dût jamais se rassasier de la vue d'Isabelle, tant il lui manifesta, par ses bonds, par ses cris et ses caresses, l'allégresse qu'il ressentait de son retour.

On n'était plus dans la douce atmosphère du Pôle : on rentrait dans l'empire du froid.

La marche du retour vers l'île Courbet fut pénible au delà de toute expression, sous une température effroyable qui se maintenait au voisinage de 40 degrés au-dessous de zéro. Mais le bonheur de revenir à la station, la satisfaction d'avoir surmonté tous les obstacles, soutinrent le courage et les forces de la petite troupe.

Le 20 septembre, rejoints par une escouade de secours envoyée par le commandant Lacrosse, ils atteignirent enfin les quartiers de l'*Étoile Polaire*.

Hélas ! de douloureuses nouvelles les y attendaient.

Non seulement ils y apprirent la trahison et les projets néfastes du chimiste Schnecker, mais encore la mort de deux matelots du steamer.

On eut, en outre, le chagrin d'autres nouvelles aussi pénibles venues de la station du cap Washington.

Là encore, la mort avait fait des vides dans les rangs de ceux

IL FALLUT PROCÉDER AU REMONTAGE DU BATEAU.

qu'on y avait laissés. Enfin, et cette fois le coup frappa Isabelle
en plein cœur, Tina Le Floc'h avait dû s'aliter, et le docteur Le
Sieur, l'auxiliaire du docteur Servan, ne lui accordait plus que
quelques jours à vivre.

Le deuxième hivernage de l'expédition, en dépit des succès
obtenus, s'annonçait sous les plus fâcheux auspices.

CHAPITRE XVI

LES OURS FIRENT LE SIÈGE DU NAVIRE DANS TOUTES LES RÈGLES.

XVI

UN SIÈGE

Assurément la situation matérielle de l'expédition ne laissait point à désirer.

L'*Étoile Polaire*, supérieurement abritée dans la crique Longue, n'avait point à redouter les tempêtes du large et les secousses de l'icefield. Solidement fixée sur son berceau, encastrée entre deux hautes murailles de syénite, elle n'avait qu'à attendre la fin des mauvais jours pour reprendre la route de France par les mers du sud.

Les provisions ne manquaient point. Indépendamment de la réserve d'hydrogène liquéfié, on avait en charbon le combustible suffisant au chauffage quotidien. Le luminaire ne manquait pas davantage, et si l'on ne possédait pas la même abondance de vivres frais, si l'on manquait surtout des merveilleuses ressources de la terre improvisée l'hiver précédent, on avait encore des conserves en quantité suffisante pour fournir à toutes les exigences de l'appétit le plus vorace.

En outre, les chasseurs de l'équipage n'avaient point encore perdu l'espoir de quelque heureux coup de fusil avant la venue de la redoutable nuit polaire. Même, on avait reçu du cap Washington des assurances très réjouissantes sur la présence d'un gibier aussi varié que nombreux pour les fusils de la campagne d'automne.

Ce n'était donc pas du sort des hommes valides et en bonne santé qu'il y avait lieu de se préoccuper.

Malheureusement, le moral était atteint. Le spectacle de ces morts survenues en si peu de temps et d'une manière presque foudroyante avait assombri les fronts et relâché les énergies. On avait appris, au retour de M. de Kéralio, quel avait été le sort de ses deux compagnons de vaillance et de misère. De plus, quelques cas de scorbut s'étaient produits, bientôt compliqués d'une dysenterie épuisante, qui, en moins de rien, réduisait les pauvres malades à un état de faiblesse physique et de dénuement intellectuel absolus.

Isabelle s'était sur-le-champ vouée à la besogne de soigner le personnel, et elle avait fort à faire.

On la voyait se multiplier, portant partout le soulagement des maux physiques, la consolation et l'espérance pour les souffrances morales. Mais elle avait besoin elle-même de tout son courage pour ranimer celui de ses compagnons, surtout lorsqu'elle se trouvait en présence de douleurs qui l'affligeaient personnellement. Et c'était là surtout son cas en face de la maladie de sa nourrice Tina Le Floc'h.

La pauvre Bretonne était perdue, et elle le savait. Avec une résignation admirable, elle se soumettait au décret qui lui retranchait des jours qu'elle aurait peut-être vécus dans son doux pays de France. Elle n'avait pas une parole amère, mais elle laissait éclater sur ses traits la joie que lui causait le voisinage de cette enfant qu'elle avait nourrie de son lait, dont elle avait été en quelque sorte la seconde mère.

Elle traînait péniblement son existence condamnée, entre les murs de planches de ce navire immobile, dans cette atmosphère peu favorable à la respiration, dans la clarté factice des lampes électriques. La nuit polaire lui semblait plus pesante qu'à tout autre. Elle la subissait toutefois sans murmurer.

L'hiver était d'une rigueur atroce. Les grands froids de l'année précédente étaient dépassés. Le 20 novembre, le mercure des thermomètres fut gelé. Le 1ᵉʳ décembre, ce fut le tour des acides et des alcools, qui s'épaissirent en une sorte de sirop. A partir de ce moment, la température se maintint presque constamment à 40 degrés au-dessous de zéro. Dans les premiers jours de janvier, elle descendit à ces niveaux mortels où le froid se montre foudroyant : 50, 52, 54, 56 degrés au-dessous de zéro. Une rigoureuse hygiène fut ordonnée et appliquée. Défense fut faite aux hommes de sortir, et on la maintint pendant une semaine entière.

Alors aussi, on dut renoncer au chauffage au charbon, et, derechef, l'hydrogène brûla dans les poêles installés dans le carré, dans le poste des matelots et dans les cabines. On conserva de la sorte une température presque constante de 4 degrés.

Par bonheur, l'hiver, s'il fut terrible, fut aussi relativement court.

Le 15 janvier, le thermomètre remonta brusquement au point de congélation du mercure. En même temps, une pression barométrique considérable annonça la survenance d'une tempête du sud.

Elle dura trois jours et fut affreuse. Malgré sa situation à l'abri, l'*Étoile Polaire* eut beaucoup à souffrir.

Une roche d'un poids énorme se détacha de la crête des murailles et, tombant à pic, priva l'artimon de sa hune et de sa vergue barrée, puis défonça le pont à l'arrière. Parmi les cabines que cet accident dégrada se trouvèrent celles d'Isabelle et de sa nourrice. En outre, deux matelots furent atteints par la chute de ce bloc monstrueux. L'un d'eux fut tué sur le coup ; l'autre, les jambes brisées, languit trois jours à la suite de l'amputation reconnue indispensable, et mourut.

C'étaient autant de causes de tristesse, que le retour du soleil ne parvint pas à dissiper.

Quand vint février, le froid n'était plus guère que de 25 à 32 degrés. Afin de relever les énergies, le commandant Lacrosse donna l'ordre de reprendre les courses extérieures. Une première escouade, sous la conduite du vaillant Guerbraz, se dirigea vers le cap Washington, qu'elle atteignit après six jours d'une marche des plus pénibles. Elle y laissa deux des hommes qui la composaient, et en rapporta de fort mauvaises nouvelles : le lieutenant Rémois avait succombé à une entérite causée par les grands froids, et, avec lui, deux autres matelots, tous deux Canadiens, avaient péri.

Ces trois décès portaient à douze le nombre des victimes de l'expédition.

Il restait encore trente et un hommes et deux femmes. On tint conseil à bord de l'*Étoile Polaire*, pour décider si l'on

maintiendrait les deux stations. Il semblait en effet plus
pratique et plus prudent de réunir tout le personnel, soit à
bord du steamer, soit dans les baraquements du cap Washington. Cela rendait plus faciles les soins à donner aux malades, et surtout cela permettrait aux deux médecins de ne point
isoler leur action. Enfin, avantage précieux, cela réduisait
considérablement la dépense de luminaire et de combustible.

On s'arrêta donc à ce parti, le plus sage, et l'on donna
l'ordre aux gardiens de la station du sud de rallier au plus tôt
l'*Étoile Polaire* et le poste de l'île Courbet.

Le conseil eut également à statuer sur le sort du traître
Schnecker, toujours gardé à vue.

Reconnu coupable à l'unanimité, condamné à la peine de
mort, le chimiste ne dut son salut qu'aux prières d'Isabelle.
La jeune fille se présenta, des larmes plein les yeux, devant les
juges.

« Messieurs, supplia-t-elle, je n'invoquerai pour vous
attendrir qu'une seule considération. Douze des nôtres sont
déjà morts au champ d'honneur de notre entreprise.
D'autres, dont nous ignorons le nombre, tomberont probablement encore, et mon cœur a déjà pris le deuil d'une
existence qui m'est particulièrement chère. Je vous en
supplie, n'ajoutez pas, par l'exécution d'une sentence aussi
rigoureuse que juste, un moyen nouveau à ceux dont la mort
se sert pour faucher dans nos rangs. Ne mettez pas une
tache de sang, même honorable, sur vos mains. Je sais
que cet homme est un misérable, qu'il a attenté à la vie
de chacun de nous et à celle de l'universalité. Je sais que,
par son crime, deux de nos plus vaillants matelots sont
morts, et que le chef de notre expédition, mon père, a

été lui-même victime d'une véritable tentative d'assassinat,
dirigée contre lui par ce malheureux. Mais je veux oublier
ses forfaits pour ne me souvenir que des services rendus
jadis, et, surtout, que cet homme a été le compagnon de
nos souffrances et de nos efforts. Donnez-lui le temps
de comprendre la grandeur de son crime et de s'en repentir. »

Ces paroles touchantes émurent le tribunal.

Séance tenante, on fit comparaître le misérable en présence de son avocat improvisé, et on lui signifia que, sur
la demande de Mlle de Kéralio, il bénéficiait de circonstances atténuantes. En conséquence, on le gardait à bord
jusqu'au retour. Mais, une fois débarqués sur le territoire
français, ses juges du moment le remettraient aux mains de
l'autorité compétente pour qu'il eût à s'expliquer.

Schnecker remercia sa bienfaitrice en termes rogues et
sous lesquels perçait moins de reconnaissance que de satisfaction d'échapper à un supplice immédiat. Il fut donc
reconduit à sa cabine et placé sous la surveillance d'un
matelot qu'on relevait toutes les deux heures. Bientôt, devant
l'impossibilité manifeste d'une fuite, on se relâcha de cette
surveillance, et toute liberté d'aller et de venir fut laissée
au chimiste.

Puis on se livra aux préparatifs nécessaires à l'aménagement définitif du steamer, non seulement en vue du retour
des hommes détachés au cap Washington, mais aussi du
départ du navire lui-même. L'élévation constante de la température, la survenance de tempêtes continues du sud, la
dislocation par plaques de l'icefield, permettaient en effet
d'espérer un printemps précoce et exceptionnellement doux.

Pendant ce temps, Hubert d'Ermont, le lieutenant Hardy, le docteur Servan, M. de Kéralio et Isabelle employaient une partie de leurs loisirs à rédiger le rapport de leur voyage, le compte rendu détaillé de cette expédition sans précédent, sans analogue, si remplie de péripéties émouvantes, si pleine de résultats inespérés.

Le 10 mars, s'opéra la jonction des deux troupes.

Mais elle s'accomplit en des circonstances et dans des conditions dont aucun des membres de l'expédition ne devait perdre la mémoire.

Depuis que la décision en avait été prise et notifiée aux hivernants de la côte grœnlandaise, chaque jour une escouade de six hommes se risquait hors du navire et s'aventurait sur le pack, le plus avant possible, à la rencontre de ceux dont on attendait la venue. Ces courses n'allaient pas sans périls de toute sorte, la glace subissant tous les jours des altérations profondes dans sa surface et dans sa constitution. A chaque pas, les mêmes obstacles que l'on connaissait déjà surgissaient; l'océan, dont on sentait la présence dans l'agitation incessante de l'instable écorce qui recouvrait sa surface, tendait les mêmes pièges effrayants : crevasses aussitôt refermées qu'entr'ouvertes, allées d'eau inattendues, fissures dans les monticules pressés des hummocks. En outre, se fondant sur les observations de Lockwood et de Brainard, les marins de l'*Étoile Polaire* étaient autorisés à croire que, malgré les froids terribles de l'hiver, la côte du Grœnland offrait moins de sécurité que la nappe de glace qui s'étendait en deçà d'elle.

Ce jour-là, la colonne avait parcouru 6 milles, lorsqu'elle vit surgir devant elle la troupe qu'elle allait rejoindre.

Les douze hommes qui la composaient semblaient presser le pas. On les voyait à distance courir aussi vite que pouvait le leur permettre la largeur des raquettes dont ils étaient chaussés. Ils n'avaient avec eux qu'un seul traîneau et quelques chiens. Il devint promptement manifeste aux yeux des gens de l'*Étoile Polaire* que leurs compagnons essayaient de se soustraire à un danger imminent.

Bientôt on n'eut plus de doutes à cet égard.

Les premiers qui rejoignirent la colonne s'empressèrent d'expliquer les motifs de leur fuite.

Ils avaient à peine parcouru 6 à 7 kilomètres à partir du cap Washington que les chiens avaient donné des signes non équivoques de terreur. Surpris à bon droit, les matelots s'étaient massés autour des traîneaux, et quelle n'avait pas été leur désagréable surprise en apercevant, à quelque cent mètres de leur route, deux ours de taille gigantesque. Contrairement à leurs habitudes de lâcheté, les redoutables plantigrades n'avaient pas battu en retraite. Mais les coups de feu de la troupe les avaient écartés.

Cette première rencontre était presque oubliée, lorsque, au bout de 10 nouveaux kilomètres, trois autres ours s'étaient montrés. Ceux-ci avaient paru moins hardis, mais plus tenaces que leurs devanciers, et ils avaient suivi la troupe, bien qu'à une distance respectueuse, jusqu'au lieu de son campement.

La nuit que les pauvres matelots avaient dû passer sur la glace avait été hantée de terribles cauchemars.

Par bonheur, les farouches compagnons de leur route avaient maintenu leur distance. Une prudence innée les avait fait se méfier du voisinage des armes à feu.

Les marins n'avaient dû qu'à cette circonstance de n'être point attaqués pendant les ténèbres.

Mais, au lever du soleil, leurs terreurs s'étaient converties en une épouvante sans mesure.

Ce n'était plus trois ours, c'était douze qu'ils avaient autour d'eux, douze ours, un par homme!

Dans de telles conditions le péril devenait extrême, et si les infortunés voyageurs ne franchissaient point dans leur journée les 70 kilomètres qui les séparaient de l'*Étoile Polaire*, ils n'étaient que trop sûrs d'avoir à subir un assaut au cours de la nuit qui allait venir.

L'imminence du péril leur avait donné des ailes. Ils avaient fait des efforts surhumains.

Mais les bêtes affamées, comprenant sans doute que leur proie allait échapper, s'étaient rapprochées peu à peu, et le moment était venu où ils s'étaient formés en ligne d'attaque, à moins de 500 mètres des fuyards.

Ceux-ci avaient cependant franchi les deux tiers de leur étape et pouvaient espérer atteindre sans trop d'encombre le navire sauveur, quand, brusquement, une bande nouvelle était apparue.

Alors on avait pris un parti héroïque.

Dételant l'un des deux traîneaux, on l'avait laissé en arrière, en prenant soin de découvrir tout ce qui pouvait être dévoré. Les chiens étaient venus s'ajouter au premier équipage. On l'avait surchargé des hommes les plus épuisés par la fatigue de cette marche forcée, et l'on avait littéralement couru sur le pack.

Mais ce n'avait été là qu'un répit momentané. Les assaillants avaient eu tôt fait de mettre en pièces et de se disputer les débris des provisions chargées sur le traîneau. Puis, mis en goût par le régal inattendu, ils avaient repris leur poursuite.

Et au moment où l'escouade de secours venait de rejoindre les pauvres émigrants du cap Washington, ceux-ci voyaient déjà surgir l'avant-garde de leurs ennemis.

« Ils sont au moins vingt! » s'écria le maître Guilvinec, qui commandait le détachement depuis la mort de Rémois.

Heureusement la distance à franchir désormais pour regagner le steamer n'était point excessive. Le lieutenant Hardy, qui commandait l'escouade de secours, donna l'ordre de laisser prendre les devants au traîneau et à ceux qui l'escortaient, tandis que lui-même et ses cinq compagnons couvriraient la retraite.

Et, ne résistant pas à la tentation de tirer un beau coup de fusil, il attendit de pied ferme que l'une des bêtes fût à portée de son arme, pour lui envoyer, le plus civilement du monde, une balle à pointe d'acier.

Il eut la joie et l'orgueil de constater que le coup avait porté.

L'ours, atteint au défaut de l'épaule, tomba foudroyé. Il avait eu le cœur traversé par le projectile. Malgré la gravité de la situation, ses hommes ne purent se défendre d'admirer avec enthousiasme ce magnifique résultat.

« Bravo, capitaine! » criaient-ils, en soulevant leurs bonnets de fourrure.

Mais cet exploit cynégétique ne fut rien moins qu'utile, bien loin de là.

Les animaux affamés accoururent en grondant, et s'empressèrent de se partager les dépouilles de leur congénère.

En un clin d'œil l'ours mort fut déchiqueté et dévoré par ses frères voraces.

Cela fait, et sans autre souci de leur brutale action, les plantigrades s'élancèrent de nouveau sur la piste des fugitifs.

Mais ceux-ci, aidés et protégés par leurs camarades du steamer, avaient pu enfin atteindre le navire, et la bande grondante n'arriva au pied de l'*Étoile Polaire* que pour voir les derniers membres de la colonne empoigner les échelles et les cordes à eux préparées pour réintégrer le bord.

Déjà, par un sabord artistement ménagé dans la carcasse du navire par le maître charpentier du bord, on avait fait entrer les chiens et mis à l'abri le traîneau avec toute sa cargaison.

Ce dut donc être pour les ours une cause de singulier désappointement. Mais comme les ours sont des animaux philosophes et patients, ils s'assemblèrent en conseil autour du navire, et en firent un siège dans toutes les règles.

Ce n'était pas que leur présence fût, en soi, bien inquiétante. Mais elle était gênante.

En effet, tant que ces voisins incommodes se tiendraient là, il ne faudrait pas songer aux excursions qu'imposait l'hygiène la plus élémentaire. Il devenait donc nécessaire de s'en débarrasser au plus tôt.

Il fut décidé qu'on ne balancerait pas dans le choix des moyens. Les plus violents et les plus expéditifs furent réputés les meilleurs.

Les assiégés se distribuèrent donc en trois sections de dix hommes chacune, dont la première eut pour chef le commandant Lacrosse, la seconde Hubert d'Ermont, la troisième le lieutenant Hardy.

Chacune d'elles se vit assigner un jour de garde et une fonction déterminée.

Jusque-là on ne s'était préoccupé que très médiocrement de cette ennuyeuse compagnie. Il fallut pourtant lui faire l'honneur d'une plus grande attention, lorsqu'on vit son nombre s'accroître dans de fantastiques proportions.

« Ah çà! il pleut des ours dans ce pays-ci! » s'exclama le lieutenant Pol, en prenant le premier son quart sur le pont, et en inspectant la glace du pack.

« Que voulez-vous dire? interrogea Bernard Lacrosse, qui avait entendu l'exclamation.

— Dame! commandant, fit le jeune officier en riant, voyez vous-même. Hier, il y avait vingt-deux de ces satanées bêtes autour de nous : je veux être pendu s'il n'y en a pas cinquante aujourd'hui. »

Le commandant Lacrosse n'eut qu'un coup d'œil à jeter sur les alentours du navire pour s'apercevoir que le lieutenant n'exagérait pas.

Les ours étaient de tous les côtés, et le chiffre de cinquante, si extraordinaire qu'il parût, n'avait rien d'outré. Il en conçut une véritable inquiétude.

« Il s'est donc passé quelque chose d'extraordinaire dans ces régions! » s'écria-t-il.

On se concerta de nouveau. La situation, sans être absolument critique, n'en était pas moins inquiétante.

En effet, il devenait impossible de sortir du navire, et la présence de ces hôtes dangereux laissait prévoir la venue d'un moment où toute l'armée des ours, pressée par la faim, donnerait l'assaut au steamer.

A l'intérieur, l'état des malades ne s'améliorait pas. Vers le 15 mars une recrudescence du froid obligea les hivernants à se claquemurer derechef. Le mercure avait gelé une fois de plus, et la glace du pack, qui paraissait à la veille de se rompre, avait repris son épaisseur et sa consistance antérieures.

Le scorbut fit son apparition parmi les hommes valides des trois escouades.

Le 20, la troupe ne pouvait plus compter que sur un chiffre de vingt-quatre matelots, et, chose plus grave, le docteur Le Sieur, l'aide et l'ami du docteur Servan, dut s'aliter en personne, succombant à l'excès de fatigue que l'on avait dû s'imposer. Cette maladie du médecin n'était pas faite pour relever le moral de l'équipage.

Mais ce qui affligeait peut-être le plus cruellement les témoins de ce lugubre drame, c'était le spectacle de la lente agonie de Tina Le Floc'h. La pauvre nourrice, en effet, se mourait, et ses derniers jours étaient encore attristés par l'impossibilité où l'on se trouvait de lui procurer le moindre adoucissement.

Isabelle, brisée de fatigue, ne quittait plus le chevet de sa compagne.

La mourante n'avait conservé aucune illusion; résignée à son sort, elle n'éprouvait qu'un regret, celui de ne point revoir la terre d'Armor.

Et Mlle de Kéralio redoublait d'énergie et de soins pour prolonger une existence désormais condamnée.

Cependant l'atmosphère intérieure devenait irrespirable.

La provision d'oxygène liquéfié était épuisée. Il n'en restait plus qu'un tube, réservé avec le plus de soin possible pour les cas extrêmes, et spécialement pour l'usage des malades.

Il était urgent d'aérer les chambres et la batterie, et l'on n'avait pu le faire jusqu'ici qu'en ouvrant avec précaution quelques-uns des sabords. Mais ce n'était point suffisant, et l'invasion de l'acide carbonique délétère rendait nécessaire une aération totale et complète.

Ce n'étaient pas seulement les gaz du chauffage quotidien qui entretenaient cette atmosphère méphitique, c'étaient surtout les respirations accumulées dont quelques-unes sortaient des poitrines malades; c'étaient enfin les exhalaisons des cuisines, dont les odeurs rancies empestaient au loin l'air ambiant et devaient surexciter étrangement au dehors l'appétit vorace des ours à jeun.

L'équinoxe était passé. La détente du froid que l'on avait espérée ne se produisait pas encore.

Le 22, les officiers, sur le conseil du docteur Servan, décidèrent que l'on enlèverait les capots des écoutilles, et que, malgré une température de 30 degrés au-dessous de zéro, on laisserait pendant quelques minutes l'air extérieur pénétrer dans le navire.

Après d'assez longs débats, on s'était refusé à distribuer le contenu du dernier tube d'oxygène.

On prit donc toutes les précautions indispensables pour atténuer la brusque entrée du froid, car on n'avait point à se dissimuler que l'ouverture des panneaux allait amener un abaissement énorme de la température, celle-ci étant encore de 6 degrés dans l'intérieur du navire, grâce au chauffage de l'hydrogène.

ISABELLE NE QUITTAIT PLUS LE CHEVET DE SA COMPAGNE.

Afin de ménager autant que possible les transitions, on commença par ouvrir les sabords un à un. Quand le niveau de la température se fut ainsi abaissé à zéro, on interrompit le chauffage au gaz, en se tenant prêt à le reprendre aussitôt. Puis on enleva le capot du grand panneau.

En ce moment, un bruit singulier qui se fit sur le pont attira l'attention du personnel.

Des pas lourds, des raclements significatifs, un bruit de cordes qui se rompent, un bris de bois, indiquaient la présence d'hôtes imprévus sur le navire.

Aux premières rumeurs, les gens de l'équipage comprirent à quel genre de visiteurs on avait affaire.

« Les ours ! » s'écria Guerbraz qui surveillait la manœuvre d'aérage.

Il n'eut pas le temps d'en dire davantage : les planches du panneau craquèrent sous un poids considérable et s'enfoncèrent à l'instar d'une trappe qui se rabat sur leurs supports tordus.

La gueule sanglante et les yeux rouges d'un ours apparurent dans la baie découverte, en même temps qu'un courant d'air glacé faisait violemment irruption dans les flancs du navire.

CHAPITRE XVII

L'ANIMAL SE MIT A DÉVORER LE CADAVRE.

XVII

BATAILLE ET DÉLIVRANCE

Cette fois, la situation était vraiment critique.

Alléchés par les émanations du steamer, les terribles plantigrades, surmontant enfin leurs craintes, encouragés d'ailleurs par l'absence de tout mouvement à bord, s'étaient décidés à en tenter l'abordage. Ils avaient pu l'opérer sans résistance, et l'ouverture des panneaux leur permettait maintenant de venir attaquer l'équipage de l'*Étoile Polaire* jusque dans ses derniers retranchements.

Le grand panneau, en cédant sous l'énorme poids de l'ours, était retombé sur l'épaule de Guerbraz, qui en avait reçu un choc formidable.

L'hercule redescendit l'échelle avec ses compagnons, en jetant l'alarme dans l'intérieur du navire.

Quant à l'ours, trouvant la place vide et le chemin libre, il s'était avancé en reniflant, et au moment où les hommes reparurent avec des armes, ils trouvèrent le gigantesque animal à l'entrée de la coursive.

Immédiatement carabines et revolvers eurent accueilli l'intrus de la bonne façon. Il n'alla pas loin. Dès le second pas qu'il fit sur les tapis de toile cirée, il tomba mort.

Malheureusement, derrière lui, trois autres ours avaient pénétré.

Deux d'entre eux, effrayés par les détonations, remontèrent l'échelle plus vite qu'ils ne l'avaient descendue.

Le troisième, tout aussi affolé, se trompa de direction et se jeta dans la partie de la coursive qui menait aux chambres.

Or c'étaient là précisément que se trouvaient les malades.

En ce moment, Isabelle, assise auprès de sa nourrice, s'efforçait de consoler la pauvre femme. Une pieuse conversation s'était engagée entre elles, et la jeune fille, suppléant autant qu'elle le pouvait aux encouragements d'un prêtre, entretenait la Bretonne des fortifiantes espérances de l'immortalité.

« La vie est courte, ma bonne nourrice; tous, un jour ou l'autre, nous devons la quitter. Heureusement qu'elle n'est qu'un passage, et qu'au delà de la mort nous entrons dans la vraie vie, celle où le deuil et la souffrance sont inconnus, où nous jouissons sans fin du bonheur, et de la présence des êtres que nous avons chéris en ce monde. »

Elle parlait ainsi, essuyant les larmes qui coulaient des yeux de la pauvre femme, mettant tout son cœur dans ses paroles. Et la mourante, réconfortée, la considérait avec un sourire, et lui répondait avec le langage qu'elle avait accoutumé de lui tenir pendant ses premières années.

« Oh! ma chère petite enfant, disait-elle, tu es bien restée pour moi ce que tu étais autrefois, la petite fille douce et bonne, aimant le bon Dieu, plaignant et secourant les pauvres gens! Je suis heureuse de mourir près de toi. Je sens que sous ta main, sous tes yeux et tes paroles, la mort me sera moins dure. »

Tout à coup le fracas des coups de feu fit tressaillir les deux femmes.

Isabelle se leva en sursaut, quitta sa chaise et courut à la porte, qu'elle entr'ouvrit.

Elle recula, épouvantée, en jetant un cri.

L'ours était à deux pas d'elle, cherchant une issue pour s'enfuir. A la vue de la porte entre-bâillée, il se précipita.

Mlle de Kéralio eut heureusement le temps de refermer celle-ci, et, palpitante de frayeur, s'y adossa pour atténuer autant que possible la poussée de l'énorme animal.

Cette poussée ne se produisit pas.

L'ours avait-il renoncé à son projet, ou bien était-il revenu sur ses pas?

Tandis que la jeune fille, palpitante, se posait cette question, le drame auquel elle venait d'échapper se poursuivait au fond de la coursive et y prenait un dénouement imprévu.

C'était dans ce fond qu'était située la cabine du chimiste Schnecker.

Le traître, malgré la grâce qu'on lui avait faite, n'avait en aucune façon abjuré sa haine et ses ressentiments. Depuis qu'on lui avait signifié la mesure dont il serait l'objet à la première relâche de l'*Étoile Polaire* dans des eaux françaises, il ne vivait plus que pour sa colère et préparait lentement sa vengeance.

« Mourir pour mourir, s'était-il dit, autant vaut que ce soit tout de suite de la mort que j'aurai choisie, et en détruisant jusqu'au souvenir de cette expédition dont il doit revenir tant de gloire à ces hommes qui m'ont condamné et que j'exècre. »

L'occasion venait de s'offrir à lui de mettre à exécution son infernal projet.

L'ordre qu'on avait donné d'éteindre les feux quels qu'ils fussent, ne devait s'exercer que pour quelques minutes, le temps de laisser l'air extérieur purifier l'atmosphère du steamer. En conséquence, les poêles demeuraient en état, prêts à reprendre leur combustion. Il en était de même des cheminées centrales. Quant aux tubes, ils allaient demeurer ouverts, continuant à déverser leur gaz dans la chambre de dilatation.

Il suffisait donc que Schnecker pût atteindre celle-ci, ouvrir les robinets conducteurs et en approcher une flamme, pour déterminer à l'instant une épouvantable catastrophe. Une explosion formidable se produirait, et l'hydrogène, à l'instar des terribles carbures dont il est le générateur et que l'on connaît dans les mines sous le nom redouté et uniforme de *grisou*, se répandrait en tourbillons de flammes dans l'intérieur de l'*Étoile Polaire*, détruisant tout sur son passage, brûlant le malheureux navire et les infortunés qu'il renfermait.

L'horrible joie du misérable dut être pareille à celle qu'éprouverait un démon en face des fléaux qu'il déchaîne.

Tout favorisait son projet. L'équipage était distribué sur tous les points où sa présence était nécessaire, et l'arrivée inopinée des ours avait appelé tous les hommes sur un seul point.

Le chimiste parvint donc sans encombre jusqu'à la chambre de chauffe. Elle était vide.

Mais, arrivé là, il s'aperçut que, par mesure de prudence, Hubert d'Ermont avait séparé le tube en fonction de la chambre de dilatation. Il n'y avait donc dans les tuyaux de distribution que l'hydrogène déjà réparti par le récipient. Pour ouvrir celui-ci, ou pour rompre l'un des conduits, il fallait opérer une pesée violente.

Schnecker n'avait pas d'outils sous la main.

Il revint donc en courant dans sa cabine et oublia d'en fermer la porte, saisissant à la hâte une pince et un marteau.

Soudain un souffle rauque, une sorte de grognement le fit se retourner.

Il s'arrêta, livide, sans voix, et ses cheveux se dressèrent sur sa tête.

L'ours, cherchant une issue, et n'ayant pu forcer la porte d'Isabelle, venait de pousser celle du chimiste. Il entrait sans résistance dans la cabine du traître, qui n'avait point prévu cette violation de domicile.

Alors il se passa une scène effroyable.

La bête, irritée, se dressa sur ses pattes de derrière, emplissant l'étroit réduit de l'énorme volume de son corps.

Schnecker jeta un cri perçant, inarticulé. Il essaya de fuir.

Mais le monstre, croyant sans doute à une attaque, se fit lui-même agresseur. Une lutte furieuse s'engagea. Elle ne fut pas longue; elle ne pouvait pas l'être. En un clin d'œil l'Allemand fut culbuté, saisi par les griffes de la bête, broyé entre ses bras puissants. Et deux fois la gueule hideuse du plantigrade se referma sur la tête de Schnecker, littéralement en bouillie. L'animal mis en goût par cette occurrence qui lui donnait un festin là où il ne cherchait qu'une issue pour sa fuite, commença à dévorer le cadavre pantelant du chimiste.

Cependant les cris de celui-ci avaient été entendus. On accourait de toutes parts.

Mais, avant tout le monde, Isabelle de Kéralio, emportée par sa généreuse vaillance, s'était élancée au secours du misérable traître.

Elle avait saisi sur une tablette dominant le lit de la malade un revolver faisant partie de l'arsenal général du navire. L'armer rapidement et s'élancer au dehors n'avait été pour elle que l'affaire d'un instant. Elle avait couru tout droit à la cabine de Schnecker.

Mais, si prompts qu'eussent été ses mouvements, elle avait été précédée.

Salvator, le fidèle Salvator avait compris, lui aussi, que ceux qu'il aimait couraient un grand péril.

Et d'un seul élan, sans réfléchir, sans mesurer son courage au danger qu'il allait affronter, il s'était rué sur l'ennemi, et l'avait pris à la gorge.

Mais le pauvre chien avait trop présumé de ses forces. Quelle que fût sa vaillance, il ne pouvait sortir vainqueur d'une pareille lutte. Aussi le monstre l'avait-il saisi sous son énorme patte et menaçait-il de lui broyer les reins sous sa formidable pression. Il advint même que Salvator ne dut son salut qu'à une circonstance banale.

L'ours, en effet, troublé dans son occupation, laquelle consistait à dévorer le misérable Schnecker, après s'être un instant dressé, était retombé sur ses pattes, culbutant le chien sous lui.

Salvator, à moitié étouffé, échappait du moins à l'étreinte du plantigrade.

Ce fut à ce moment qu'Isabelle intervint fort à propos.

Le revolver fit merveille. Mlle de Kéralio fit feu quatre fois de suite sur l'énorme animal. Les quatre balles se logèrent dans la tête et dans le cou de l'ours.

Une seule aurait suffi, si elle avait été bien placée. Malheureusement ces blessures, quoique graves, ne firent qu'exaspérer l'animal. Il se dressa pour la troisième fois, secoua le chien et se précipita sur Isabelle.

C'en était fait de la jeune fille, si, à ce moment même, Guerbraz n'eût surgi devant elle, armé d'une hache.

Brandie par cette main d'hercule, l'arme trancha net l'une des pattes du monstre, et tandis que, rugissant de douleur, il retombait sur le sol, un second coup lui fendait le crâne. Cette fois, l'énorme bête s'abattit pour ne plus se relever, ensevelissant sous sa masse le cadavre mutilé du chimiste allemand.

Cependant, par le panneau ouvert, l'air extérieur n'avait que trop bien pénétré. Un froid intense régnait dans ces parties du navire naguère si chaudes. Il y avait urgence à rallumer les feux.

On reboucha au plus vite le dangereux orifice et l'on remit le gaz en communication avec les cheminées.

Tranquilles désormais sur les suites de cette agression, les gens de l'*Étoile Polaire* purent délibérer sur le parti qu'ils avaient à prendre. Le conseil fut promptement tenu et le plan

22

arrêté. Il fallait au plus tôt se débarrasser de « cette vermine », selon la pittoresque expression des Canadiens.

Ce fut encore Guerbraz qui se dévoua pour aller aux renseignements.

On ouvrit avec précautions les portes qui donnaient du salon sur la galerie de l'arrière. Le hardi gabier, pourvu d'une carabine à répétition et d'un revolver à six coups, se hissa, par une manœuvre courante, jusqu'au niveau du pont.

Les nouvelles qu'il rapporta furent des plus rassurantes.

Surpris et effrayés par les détonations, les ours s'étaient empressés de fuir ce lieu plein de trépidations et de bruits sinistres. Il n'en restait plus que deux sur le pont.

Hubert, le commandant Lacrosse, les lieutenants Pol et Hardy firent escorte à Guerbraz. Trois coups de feu bien visés suffirent à jeter bas les deux retardataires. Après quoi, malgré la rigueur du froid, les escouades reprirent le service de quart à l'extérieur. Il fallait rendre impossible toute nouvelle tentative des animaux.

Depuis l'équinoxe on était rentré dans le jour perpétuel, dans les clartés du soleil de minuit, et, sauf une demi-heure de ténèbres, on n'avait plus que la lumière à redouter. Il était certain qu'elle offrait infiniment moins de dangers que la nuit polaire.

Néanmoins, si courte que fût la durée de la nuit, on se tint sur ses gardes pendant sa brève durée.

Des projecteurs électriques furent installés au niveau de la batterie, et de puissants faisceaux de rayons fouillèrent la surface embrumée de l'icefield.

En même temps, deux des canons-revolvers Hotchkiss furent mis en batterie, et leur première décharge, frappant tout un

groupe dans les rangs des féroces plantigrades, tua six ours de
l'avant-garde au milieu de leurs compagnons.

Le froid, après une recrudescence si cruelle, fit enfin
quelques rémittences, et le 28 mars, le mercure, brusquement
dégelé, remonta, sans arrêt, de 10 degrés. Le lendemain, 29,
une violente tempête du sud, qui remplit les échos du craque-
ment de la glace, et des lugubres plaintes des icebergs, fit
naître de nouveau l'espoir d'une débâcle prochaine. Elle
éloigna les ours pour quelques heures.

Le 31, on put juger des effets de la tourmente. L'*Étoile
Polaire*, s'abaissant sur son ber, en avait écarté les armatures
d'acier au point de peser de tout son poids sur la couche
tendue au-dessous de sa quille. Une crevasse profonde se
traçait devant son étrave.

On put entrevoir la délivrance.

Mais les bêtes affamées reparurent. On en compta quarante,
et la surveillance devint plus attentive que jamais. Il était
facile de conjecturer que les fauves, aiguillonnés par la nécessité, ne tarderait pas à faire une nouvelle tentative contre le
steamer.

Elle eut lieu en effet dès le surlendemain, et l'attaque fut
si complète, si unanime, qu'après avoir abattu à coups de
fusil et de canon-revolver une dizaine des assaillants, les
marins durent, une fois encore, battre en retraite, et se replier
dans l'intérieur du navire.

Dans l'intervalle, on avait été contraint de jeter par-dessus
bord le cadavre de Schnecker. Le traître n'avait pas même
eu les honneurs de la sépulture, et les ours avaient dévoré ses
restes malheureux. Aussi bien, malgré l'horreur de cette scène,
personne n'avait-il plaint outre mesure ce criminel frappé au

moment même où il s'apprêtait à perpétrer le plus abominable
des forfaits.

Les six bêtes tuées avaient été soigneusement dépouillées et
dépecées, et le proverbe « *A quelque chose, malheur est bon* »
s'était trouvé justifié à la lettre, puisque l'aventure avait fourni
à l'équipage de précieuses fourrures avec une ample provision
de viande fraîche.

Mais il fallait à tout prix en finir avec les survivants.

L'idée qu'avait conçue le chimiste pour la perte du navire,
Hubert la reprit pour son salut.

Il sacrifia donc dans ce but un tube d'hydrogène liquéfié,
et, après avoir pris l'avis de ses compagnons, décida qu'on
allait incendier le pont, sauf à éteindre ensuite cet incendie.

Le moyen auquel on eut recours fut très simple.

Les tuyaux qui servaient à la répartition intérieure du gaz
furent momentanément mis en contact avec l'extérieur. On
disposa toutes choses de manière à interrompre le courant au
premier signal. Puis tous les robinets s'ouvrirent à la fois,
projetant quatre cents mètres cubes de gaz sur le pont. Il
suffit d'y introduire la flamme d'une étoupe placée au bout
d'une perche pour provoquer l'inflammation immédiate de
l'hydrogène.

Une véritable trombe de feu balaya le navire de bout en
bout, avec une rapide déflagration et un bruit formidable de
vent qui s'engouffre dans une cheminée. Les étais et les hau-
bans en fil de fer ainsi que les autres parties du steamer
n'eurent que peu à souffrir de ce tourbillon de flammes. En
revanche, les hôtes du pont qui paraissaient s'y être établis à
demeure, horriblement brûlés par ce déchaînement foudroyant
d'un enfer artificiel, laissèrent une douzaine de leurs morts ou

L'ATTAQUE FUT COMPLÈTE.

mourants sur le navire, tandis que le reste s'enfuyait avec des hurlements de douleur et d'épouvante.

Ce fut la fin de ce long siège qui avait duré deux semaines. En outre, le moyen employé, par sa violence même donna les résultats les plus heureux en même temps que les plus imprévus. Sous l'action de cette température de 1700 degrés, la glace fut fendue jusqu'à une profondeur de trois pieds, et l'*Étoile Polaire* vit encore s'ouvrir le chemin du retour. Ce qui n'était qu'une crevasse les jours précédents, se changea brusquement en une large allée d'eau. Le soleil d'avril vint ajouter sa chaleur plus longue, et conséquemment plus bienfaisante, à l'effet produit par cette tentative violente.

Du haut des barres de perroquet, le commandant Lacrosse put voir la mer se dégager et des morceaux entiers du floe s'en aller à la dérive.

Les ours avaient fui. On descendit sur la glace, on enleva pièce à pièce l'échafaudage de fer qui avait préservé le navire du choc et des poussées du large.

Le steamer, crevant la couche amincie, reposa enfin sur l'eau libre.

Enfin, le 15 avril, un chenal se dessina nettement devant la proue.

Tout était paré pour le départ.

L'*Étoile Polaire*, tenue depuis deux jours sous pression, donna son premier tour d'hélice. L'éperon d'acier revêtu de cuivre s'enfonça comme un coin dans les blocs rompus, et la bataille contre les débaris commença.

Ce ne fut pas petite besogne que de vaincre tous les obstacles surgissant sans cesse devant l'étrave du vaillant navire. Mais son héroïque équipage avait triomphé de difficultés bien autrement redoutables. Une ardeur invincible l'animait. Tous voulaient regagner victorieusement la patrie.

Lorsque, sortie enfin de la crique longue, l'*Étoile Polaire* vit diminuer à l'horizon les côtes désolées de l'île Courbet et s'ouvrir les perspectives de l'océan libre, un hymne d'allégresse et de reconnaissance s'éleva vers Dieu. On avait eu bien des deuils à déplorer, on avait connu l'adversité et la trahison. De quarante-trois qu'on était au départ de Cherbourg, on ne revenait plus que vingt-huit, et encore fallait-il craindre de perdre du monde sur ce chiffre, puisqu'on avait huit malades à bord. Mais l'espoir s'était rallumé dans tous les cœurs; on ne se souvenait plus des malheurs subis.

Il ne fallait pas songer à rallier le cap Washington, mais bien plutôt à profiter des avantages qu'offrait un printemps précoce et exceptionnellement chaud. On abandonna donc la maison de planches. Une prochaine expédition serait heureuse d'y trouver un gîte tout préparé et des provisions soigneusement enfouies dans des caisses construites avec soin. D'ailleurs il y avait nécessité absolue à assurer le plus tôt possible aux malades un moyen d'améliorer leur position s'il en était temps encore.

. . . .

Ce fut une belle matinée de juin que celle où l'*Étoile Polaire*, après deux mois d'une dure navigation, jeta enfin l'ancre sur la rade de Cherbourg. Hélas! les prévisions cruelles ne s'étaient que trop justifiées. Sur les côtes de l'Écosse, la bonne nourrice Tina Le Floc'h s'était éteinte entre les bras d'Isabelle de Kéralio, en lui prodiguant, à travers les hoquets de l'agonie, les plus tendres paroles de sa bouche expirante.

La jeune fille n'avait pu se consoler de cette mort, prévue

pourtant depuis longtemps. Elle avait pris le deuil, en promettant à la pauvre morte de transporter ses restes jusque sur cette terre de Bretagne, terre natale où elle avait voulu reposer. Il fallut bien des jours pour dissiper ce nuage de tristesse épandu sur le front charmant de Mlle de Kéralio.

Mais elle ne put se défendre de ressentir une noble fierté devant les acclamations délirantes de la foule. Appelés à Paris par le vœu des populations enthousiasmées et aussi par le désir des autorités, les survivants de l'expédition parcoururent cette dernière étape en véritable marche triomphale. Ils durent subir tous les inconvénients de la gloire, mais ils en avaient aussi les douceurs.

Le Président de la République voulut les recevoir, les complimenter lui-même à l'Élysée. Les ministres et les sociétés savantes leur prodiguèrent les ovations et les récompenses. On applaudit même au décret qui octroyait la croix de la Légion d'honneur à l'héroïque Française dont le nom figura avec éclat parmi ceux de MM. de Kéralio, du commandant Lacrosse, du lieutenant de vaisseau Hubert d'Ermont, des lieutenants Pol et Hardy, du docteur Servan et du maître Guerbraz. Des médailles d'or commémoratives furent remises aux autres membres du vaillant équipage.

Au banquet qui leur fut offert, M. de Kéralio, répondant au toast du ministre de la marine, s'écria :

« Oui, messieurs, nous avons pu atteindre le Pôle pour l'honneur de notre chère France, mais nous avons fait mieux en ouvrant la voie à de nouveaux pionniers. »

Et comme le commandant Lacrosse disait en soupirant :

« N'importe! il est dommage que l'*Étoile Polaire* n'ait point pu forcer la barrière elle-même! »

— Commandant, répliqua Hubert, tranquillisez-vous. Notre premier effort a été couronné de succès, mais trop de misères lui ont été infligées. Quand nous voudrons recommencer *notre* épreuve, ce sera, cette fois, sur un navire tout en fer et recevant son impulsion des agents tout-puissants que la véritable science a mis entre nos mains. Ce jour-là, mon cher commandant, nous romprons à la dynamite la banquise qui enserre le Pôle et nous planterons les couleurs de la France sur les bords mêmes du lac central qui traverse l'axe du globe. »

Ces paroles de confiance généreuse furent saluées d'unanimes acclamations.

Il ne restait plus aux explorateurs qu'à jouir d'un repos bien mérité. Tous ceux qui avaient pris une part dans ces fatigues et ces travaux inouïs furent invités aux fêtes qui ne tardèrent pas à se célébrer en l'honneur du mariage d'Isabelle de Kéralio avec son cousin Hubert d'Ermont. Ce jour-là, l'officier de marine put mettre dans la corbeille de sa charmante fiancée le décret qui l'élevait au grade de capitaine de frégate en même temps que celui qui décernait à Marc d'Ermont, membre de l'Académie des sciences, la rosette d'officier de la Légion d'honneur.

Et comme le mariage fut célébré à l'entrée de l'hiver, on renouvela les merveilles du cap Ritter, de Fort Espérance et de l'*Étoile Polaire*. Les salons du bord furent éclairés électriquement et chauffés à l'hydrogène. On fit des excursions dans la rade de Cherbourg à bord du sous-marin la *Grâce de Dieu*, et dix ours blancs superbes, ayant Guerbraz à leur tête, vinrent féliciter les jeunes époux en divers compliments de langue celtique et de franco-canadien du xviie siècle. Enfin un

feu d'artifice merveilleusement combiné rappela l'épisode de
l'incendie artificiel de l'*Étoile Polaire*.

« C'est égal, disait Guerbraz, résumant l'impression commune, tout peut être de glace au Pôle Nord, mais il n'y fait pas
encore assez froid pour geler les cœurs des braves gens ! »

TABLE DES MATIÈRES

26294. — PARIS, IMPRIMERIE LAHURE

RUE DE FLEURUS, 9

www.ingramcontent.com/pod-product-compliance
Lightning Source LLC
Chambersburg PA
CBHW070328030726
47505CB00004B/1132